QUANDO ELA DESAPARECER

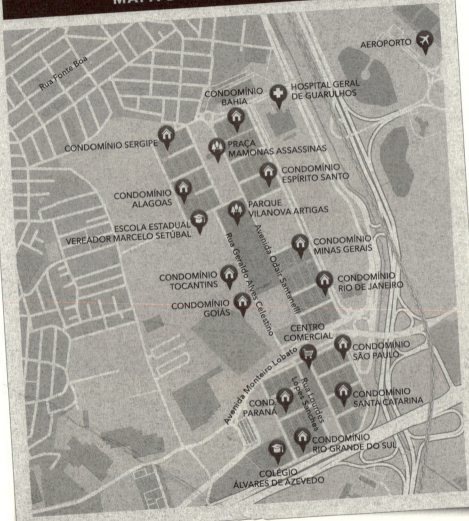

VICTOR BONINI

# Quando ela desaparecer

Faro Editorial

COPYRIGHT © FARO EDITORIAL, 2019

Todos os direitos reservados.
Nenhuma parte deste livro pode ser reproduzida sob quaisquer meios existentes sem autorização por escrito do editor.

Diretor editorial **PEDRO ALMEIDA**
Preparação **LUIZA DEL MONACO**
Revisão **BARBARA PARENTE**
Capa e projeto gráfico **OSMANE GARCIA FILHO**
Imagem de capa **ELISABETH MOCHNER | TREVILLION IMAGES**
Imagens de miolo **DEPOSITPHOTOS**

Dados Internacionais de Catalogação na Publicação (CIP)
Angélica Ilacqua CRB-8/7057

Bonini, Victor
    Quando ela desaparecer / Victor Bonini. – São Paulo : Faro Editorial, 2019.
    272 p. : il.

    ISBN: 978-85-9581-058-7

    1. Ficção brasileira 2. Suspense I. Título

19-0001                                                                 CDD B869.3

Índice para catálogo sistemático:
1. Ficção brasileira B869.3

1ª edição brasileira: 2019
Direitos de edição em língua portuguesa, para o Brasil, adquiridos por **FARO EDITORIAL**

Avenida Andrômeda, 885. Sala 310
Alphaville – Barueri – SP – Brasil
CEP: 06473-000
www.faroeditorial.com.br

# PRIMEIRAS PALAVRAS

Dedico este livro a quatro pessoas.

Primeiro, a Conrado Bardelli. Sem ele, este livro-reportagem não existiria.

Também ao doutor Charlie Vosperatto, delegado titular da Seccional de Guarulhos, de quem recebi tantas informações sobre um dos inquéritos policiais mais comentados do estado de São Paulo nos últimos anos.

E a meus pais, por formarem quem eu sou. Como eles se esforçaram para isso...

Especialmente meu pai. Ele era do tipo que educava os filhos não apenas por obrigação, mas porque nos via como possíveis grandes pessoas, com os olhos de um artista que se entusiasma com a tela conforme ela vai ganhando formas, cores e se concretizando como uma obra-prima.

Entre tantas frases e ensinamentos, ele costumava dizer que as pessoas só se unem na desgraça. Não me entenda mal: ele nunca foi rabugento. Pelo contrário, era um homem otimista que preferia explorar o ouro de cada um. Foi muito querido, como confirmei entrevistando quem o conheceu. E sábio. Talvez tenha sido esse seu maior pecado — querer pressentir demais, esperar o melhor dos outros, manipular informações achando que tudo no mundo se desdobraria da forma como ele imaginava na sua cabeça extremamente lógica.

Sábios sobrevivem ao tempo. Mas são caçados enquanto vivos.

Incrível pensar na coincidência agora. "As pessoas só se unem na desgraça." Todos nós, moradores de Guarulhos, sentimos o dito na pele, especialmente os que moravam no Parque Cecap. É um bairro com toda a cara de cidade do interior, com moradores que nasceram aqui, vão passar a vida toda aqui e se consideram mais cecapianos do que guarulhenses. Viver aquilo foi muito intenso. Sofremos juntos. Torcemos juntos. Queríamos ao menos o corpo da Kika — a nossa Laura Palmer, a desaparecida da série *Twin Peaks* —, um corpo, com sorte, para que a mãe pudesse organizar o velório e dizer: Adeus.

Foi então que a desgraça não só nos uniu, como espalhou o pânico. E eu, filha do sábio, fui castigada por extensão.

Talvez você se lembre desse caso por causa das notícias de sete anos atrás. Eu era a garota que, na volta da escola, teve a traumática experiência de encontrar o corpo no meio do mato. Primeiro, eu só sabia pensar nas meias molhadas dela e no ovo de chocolate quebrado. Uma garota de dezesseis anos se transforma quando vê o rosto desfigurado de uma colega morta. Mas dane-se eu. Quando os policiais chegaram, eu não pensava em mim. Não pensava em trauma, não pensava nas noites que se seguiriam com aquele rosto ensanguentado me observando ao pé da cama. Naquela hora, eu só conseguia repetir: *Meu Deus, tem um maníaco matando meninas no Cecap.*

Este livro-reportagem é uma homenagem e um atentado contra as *fake news* do caso Kika. Elas rondam a internet ainda hoje. Não à toa. Naqueles dias, foi tudo muito confuso, com informações sobrepostas umas às outras, como se assistíssemos a uma peça com cenas fora de ordem. É isso o que você vai sentir nestas páginas, leitor. A começar pela forma como cada um dos fatos foi sendo noticiado pelos meios de comunicação.

Só peço que, ao longo da história, você não se incomode se eu começar a falar muito do meu ponto de vista ou deixar meus julgamentos poluírem suas opiniões. Sei que uma jornalista deveria preservar certa distância dos fatos para manter a isenção. Mas, em algumas partes, não consegui evitar. Me envolvi demais. Tenho meus motivos.

Sarah

PARTE I

# OS FATOS DETERMINANTES

"O silêncio dos mortos diz: Adeus.
O silêncio dos desaparecidos diz: Encontrem-me."

— *Gone, Baby, Gone*, Dennis Lehane

Uma cidade do interior dentro de Guarulhos: é essa a impressão que passa o bairro Parque Cecap. Projetado em 1967 e entregue inacabado em 1972, todo em arquitetura modernista, tem 12 edifícios residenciais com nomes de estados brasileiros. Aqui, moram cerca de 20 mil pessoas.

O lar de Kika: a garota nasceu no condomínio São Paulo e cresceu no bairro que virou referência em Guarulhos por integrar moradias de baixa renda a áreas verdes e equipamentos públicos, como postos de saúde, escolas e comércio. Ficou ainda mais famoso em 2012, quando Kika desapareceu e os segredos de seus moradores foram desenterrados.

A praça Mamonas Assassinas é uma das áreas preferidas dos cecapianos para o lazer. O Colégio Álvares de Azevedo organizou cinco festas juninas no local e chegou a reunir centenas de moradores. Foi numa dessas festas que Kika passou pelo vexame que marcou sua história – assim como a dos suspeitos de seu sequestro.

# EMBORA

Oito pessoas desaparecem por hora no Brasil. Este livro-reportagem é sobre uma dessas pessoas.

Entre 2007 e 2016, mais de 693 mil cumpriam suas rotinas e, de uma hora para a outra, sumiram.* Esse número deve ser ainda maior, uma vez que vários casos sequer são registrados.

Só do que se tem notícia foram 24 mil no estado de São Paulo entre 2013 e 2014.** Quase metade desses desaparecidos são crianças e jovens com idades entre zero e vinte anos. No caso das mulheres, a grande maioria se vai quando a vítima tem de catorze a dezessete anos.

Experimente ir à delegacia de uma grande cidade e perguntar sobre as investigações de desaparecidos. Você provavelmente verá pilhas e pilhas de inquéritos em aberto e policiais exaustos por não terem estrutura nem efetivo suficientes para tantas ocorrências.

Algumas delas são de pessoas que fogem por conta própria e acabam reaparecendo quando bem entendem. Os motivos mais comuns são brigas, adultério, viagens e estresse. Quando voltam, vários ressurgidos

...........................

\* Os dados foram compilados em 2017, num estudo feito pelo Fórum Brasileiro de Segurança Pública, a pedido do Comitê Internacional da Cruz Vermelha.
\*\* "Perfil de pessoas desaparecidas no estado de São Paulo." *Fernando Poliano, Rafael Stern, Julio Trecenti, Eliana Vendramini*, 16 de março de 2016.

sequer notificam a polícia, e resolvem dar satisfação apenas quando seus documentos são cancelados.

Mas há outra parcela expressiva que nunca mais retorna. Pode ser porque a vítima tenha sofrido algum acidente ou doença. Pode ser que tenha sido forçada a se afastar. Nesse item, se enquadram o sequestro e o assassinato. Às famílias, resta procurar, colaborar com a polícia e esperar.

Esperar. É a tortura de qualquer parente nessa situação. Muitas vezes, esperam para sempre. Seus amados foram embora e nunca mais voltarão.

# MISS

22/11/2009
Centro Cultural Adamastor

O nome de Francisca Silveira do Carmo — ou Kika, como sempre foi conhecida — viraria manchete nas páginas policiais em duas ocasiões, uma em 2010 e outra em 2012. Mas, antes disso, ela foi destaque no caderno Cotidiano do jornal *Sentinela de Guarulhos*. Matéria do dia 23 de novembro de 2009:

## GAROTA DO CECAP É ESCOLHIDA MISS GUARULHOS JUVENIL

A premiação tinha sido na noite anterior no teatro do Centro Cultural Adamastor. Na hora de anunciar a vencedora, as cinco finalistas se abraçaram, Kika uma delas. A plateia já tinha um bom palpite. Kika era a mais bonita. Kika era a mais confiante. Não foi surpresa quando seu nome ecoou pelas caixas de som. As outras quatro garotas soltaram os braços, engoliram doído. Pareceram sofrer uma dupla derrota. Kika chorou enquanto vestia a faixa e ajeitava a coroa. Com o microfone nas mãos, disse que recebia o prêmio em nome das amigas finalistas.

Nenhuma delas quis ficar no palco para presenciar esse momento.

A vencedora dedicou o título à mãe e a Laíssa Pontes, uma garota com síndrome de Down que, embora eliminada na primeira fase, havia conquistado a simpatia dos guarulhenses por seus incessantes sorrisos e pela força de vontade. Kika convidou Laíssa para subir ao palco e vestir a faixa. Queria Laíssa nas fotos também. Deu-lhe um abraço apertado, chorou com ela em meio às risadas espontâneas. O público aplaudiu de pé.

Inês Santana, uma das organizadoras do evento, fez um sinal de positivo para Kika na lateral do palco. Inês já tinha sido Miss; sabia que tipo de gesto pegava bem.

Kika pediu licença e deu espaço para Laíssa ter seu momento de fama.

Então olhou para a plateia e encontrou alguém com o olhar. Abriu um sorriso ainda maior e piscou para essa pessoa, o sorriso de quem compartilha uma piada interna. A mãe achou que tivesse sido para ela, mas viu que estava enganada. Era para alguém que estava algumas fileiras atrás. Um rapaz, talvez? A mãe procurou, procurou, mas não conseguiu identificar o garoto sortudo naquela multidão eufórica.

Quando olhou de volta para Kika, viu que a filha tinha perdido o sorriso. Os lábios murchos não combinavam com a pose de quem acabara de ser coroado. A expressão parecia de... seria susto mesmo?

Atrás das cortinas, minutos depois, Inês aproveitou os poucos segundos sozinha com Kika para lhe dizer que a vitória era merecida e que a atitude de dar espaço a Laíssa tinha sido muito nobre.

— Agora, só presta atenção no entorno, tá? Eu já estive no seu lugar antes. Tanta coisa boa assim sempre atrai negatividade.

O sorriso de Kika quebrou. Ela pareceu uma garotinha.

— Mas eu não tenho culpa se as outras têm inveja. Eu lutei pela faixa.

— Eu sei. Eu não tô falando isso por causa delas. Eu tô falando por *você*, Kika. Eu tenho medo de que alguém possa te machucar.

# ADEUS

20/05/2012
Casa na Vila Barros

Dois anos e meio depois. Domingo, 20 de maio de 2012, por volta das 15h30.

O sargento Nestor Moreira daria várias entrevistas ao longo da semana seguinte e apelidaria aquele sobrado na Vila Barros de "A Casa dos Horrores". Por vários motivos: os gritos ouvidos pela vizinhança, o vaso em pedaços, a mão manchada de sangue na parede, o depósito dos fundos na mais densa escuridão... E a cena que o esperava do outro lado da porta envernizada no andar de cima.

Na hora de passar por ela, o sargento Moreira se lembra apenas de ter deixado a pistola calibre 0.40 cair de seus dedos amolecidos. Pela segunda vez naquela tarde, pensou: *Este é o dia mais importante da minha carreira*. E olha que ele já tinha cumprido mais de trinta anos na Polícia Militar. Um profissional experiente acaba desenvolvendo uma régua própria para medir a gravidade de cada ocorrência. Aquela atingia o grau máximo na escala. O desenrolar seria imprevisível.

Esse foi o dia em que o destino de Kika foi selado. O dia em que o aviso de Inês Santana mais fez sentido.

E pensar que toda essa sucessão de surpresas, combustão do caso que ganhou o título de "maior mistério do ano no estado de São Paulo", começou de maneira tão pequena: com uma reclamação de barulho para o 190.

# ENCONTREM-ME

16/03/2012
Moinho do Café

Dois meses antes.

No ano de 2012, mais de 88 mil pessoas desapareceram em todo o Brasil. Entre tantos esquecidos, o caso de Kika ganhou destaque midiático. A vítima, afinal, tinha perfil ideal para estrelar manchetes: jovem, branca, mulher e perseguida.

Francisca Silveira do Carmo, ou Kika, desapareceu no dia 16 de março de 2012, sexta-feira, duas semanas depois de completar dezesseis anos. Foi durante uma excursão do colégio particular onde estudava, o Álvares de Azevedo, de Guarulhos. Uma das tradições da escola era levar alunos do segundo ano do ensino médio a um sítio localizado no limite entre Mogi das Cruzes e Itaquaquecetuba para verem na natureza o que tinham aprendido nas aulas. O terreno é enorme, com verde a se perder de vista. O nome ainda é o mesmo dado no batismo nos anos 1940: Moinho do Café. A diferença é que de vinte anos para cá o plantio do café deu lugar à cultura de vegetais e temperos exóticos, vendidos a restaurantes da região metropolitana.

O dono, em 2012, era Lúcio Pineda, um agricultor sem qualquer proximidade com jovens. Mas como velho conhecido do diretor da escola e veterano naquela tradição, sabia exatamente o que mostrar aos estudantes: as estufas com plantas raras, os estábulos, os campos onde as vacas e os porcos andavam livremente, o pomar florido com seus insetos — e onde os estudantes podiam criar suas próprias armadilhas para capturar espécies — e, como *gran finale*, um extenso lago nos fundos do sítio habitado por peixes de todos os tamanhos, rãs, capivaras, garças e quero-queros. Pescar era permitido.

Mas os alunos não queriam saber de pesca. Pareciam gostar mais da flora que da fauna naquele sítio. Nos trinta minutos de intervalo que tinham, aproveitavam para se embrenhar na mata fechada ao redor do lago e ficar longe dos olhos dos professores. Os namorados não perdiam um minuto.

Kika falou em conhecer a mata. Uma das alunas — Elaine Campos, uma garota de óculos e traços finos que depois prestou depoimento à polícia e afirmou ser a amiga mais próxima de Kika — disse que suspeitou de suas intenções.

— Ela não falou direito comigo, só perguntou de costas se eu queria ir junto. Só que, tipo, ela não parecia muito... Parecia que tava falando por falar, sabe? — Ela fez aspas com as mãos em seu depoimento ao delegado Lauro Jahib, do Setor de Homicídios da Delegacia Seccional de Guarulhos.

— Como assim?

— Eu tenho certeza de que a Kika só me chamou pra ir andar com ela pra me *dizer* que ela tava indo andar. Mas queria que eu ficasse.

— Por que ela faria isso?

Elaine mordeu um pedaço da unha enquanto pensava.

— Ela meio que sempre faz isso. É um jeito de chamar atenção quando ela vai encontrar um cara e, tipo, quer que eu fique sabendo. Talvez até pra me deixar com ciúme.

— Tem certeza?

— Sério, eu conheço a Kika.

— Você parece meio ressentida...

— Ressentida? Nossa, não. Juro. É só que eu me acostumei com isso. A Kika era assim.

— *Era?*

— *É* assim. — Elaine bateu na boca e fechou os olhos, perdida num amargo constrangimento ao lado da mãe, que acompanhava o depoimento. — Desculpa, não sei por que eu falei isso, eu...

— Tudo bem. — O delegado fez uma anotação no caderno sem que percebessem. — Mas por que a Kika faria isso?

— Oi?

— Isso de te chamar pra ir só pra te deixar com ciúme. Ela por acaso foi encontrar com alguém que você... bom, algum menino que vocês duas já...?

Elaine fez cara de quem já tinha entendido a pergunta.

— Não, não, não. A gente não tem... os mesmos interesses.

— Meninos diferentes?

— Digamos.

— Digamos como? A Kika gosta de que perfil? São vários, pelo que ouvi.

— Ah, o senhor ouviu? Então deve saber dos caras com quem ela já ficou.

— Eu pedi uma lista pro diretor, mas eu ainda não entendi a questão do ciúme. Algum... *pretendente* seu tava na mata também?

— Não, eu já disse, não é nada disso. Ela me chamou pra ir só pra conseguir atenção.

— Atenção a troco de quê?

A mãe de Elaine, Felícia Campos, se intrometeu pela primeira vez:

— Doutor, não é melhor deixar isso pra depois? Ou baixar um pouco o tom? A minha filha...

— Deixa, mãe — Elaine falou, por uma parte envergonhada pelo pedido de Felícia, por outra grata por saber que havia alguém de confiança a seu lado em um ambiente tão hostil quanto aquela delegacia.

— A Kika fez tudo aquilo porque, falando bem sério, ela é total *attention whore*.

— Total o quê?

— Olha, eu só sou a mais ligada à Kika porque, na real, ela não tem ninguém próximo dela. Tipo, uma amiga de verdade. Se ela fica rodeada é sempre por meninos.

— Isso porque ela é, não sei, arrogante?

— Não. Talvez. Não acho que seja bem isso. Ela é arrogante às vezes, mas eu acho que você não tá entendendo muito bem qual é o motivo e qual é a consequência.

O diretor da escola bem que tinha dito ao delegado que Elaine era uma de suas alunas mais inteligentes. Ela se perdia nos próprios raciocínios enquanto tentava montar um retrato de Kika.

— O que eu quero dizer é que ela é uma menina mega de boa. Só que, tipo, ela é linda, linda, linda. E aí você sabe como são as meninas...

— Inveja?

— Devem ter te contado sobre a vez em que a Kika...

— Já ouvi, sim.

— Então. Aquilo foi... Se você olhar bem, do jeito que foi... — Ela foi caindo no silêncio, a boca aberta para falar, mas as palavras se recusando a sair do jeito que a dona queria.

— Eu entendo. Aquilo foi pura maldade.

— Você entende mesmo? — Elaine mordeu o lábio, em dúvida.

— Isso é filme da *Sessão da Tarde*, todo mundo já viu. A Kika chama dez vezes mais atenção do que todas as outras. Aí ferrou. Nessa de empoderamento, tem mulher que não quer saber de companheirismo. É batalha por beleza e por curtidas.

Elaine respirou fundo. Obviamente não concordava.

— Você tem que acreditar que aquilo que aconteceu há dois anos foi porque todas as meninas odeiam a Kika por um motivo maior, que nem elas sabem explicar. Elas nem olham pra cara da Kika. Nunca olharam. Ou se olham é pra tirar um puta sarro ou xingar ela de, sei lá, biscate.

— *Filha*.

— Mas é verdade, mãe. No fundo, ela é uma coitada. Acho que a reação natural dela a esse ódio todo foi virar uma menina pedante, egoísta, que precisa de atenção. Uma menina que, às vezes, chega a ser insuportável.

— E você ainda diz que é amiga dela?

— Eu disse que *às vezes* ela chega a ser insuportável. Ela é uma pessoa legal. A culpa não é dela... Eu entendo ela.

— Então você acha que ela só te chamou pra ir andar porque queria dar a entender que ia pra mata encontrar algum menino. Um menino que você não sabe quem é. É isso?

— Colocando assim pode parecer bizarro. Mas nossa, é isso. Ela deu a entender que aquele passeio na mata era insignificante porque queria dizer exatamente *o contrário*.

Elaine viu Kika entrar desacompanhada na mata durante o intervalo. A partir daí, não soube mais da garota.

Meia hora depois, o diretor e o professor de biologia encerraram o intervalo e chamaram os alunos para fazer uma fila. Era o fim do passeio. Mas no momento de contar os nomes, perceberam que faltava um. Quem? Demorou até que dessem pela ausência dela, talvez porque Kika não tinha amigos que sentissem sua falta.

— Não é possível que ninguém viu a Kika — foi o que disse o diretor Sandro Meireles quando caíram na realidade; quando a leveza do passeio começou a se esvair e as pessoas perceberam que alguma coisa séria poderia ter acontecido. Sob a vista do grupo todo, Sandro tinha dado voltas naquela imensidão verde esperando avistar a silhueta da garota perdida no horizonte do fim da tarde. Em seguida, tinha convocado os próprios alunos a ajudar, pedindo até que se arriscassem nas margens do matagal. Lúcio, dono do sítio, voltou dizendo que não havia sinal da garota no estábulo, na estufa nem no pomar.

Passou-se uma hora. O professor de biologia insistiu em ligar para a polícia.

— Sandrão, não é nem pra avisar que é emergência. Não é isso. É mais porque eles são experts nesse trabalho, e em maior número. A gente encontra a menina rapidinho com a ajuda deles — foram as palavras do professor Celso Bottura, como registrado em depoimento à polícia.

Mas Celso estava errado. Não encontraram a menina.

Os alunos voltaram para a escola e foram recebidos por pais ansiosos. Queriam saber por que o ônibus tinha demorado tanto. A única que teve um palpite foi, justamente, a mãe que não viu a filha descer do ônibus. Maria João aproximou seu metro e noventa do professor Celso — o diretor Sandro havia ficado no sítio — e perguntou o que tinha acontecido com sua filha. Foi assim, direta, esperando pelo golpe. A experiência traumática de dois anos antes tinha lhe ensinado que a vida pode trazer tragédias de uma hora para a outra. Num instante, você está vendo sua filha subir as escadas de um ônibus; no outro, não a vê mais voltar.

Maria João Silveira do Carmo foi na viatura da polícia até o sítio Moinho do Café, onde encontrou equipes fazendo buscas por sua Kika. A mãe segurou as lágrimas, ainda tinha esperanças. Ajudou como pôde, mas ela mesma conhecia quase nada do terreno. No meio da madrugada, um policial tocou seu ombro e chacoalhou a cabeça.

— A gente só encontrou isso.

Mostrou um colar com um pingente de coração.

Era de Kika. E deveria estar no pescoço dela. Ao ver aquilo — uma prova concreta de que a garota tinha passado por ali e de que o colar fora arrancado de seu pescoço —, Maria João desmoronou. Significava violência. Significava que acontecia de novo. Mas será que Deus seria tão bom a ponto de lhe devolver a menina uma segunda vez? Maria João fez vários questionamentos em voz alta naquela noite. Foi tomada como psicologicamente fraca. Deram-lhe um calmante. Às quatro da manhã, ela se sentou em um banco na cozinha do agricultor e não falou nem se moveu até o sol raiar. Os olhos eram um oceano em fúria.

Kika havia desaparecido como se nunca tivesse pisado naquele sítio.

# DEPOIS

28/05/2012
Casa de Maria João

O oceano em fúria perseguiu Maria João por mais de dois meses, entre idas e vindas. Foi ainda com esses olhos cheios de significado que a mãe de Kika recebeu Conrado Bardelli em 28 de maio de 2012, oito dias após a descoberta da "Casa dos Horrores".

Entre tantas pessoas com quem Bardelli conversou na duradoura carreira de detetive particular, poucas o marcaram tanto quanto Maria João Silveira do Carmo. Já se passaram seis anos, mas ele ainda se lembra com detalhes daquela tarde em que Maria João o recebeu para tomar chá. Um sabor, para ele, bastante exótico: maçã com gengibre. Ela tinha dito com firmeza que não bebia mais café. Ainda assim, fez a gentileza de perguntar se Conrado queria.

— Claro que faço só pro senhor. O senhor é convidado.

Ele negou e disse que ficaria encantado em beber o chá que ela com certeza faria muito bem. O sorriso contagiante que ele abriu não foi pela gentileza. Foi para cortar a tensão. Uma tensão presente, também em fúria, como se transbordasse daqueles olhos e deixasse a cozinha debaixo d'água.

Maria João sabia muito bem por que ele estava lá.

— Você conhece Guarulhos, seu Conrado? — O assunto lugar-comum o ajudou a relaxar. — Conhece o Cecap? *Aqui*, na verdade, é Vila Barros. Mas eu sempre tô lá pra baixo, pro lado dos predinhos.

— Conheço pouco. Só de passagem, por causa do aeroporto de Cumbica.

— A Kika nasceu num dos predinhos do Cecap, no condomínio São Paulo, lá na frente. Dei à luz dentro do apartamento, imagina? Ambulância não chegou e não deu tempo de pedir carro emprestado pra ninguém. Uma dor. Mas uma alegria. — Pegou a panela, encheu-a de água, ligou o gás do fogão, deu vida à chama. — Eu disse: "Ah, agora é que eu não saio mais desse chão". Não desgrudo. Só me mudei aqui pra cima porque o meu Manuel falou: "Melhor pra menina viver em casa, ela anda, corre, e é aqui do lado". Tudo bem, aceitei viver *aqui do lado*, mas só porque é *aqui do lado* mesmo. Não me imagino em outro lugar. Provavelmente vou morrer aqui.

Ela falando e seus braços como máquinas, alimentando a panela com os ingredientes do chá a todo vapor. Gengibre, açúcar, casca de maçã e outras coisas que Conrado não conseguia enxergar. Era uma cozinha escura. A única janela ajudava a ter noção do espaço, um cão guia para cegos.

Em nenhum momento Maria João permitiu que Conrado a ajudasse. Ele era visita, deveria esperar sentado, como mandava a etiqueta.

— O senhor veio pela Dutra? Ah, então passou do ladinho da escola e entrou pouco antes do Hospital Geral. Talvez o senhor nem tenha percebido.

E estavam novamente submersos. Conrado se sentiu um intruso, o inimigo que aparece, toma o chá da anfitriã e lhe envenena a xícara.

— A escola da Kika? — Ele sabia a resposta, mas fez a pergunta porque queria mostrar que estava disposto a escutar.

— Isso. E o hospital onde ela... *onde ela*...

Era em momentos assim que Maria João tinha o costume de empurrar os ombros ainda mais para a frente e abaixar a cabeça e deixar a voz morrer num sussurro, como se tentasse a todo custo disfarçar seu metro e noventa de corpo. Rosto longo, manchas da idade, cabelos que estavam sempre despenteados, por mais que ela tentasse arrumá-los. E um semblante — às vezes acompanhado de um meio-sorriso; era raro, mas acontecia — que fazia você olhar de novo. Checar por que ela estava te olhando de um jeito misterioso, como fazia agora.

— Não foi uma boa ideia eu ter vindo. Desculpa. Não precisa de chá.

— Que isso, seu Conrado. Senta. Eu preciso de chá. Senão o que eu vou fazer da minha tarde? *Eu*, essa panela e os pensamentos fervendo aqui dentro, tão... tão...

Um álbum de fotos pavoroso passou por trás daqueles olhos. Hematomas. A pele branca como gesso. Sangue. Impossível conter as lágrimas. Maria João tampou a panela e voltou à mesa. Os soluços não demoraram a vir.

— Eu espero que o senhor nunca, **nunca** passe por isso. Ficar sem a filha. Você perde uma parte sua, um órgão, um pulmão. E como é que você respira sem o pulmão, seu Conrado? Como? Você *nunca* fica bem. Eu emagreci quase dez quilos. — Seus lábios tremiam entre os pingos de água salgada. — Só quem passa por isso sabe o que é. Aqueles pais que perdem os filhos na guerra... Ou num ataque terrorista desses que a gente vê nos jornais.

— Imagino que seja o pior sentimento do mundo. Eu passei por coisa parecida.

Mas Maria João não acreditou. Em sua própria dor, exclusiva de tão devastadora, ela achou impossível alguém se sentir como ela. Poderia ter se descontrolado com o hóspede, poderia tê-lo ofendido e expulso de casa pela falta de noção. Mas bem nessa hora, a anfitriã abriu um sorriso de esperança.

Isso resumia muito bem a personalidade de Maria João Silveira do Carmo. Uma figura cabisbaixa, reclusa, que incitava suspiros de dó em contraste com o otimismo que fazia emergir e surpreender. Conrado achava-a interessantíssima. Algo naquela postura lembrava-lhe a avó materna: a obstinação acima da dor, o chá servido ao convidado — *ela o havia recebido em sua casa mesmo depois de saber por que ele estava ali.* Tudo como mandava a tradição, exemplos do bom convívio social.

Olhar para Maria João era como espiar o passado por uma fenda. A cozinha escura com o chá feito em casa, o pão fresquinho na cesta sobre a grossa toalha de mesa. Como nos velhos tempos.

*Aí está minha avó*, pensou Conrado.

Com uma diferença. Maria João era suspeita de assassinato.

# TELEFONEMA

20/05/2012
Casa de Maria João

*Assassinato* foi justamente a primeira palavra que lhe veio à cabeça oito dias antes,* quando Maria João atendeu a ligação na cozinha. Era por volta daquele mesmo horário. Mal teve tempo de dizer *alô*.

— Dona Maria João, sou eu.

O pressentimento estava lá, como ela diria depois ao próprio delegado. Ela conhecia muito bem a voz dele. Já tinha ouvido seu timbre lidar com o espanto, alterar-se na irritação, suavizar na hora de dar esperança. Naquele dia, a voz pelo telefone estava ofegante, firme. Uma mudança que, embora soasse insignificante a ouvidos alheios, era uma notícia por si só para Maria João. E traduzia que era chegada a hora da *grande notícia*.

Ela se desesperou.

— Doutor Lauro, pelo amor de Deus, não me diz que a minha filha morreu, não me diz. Não se morre aos dezesseis anos. — Afogou no próprio pranto. — O tanto que eu rezei, meu Deus do céu, que el....

— Não, dona Maria, me escuta. A gente encontrou ela. *Viva*.

A mãe achou que fosse brincadeira.** Que o doutor Lauro Jahib tivesse dito aquilo apenas para que ela parasse de chorar.

— A minha... a minha Kika? Vocês têm certeza?

...........................

\* "Eu só esperava o pior nesses dois meses, diz mãe." *Sentinela de Guarulhos*, 22 de maio de 2012.
\*\* "Mãe diz que cumpria rotina de reza para Kika voltar para casa". *G1*, 20 de maio de 2012.

Claro que tinham certeza, assim como tinham certeza de que ela respirava, estava consciente, tinha comido. *Viva*. As lágrimas vieram numa nova torrente. Um milagre. Maria João não era mulher de despencar. Ainda assim, sentiu náusea, falta de ar. Mas só queria saber da saúde da filha.

— A Kika vai se recuperar de tudo, fica tranquila.

O doutor Lauro foi reticente. Maria João entendeu o que aquilo queria dizer: que os temores haviam se concretizado. "A Kika vai se recuperar de tudo." Era eufemismo. Conotava espancamentos. Estupros. Tudo o que poderia ser curado *no corpo*. Mas e na mente? Nos dias que se seguiram, dona Maria João repetiu essas divagações para jornalistas.*

— O braço esquerdo teve uma luxação e ela tem arranhões pelo corpo. Um corte na perna, acho que vai precisar de uns pontos. — As bochechas de Maria João tremiam a cada machucado. Ela sentia as dores na própria carne. — Mas a Kika vai ficar cem por cento. Tá me ouvindo?

— Tô ouvindo.

— A gente encontrou ela, dona Maria João. A gente encontrou.

Houve um vácuo de pelo menos um minuto na chamada. Maria João não conseguia falar. Na sua cabeça, só existia Deus, Kika e ela. Foi trazida de volta à Terra na terceira tentativa do delegado.

— ... pra senhora vir.

— Ir aonde? — Ela não conseguia pensar em ir a outro lugar senão ao hospital para ver a filha.

— Aqui pra Seccional. A senhora ouviu agora?

— Mas por quê? A minha Kika, eu preciso...

Ele a interrompeu dizendo que a menina estava sedada no hospital e que, mesmo se Maria João fosse para lá, não poderia ver a filha.

— Eu mando um carro. Eu *realmente* preciso que a senhora venha pra cá. É que aconteceu uma coisa...

Maria João fez uma série de reclamações e só se deu por vencida quando ouviu o que ele tinha para dizer. Emudeceu de novo. Percebeu que estava sendo convocada, não convidada. O doutor Lauro ouviu suspiros do que lhe pareceu "uma fúria desmedida" do outro lado da linha.

---

* "Kika se recupera bem e já está sendo atendida por psiquiatra, segundo hospital." *Diário da Grande São Paulo*, 21 de maio de 2012.

Ele nunca tinha ouvido barulhos como aqueles vindos de Maria João. "Aquele som, me pareceu que ela ia soltar um palavrão que nunca tinha soltado na vida. Nunca a tinha visto naquele estado", ele diz.

E ele a tinha visto vivenciar *várias* emoções.

# DEPOIS

28/05/2012
Casa de Maria João

Mas na conversa com Bardelli, oito dias depois, Maria João afirmou não se lembrar de tal reação inflamada.

— Pelo contrário. A alegria que aquilo me deu... *A minha filha, viva.*

Levantou-se, deu as costas e foi mexer na panela. Conrado deu-lhe o tempo de que precisava.

— O senhor já sentiu que ia morrer de tanta felicidade? — Demorou tanto para completar a frase que parecia estar cozendo os pensamentos junto com o chá antes de servi-los à mesa.

— Acho que todo mundo já passou por isso.

— Ai, eu não sei... É tanto alívio, o coração dispara, sabe? A gente mal consegue respirar direito. É felicidade divina, seu Conrado, a gente acha que pode morrer de felicidade. O senhor já sentiu isso?

Sua silhueta esperou por uma resposta que não veio.

— Acho que pouca gente tem a sorte que eu tive. Ganhar a filha de volta não uma, mas duas vezes. Dois anos atrás, naquele centro comercial... — Ela não reparou que apertava demais a colher entre os dedos. Estavam ficando vermelhos. — Eu quase não acreditei. Eles me disseram, no hospital, que o batimento dela chegou a cair, como é?, num estado crítico. Eu tava numa tristeza tão grande, um poço tapado, e eu afogando lá no fundo, sabe?

— Eu lamento.

— Eu simplesmente não acreditei que o ser humano poderia ser tão perverso. E agora *esse monstro...*

Mais silêncio, ensurdecedor. Entrava na cabeça e fazia até doer, mais ou menos como o cheiro forte do gengibre que começava a vir da panela. Maria João voltou à mesa, ao lado de Bardelli. Olhos vermelhos — ela já estava acostumada com as idas e vindas do choro.

— Eu penso que é tipo como se o avião que a minha filha tava viajando caísse. Um acidente e todo o mundo, os passageiros, tripulação, todos eles tivessem morrido. Uma daquelas coisas que param a programação na TV pra mostrar. Mas aí, um dia depois, a companhia aérea vem me dizer que a minha filha, *a minha filha,* foi a única que sobreviveu entre tanta gente. Saber que sua cria voltou dos mortos. E aí, dois anos depois, num passeio escolar, de novo. *Agora*, na semana que passou.

— Escapar da morte duas vezes, hein?
— Duas vezes. Sorte demais.
*Ou azar*, Bardelli pensou.
— Só de falar disso já me dá calafrios, eu me arrepio toda, olha aqui o meu braço. Um calafrio bom.

Enquanto falava, ela pegou um pedaço de pão francês que estava na cesta sobre a mesa. Mas não o comeu. Partiu-o ao meio, um resquício de agressividade em seus longos dedos, e arrancou o miolo. Um miolo branco ainda quente, que Maria João começou a girar entre o dedo polegar e o indicador. Esculpia-o como se brincasse de massinha de modelar.

— É por isso que eu não faço mais café. É tão raro ela conseguir pregar o olho.
— Eu imaginei. A Kika tá dormindo agora, no andar de cima?
— Graças a Deus. — Maria João sorriu por cima do miolo. — Ainda precisa descansar bastante, a minha Kika. Ficou esse trauma porque esse horário era quando ela conseguia pegar no sono, quando aquele... aquele *monstro* saía pra... — Pigarreou, desviou-se das lágrimas. — Os médicos, eles mandaram não dar café, não acordar. Claro que eu não ia acordar. Mas às vezes eu tenho vontade, sabe, seu Conrado?, tenho vontade de abrir a porta só pra ficar vendo ela dormir.

Conrado sorriu. Ela não reparou. Estava vidrada no miolo, que finalmente ganhou formato entre seus dedos: era uma cruz. Maria João contemplou a cruz por vários segundos, tendo no rosto a comoção de quem vê uma imagem sagrada.

— Deus salvou a minha família... Deus mandou alguém ajudar...

Ela acordou da experiência transcendental e escondeu a cruz entre os dedos, ruborizando.

— A senhora tava falando do depoimento. Da reação quando o doutor Lauro...

— Ah, sim. O doutor Lauro só faltou me receber de joelhos na delegacia. Eu tava alvoroçada pra ver a Kika e ele todo envergonhado pedindo perdão, sabe? O senhor já conheceu o doutor Lauro?

— Conheci.

— Claro que o senhor conheceu. Que cabeça a minha. Ele disse que era procedimento, que as... as *circunstâncias* obrigavam aquilo.

— Eu me coloco no lugar dele. Deve ter sido difícil fazer um interrogatório com uma mãe na sua situação.

A vista de Maria João se perdeu na sala submersa. Fez papel de estátua por vários segundos — uma neurótica ouvindo vozes na cabeça.

— Eu jurava que agora eu tinha perdido ela. O doutor Lauro disse que suspeitou. Eu não sei o que pensar. Acho que é mentira. Ele disse que, se tivesse provas, teria corrido antes atrás da Kika. — Ela amassou a cruz. — Pois eu teria corrido atrás *dele*. Logo de cara, naquela hora mesmo em que o ônibus estacionou na escola e a minha filha não desceu dos degraus.

# SUBJETIVIDADE

Hoje

Eu era uma das alunas naquele ônibus.

Ainda agora consigo sentir o arrepio que me lambeu a pele no sítio. É um efeito que não passa; anos e anos e ele sempre me revisita, armado de um poder que transcende o tempo. Basta fechar os olhos para me ver de volta, no escuro, explorando as matas do sítio ao lado dos meus amigos e do professor Celso, todos nós roxos de tanto gritar em vão pelo nome da Kika. E o medo, o mais primitivo de todos, de quem se vê explorando o território inimigo sem saber o que pode encontrar atrás da próxima árvore. Quem sabe não estávamos pisando justamente no ponto onde a Kika tinha sido pega? E se víssemos sangue? E se víssemos... alguém?

*Uma de nós. Desaparecida.*

Eu chorei naquela mata. Pedi para desistir e retornar ao lago. O Celso não soube o que fazer. No fim, me escoltou de volta. Os outros entenderam. Ninguém julgava; ficaram até felizes. Estavam todos na mesma situação, adolescentes de dezesseis anos que pareciam crianças no maternal.

É verdade que a Kika tinha fama de não se dar bem com os outros. Pouco sociável, do tipo que mal se esforçava para ser simpática. Eu, pessoalmente, nunca tive problema com ela, mas era minoria. A maioria dava oi e tchau para ela, talvez trocava ideia sobre alguma prova, horários, falava mal de professores — e depois a xingava pelas costas. "Bika" chegou a ser seu apelido maldoso. Diziam que ela era tão estranha e insuportável com sua faixa de Miss, maquiagem e pose de Gisele Bündchen que dava vontade de dar uma bica.

Tudo isso pareceu tão pequeno e insignificante no dia do desaparecimento. Ela tinha DESAPARECIDO. E se ela estivesse sofrendo naquele momento mesmo, enquanto a procurávamos? Um acidente, um membro quebrado? Ou sob o domínio de alguém? Era angustiante.

Só então percebemos o quanto dizer *eu odeio fulano* é quase sempre um exagero. Não odiávamos a Kika. No fundo, tínhamos dó dela e nos sentíamos estúpidos por ter achado que uma vida se resume a maquiagem e a uma coroa de concurso de beleza. Tenho certeza de que era isso o que se passava na cabeça de cada um dos alunos enquanto o ônibus voltava da excursão. Tensos. Um ônibus gelado, parecia atravessar o Polo Norte, esquentado apenas pelas nossas respirações aceleradas.

Agora, sete anos depois, formada jornalista, decidi escrever sobre esse caso e todos os segredos que ele fez emergir. É um projeto que ia acabar saindo, cedo ou tarde. Este livro era uma pérola esperando para ser coletada dentro de uma ostra esquecida.

Como é que uma pessoa sobrevive a duas quedas de avião, para usar o exemplo de Maria João? Coincidência assim é minimamente provável? Me fiz essas perguntas no início deste livro. Meu cérebro buscava alguma lógica. Foi o que aconteceu com a Kika, afinal: a menina que quase morreu duas vezes e voltou em ambas.

Pesquisei e encontrei resultados que me deixaram ainda mais abismada, casos que manchariam o nome de qualquer romancista que se atrevesse a inventá-los. Se você duvida, leitor, te convido a procurar também. Vai descobrir, por exemplo, a história do jovem Austin Hatch, "o garoto que sobreviveu a duas quedas de avião", como os jornais até hoje não cansam de repetir. A fama de menino-milagre veio depois de acidentes ocorridos em 2003 e 2011 que mataram sua família inteira, menos ele. Já em 2007, o jornalista de Brasília Roberto Moraes da Silva ganhou duas vezes na loteria em uma mesma semana. A internet tem um farto catálogo de teorias da conspiração, mas, ao que tudo indica, o episódio não passou de uma muito improvável, porém possível, coincidência.

Agora sei como os amigos de Austin Hatch devem ter se sentido ao ficarem sabendo sobre os acidentes. Imagino também como seja conviver com a fama. A Kika vive com a dela até hoje.

Minhas recordações servem, neste livro-reportagem, para transmitir as sensações de alguém que testemunhou e participou dos acontecimentos. Mas não pude confiar só na memória. Cada cena, cada informação, cada fala dos envolvidos — tudo foi criteriosamente apurado e checado mais de uma vez. Para isso, me baseei em pesquisas de publicações jornalísticas, gravações em voz e vídeo de conversas e depoimentos, textos em redes sociais, documentos da polícia e da justiça, leituras repetitivas do processo, com mais de mil páginas, e entrevistas feitas tanto com peritos de fora quanto com os envolvidos no caso Kika.

A maioria aceitou conversar comigo e me abasteceu, eu calculo, com noventa por cento das informações de que precisava. Mas uma testemunha — talvez a mais importante — deu negativa atrás de negativa: Maria João Silveira do Carmo, a mãe da Kika. Tentei por vários meses e não obtive resposta. Foi algo que lamentei muito. Cogitei cancelar o livro por causa disso.

Até que outra fonte — esta, sim, que eu duvidava conseguir — tampou esse buraco.

Trata-se do doutor Conrado Bardelli. É um homem de cabelos castanhos, já um pouco grisalhos, e barba bem cuidada que lhe dá um aspecto jovial. Tem quarenta e sete anos, mais de vinte deles dedicados ao escritório de advocacia no centro de São Paulo. Mas quando eu o procurei, não foi para serviços legais. Eu queria falar com sua outra faceta, a de detetive particular — a mais famosa, inclusive.

Logo que comecei a pesquisar sobre o caso, me deparei diversas vezes com nomes que não sabia a quem ligar. Conrado — Bardelli — Lyra. Sabia que um deles era o tal detetive que se envolvera no final do caso. Mas qual dos três? Compreendi depois que os três pertenciam ao mesmo sujeito. Nome: Conrado. Sobrenome: Bardelli. Apelido desde os tempos de faculdade: Lyra. Conheci também a fama do detetive: um homem sensato, que distribui simpatia até ganhar sua confiança e extrair todas as informações sobre você.

Talvez por isso eu tenha antipatizado com ele no início. Esperava encontrar um charlatão que tentaria me levar na conversa com elogios baratos. Foi exatamente essa a primeira impressão que tive dele. O doutor Bardelli me recebeu em seu escritório com um sorriso no rosto e uma série de perguntas animadas sobre o meu projeto. Eu respondi somente o necessário e fugi de seus aplausos, que julguei falsos. Eu não seria uma de suas vítimas.

Acabei sendo. Não de um jeito negativo. E não porque ele é um charlatão habilidoso, como supunha. É que eu simplesmente entendi qual era a dele. Entendi que ele se importava com a história, tanto quanto eu. Tocou nos assuntos mais pesados sem um pingo de preconceito ou restrição. Vi compaixão nos olhos dele quando ficou sabendo como eu fui envolvida no caso. É difícil encontrar gente assim nesse ramo — gente que demonstra sentimentos.

Fato é que, quando se encontra gente assim, fica mais fácil se abrir. Foi assim comigo. Foi assim com Maria João.

A retórica levou o doutor Bardelli ao fundo do caso, sete anos atrás. Ele conseguiu algo raro: perfurar a grossa camada que Maria João havia criado em torno de si e de sua filha desaparecida. Tudo isso aconteceu durante uma conversa que eles tiveram numa tarde de segunda-feira, oito dias após Kika ter sido encontrada. É essa conversa entre Maria João e Conrado Bardelli que transcrevo, o mais fielmente possível, ao longo deste livro. Bardelli gravou a maior parte das falas, com a autorização.

Ele classifica o diálogo — com ares de depoimento — como "fascinante" por dois motivos. Primeiro: por meio dele, foi possível descortinar a personalidade daquela mulher, uma das protagonistas do episódio. Segundo porque também costurava os acontecimentos e as investigações conforme se sucederam, como um resumo do caso.

A estrutura que o doutor Bardelli propôs para a nossa conversa acabou servindo também como base para este livro.

— A realidade copia sim a arte — justifica ele. — No fim, muito se resume à jornada do herói: o conflito, a partida do protagonista, as dificuldades, as reviravoltas, o clímax e o desfecho com a volta do herói. O que eu fiz foi, digamos, colocar as cenas em ordem. O roteiro tinha sido mal editado de propósito. Só aí eu vi uma história convincente.

PARTE II

# SEQUESTRO E ABUSO SEXUAL

"O amor de uma mãe por seu filho não é igual a nada no mundo. Ele não conhece qualquer lei nem piedade. Ele ousa todas as coisas e aniquila sem remorso tudo o que estiver em seu caminho."

— Agatha Christie

O colar de Kika com pingente de coração foi encontrado na mata durante a madrugada de sábado, 17 de março de 2012. A foto foi tirada pela perícia ao amanhecer e anexada no inquérito. Até aquele momento, ninguém sabia quem tinha dado o colar à garota.

O Cecap parou quando Kika desapareceu. Todos do bairro se mobilizaram para encontrá-la. Ou melhor, quase todos.

# ANTES

16/05/2012
Cecap

Dentro daquele ônibus de volta do sítio, ouvi uma das coisas que mais me revoltaram no caso. Desorientada, eu acompanhava meus colegas no silêncio fúnebre, quando a menina no assento ao meu lado comentou:

— Ela mereceu. A roupa dela, da Kika, você viu o tamanho do shortinho? Ela usa o mesmo desde o nono ano do ensino fundamental. Muito vaca.

Assim, simples.

Eu teria discutido se não estivesse anestesiada pela ocasião. Então simplesmente olhei para o rosto dela — era Melina seu nome, e eu tive a impressão de que toda vez que olharia para ela a partir daquele dia, eu sentiria o mesmo desgosto — e morri em seu semblante.

— Deus pune os que pecam — ela cravou.

Aquele era o lema de Melina. E ela o repetiu até chegarmos de volta ao colégio. Em determinado ponto, Melina não dizia aquilo para mim. Dizia para si mesma, com exagerada convicção. Fazia lembrar uma criança que precisa decorar a tabuada para acreditar na matemática.

— O shortinho, o mesmo do nono ano.

Encontrei minha mãe na chegada, acompanhada do meu irmão, que na época tinha cinco anos. Vimos a cena da dona Maria João recebendo a notícia do desaparecimento da filha. Todos — alunos e pais — seguramos a respiração. Por um momento, ninguém quis mais viver em um mundo em que meninas desaparecem daquele jeito e mães são escoltadas para viaturas da polícia com lágrimas nos olhos. Depois, todos acordaram do transe e saíram em disparada. Na hora, foi até engraçado, com o perdão divino. Era como se os pais quisessem esconder seus filhos para que maníaco nenhum os levasse.

Nessa debandada, vimos a Melina encostada no portão, com os olhos amedrontados. Estava sozinha. Minha mãe, sempre solidária, foi perguntar o que havia de errado. A Melina disse que tinha perdido a carona do pai (o ônibus, afinal, deveria ter voltado mais cedo do passeio) e agora precisaria esperar na porta da escola até mais tarde. *De jeito nenhum*, foi o que transmitiu o olhar da minha mãe. Antes que eu pudesse interrompê-la, ela convidou a Melina — ou melhor, *comunicou* a Melina que a levaríamos para casa.

— A minha casa tá trancada, meu pai não volta até depois das dez.

— Então você janta com a gente. Resolvido?

A Melina fez cara de nojo. Nesse ponto, eu a achava parecida com a Kika. Ambas antissociais, cada uma ao seu modo. A diferença é que a Kika, nessa situação, inventaria uma boa desculpa e se safaria do compromisso. Como a Melina era desprovida de coragem, não conseguiu ver uma forma de fugir e acabou aceitando. Mas saiu por cima: passou para a minha mãe a impressão de boa moça, tímida e vulnerável.

Quando entrávamos no carro, ouvi minha mãe murmurar enquanto punha o cinto de segurança:

— Imbecil, deixar a filha pra trás bem no dia em que...

Eu bem que tinha estranhado. Sim, porque ao contrário de tantos adolescentes que reclamavam da família (*reclamar* é eufemismo), a Melina costumava idolatrar o pai. Dizia ser, no mundo, o homem mais íntegro, correto e instruído — e tantos outros adjetivos que beiravam o complexo de Electra. Pensei em questionar o porquê do abandono. Mas eu estava no banco da frente e, pelo retrovisor, vi a Melina com o cabelo negro e engordurado encostado na janela. Seus óculos estavam embaçados, ela não ligava. Meu irmão ficou o tempo todo olhando pra ela, uma expressão de quem sente um cheiro ruim e não sabe de onde vem. Melhor emudecer. Minha mãe, por outro lado, insistiu.

— Você gosta de macarrão?

— Gosto. Obrigada, tia, você é muito boa. E muito bonita.

— Eu? — Minha mãe riu. Disse que a Melina é que era educada, que sempre seria bem-vinda. — Já avisou seu pai?

— Já. A sua casa é uma casa de Deus, dá pra perceber. A sua filha é uma menina boa.

*Agora só falta ela falar que meu short tem o comprimento adequado.* Eu não me mexi. Minha mãe estava adorando aquela troca de simpatias, ainda mais num dia tão tenso. Só que, no embalo da conversa, tocou no assunto errado: o desaparecimento. Disse que iam encontrar a Kika uma hora ou outra. Que era horrível, Deus sabia o quanto era horrível, mas que a gente tinha que ter confiança no destino, que tudo ia dar certo, quando:

— Ela mereceu. Era uma biscate e Deus pune biscates.

Foi tão brusco que minha mãe petrificou. Só olhou pro meu irmão, receosa de que ele tivesse aprendido um novo palavrão.

Esse mesmo silêncio desconfortável — que vinha desde o ônibus — nos acompanhou durante o jantar. Até meu irmão, pequeno demais para entender, sentiu a eletricidade no ar que nos fazia lentos. Ele comeu incomodado. Nenhuma de nós mencionou meu pai nem o incidente com a Kika. Mas, em determinado ponto, o silêncio atingiu tal nível de voltagem que minha mãe preferiu enfrentar a estranheza da Melina a sofrer na tensão. Perguntou o que o pai dela fazia.

— Meu pai é pastor, com muito orgulho.

— Ah... — Um *ah* que ecoou por tempo até demais. — E ele tá no culto agora?

Melina respondeu com o olhar, uma fisionomia de grande admiração. Era evidente que tocar no assunto *culto* seria uma heresia se vindo de nossas bocas, ó, pecadoras. A sorte foi que o próprio pastor chegou ao fim do jantar. Quando minha mãe abriu a porta, deu de cara com um homem quadrado, pesado, pele morena, suor na camisa, suor na testa e óculos que refletiam demais as lâmpadas. Entrou e foi à mesa, onde se serviu do macarrão, sorrindo. Apresentou-se como pastor Bartolomeu.

— E obrigado por cuidar da minha menina, dona. Deus vai lhe pagar. O macarrão tá com uma cara maravilhosa.

Minha mãe, antes de pé (nós já tínhamos terminado de comer), achou melhor se sentar de novo e beliscar os restos do prato. O apetite era tão falso quanto seu sorriso.

— Eu tava cumprindo minha missão. Os fiéis, as almas deles precisam. — Bartolomeu articulava as palavras num tom professoral, alfabetizando-nos no idioma da religião. — Geralmente, o culto é terça-feira, mas hoje eu abri uma exceção. Uma noite especial na igreja. É preciso, é preciso. O diabo é nosso vizinho no dia a dia, sabe? É tão presente que... bem, que poderia muito bem estar aí, sentado na mesa com a gente.

— Ou acompanhando os nossos filhos na excursão de hoje.

— Exatamente. A menina. Que coisa, né? É o diabo, o diabo bem aí.

— A notícia corre rápido — minha mãe comentou. Ela, como eu, pensava que o pastor Bartolomeu ainda não soubesse. Ou, pelo menos, ele não parecia saber.

— Pobrezinha. Mas é o que a gente diz: tá certo que tem gente que pede, que... que *flerta* com o diabo, mas ainda assim...

Claro. Tal pai, tal filha.

Assim que os dois saíram, minha mãe se encostou na porta, mordeu o lábio.

— Ele não me reconheceu.

Quando perguntei o que ela queria dizer, minha mãe disse que tinha salvado a vida daquele homem. Na época, não era Bartolomeu Ramalho, o pastor. Era Bartô, o noia.

Fazia talvez vinte anos, época em que minha mãe estagiava numa empresa no centro de Guarulhos. No caminho ao trabalho, costumava passar pela entrada do Bosque Maia, o parque mais importante da cidade. Todos os dias via aquele homem jogado no papelão pedindo um trocado. Bem diferente, é verdade: naqueles dias, Bartolomeu estava magro a ponto de exibir as costelas por entre a camada de sujeira e a camiseta rasgada. Muitos pedestres doavam (minha mãe inclusive), mas ela era a única que se atentava para onde ia a esmola. Drogas — crack, especificamente. Minha mãe passou a comprar comida, o que desagradou o morador de rua. Comida ele conseguia com as padarias e restaurantes da avenida Paulo Faccini. O que queria mesmo era dinheiro.

Até que um dia, aquele sinônimo execrável da desigualdade social de Guarulhos sumiu. E apesar de tanta gente que doava moedinhas diárias, só a minha mãe deu pela falta do morador de rua. Ela percebeu gotas de sangue no papelão e as seguiu pela calçada até dentro do Bosque Maia.

Seguiram-se quinze minutos de uma busca que começou pelas quadras, passou para a pista de corrida e terminou na trilha que se embrenhava pelas árvores do bosque. O guarda do parque que acompanhava minha mãe foi o primeiro a avistar o corpo de Bartolomeu Ramalho num emaranhado de arbustos, próximo ao muro que delimitava o terreno. Bartolomeu tinha um corte profundo no peito, deixando seus músculos expostos. Estava desacordado. Abriu os olhos somente no momento em que o guarda saiu para chamar o resgate, deixando minha mãe para trás com o ferido. Ela disse que teve um péssimo pressentimento: de que o morador de rua iria acordar, dizer suas últimas palavras, um mistério, uma confissão, e morrer antes da chegada da ambulância.

Penou para falar:

— Diz pro Cleiton que eu não roubei pedra nenhuma, eu não sou noia ladrão, pedra nenhuma...

Delirou até a ambulância levá-lo. Desde então, minha mãe nada soube daquele sujeito. Achou que nunca mais o veria. Até o jantar no dia em que a Kika desapareceu.

Perguntei se minha mãe tinha certeza de que era o mesmo homem.

— Eu vi quando ele tirou a gravata e soltou o primeiro botão da camisa. A cicatriz do corte no peito.

# ANTES

Área rural de Mogi das Cruzes

Como era possível que uma garota de dezesseis anos sumisse do mapa sem gritos? Sem testemunha? Sem vestígio?

Era isso que os investigadores se perguntavam durante o final de semana seguinte ao desaparecimento. A primeira ação foi esquadrinhar todas as ruas e avenidas próximas ao sítio Moinho do Café, incluindo postos de gasolina, comércios e quaisquer locais por onde Kika poderia ter passado — seja em fuga ou sob o domínio de alguém.

A geografia do local não ajudava. Trata-se de uma área rural de Mogi das Cruzes, entre matas e ruas de terra. Há partes em que não existem sinais de urbanização por quilômetros, e segue assim em um cinturão verde até a margem das rodovias Ayrton Senna e Mogi-Dutra. Portanto, até que seria tarefa fácil sair dali sem ser visto. Bastava se embrenhar no matagal.

A polícia, contudo, não tinha tanta certeza de que Kika seria capaz de fugir dessa forma. Caminhar pela mata fechada exige habilidade por parte do andarilho. Uma menina que passou a vida inteira dentro da cidade dificilmente acharia o caminho sozinha. Poderia ter sido carregada por um sequestrador, era uma hipótese.

— A gente chegou à conclusão de que a alternativa mais provável era de que alguém tivesse levado a Kika num carro — conta Elise Rojas, à época chefe dos investigadores e à frente da primeira busca por Kika. — As ruas na saída da chácara eram desertas, só que o movimento aumentava conforme você chegava perto da rodovia Mogi-Dutra. Então, seria difícil passar por ali a pé sem ninguém ver. A gente checou as câmeras de segurança das empresas que ficavam próximas à rodovia e não viu nenhuma menina passando de sexta-feira até domingo. Ou a Kika tinha saído dirigindo ou tinha sido colocada em um carro. Talvez à força.

Os policiais entrevistaram proprietários de sítios e chácaras. Ninguém tinha informação sobre a menina desaparecida. Os únicos com algo a dizer, no domingo, foram dois moradores. Um deles, José Aparecido Figueiredo, morava em uma chácara com a esposa e costumava alugar o espaço para festas.

— Eu não tive festa no fim de semana nem na sexta, então ficou aquele silêncio. Eu geralmente fico sentado na minha varanda fazendo palavras cruzadas enquanto o sol desce, é bonito. Nessa sexta, fim de tarde, eu escutei um homem correndo pela mata, assim. Correndo, correndo. A gente só escutava as folhas. Eu chamei a minha esposa e ela ouviu também.

— Em qual direção? O senhor viu quem era?

— Não vi. Também não sei pra onde tava indo. Só ouvi se aproximando, cada vez mais. Primeiro eu achei que fosse um bicho na mata. Eu já ia me defender, imagina, um bicho vindo correndo na nossa direção... Aí eu percebi que era gente. Foi pior. Pensei: *É bandido, vindo direto pra cá*. A gente se assustou feio. E, de repente, a pessoa parou aqui perto e foi embora. Correu pra longe.

O outro depoimento indexado ao inquérito foi do morador Paulo Hiroshi Katsuya, agricultor descendente de japoneses que plantava verduras em seu terreno e vendia para feirantes.

— O dia todo não vi ninguém passando. Só gente religiosa, freira, mas elas são daqui, aqui do lado fica o Mosteiro da Encarnação, conhece? Então.

As irmãs do mosteiro também não puderam ajudar. A madre responsável disse a Elise que não teriam como, uma vez que todas as suas atividades eram internas.

No domingo à noite, Elise entregou ao delegado responsável, Lauro Jahib, um relatório que, embora mostrasse grande esforço, não apresentava resultado. Culpou a equipe reduzida pelo fracasso — eram apenas cinco. Hoje delegada do 2º DP de Guarulhos, Elise conta que, naquela época, sentia muita pressão.

— Durante toda a investigação da Kika foi esse aperto por resultados. Éramos pouquíssimos pra tanta coisa. A gente dava uma garfada e já vinha um prato cheio em seguida. Até hoje é assim, qualquer DP é assim. Mas a gente acabou dando atenção redobrada e imediata pra Kika por causa da pressão da mídia e da sociedade. Senão, ia entrar na fila e ficar esperando, igual aos outros casos. A gente atende quando dá tempo.

Sobre as frustrações na primeira busca, justamente nas 48 primeiras horas do desaparecimento — conhecidas como as mais importantes para apuração dos fatos após um crime —, Elise Rojas diz que se surpreendeu:

— Geralmente, num caso assim, a gente mergulha nos arredores e consegue pelo menos alguma coisa: um indício de pra onde a pessoa foi, câmera mostrando onde ela passou, testemunha que viu. No caso da Kika, não tinha nada, nada. Ficávamos olhando um pro outro, tentando entender, "gente, o que aconteceu aqui?". É que, claro, não sabíamos ainda o tamanho da coisa.

# DEPOIS

Casa de Maria João

Maria João não conseguiu ficar parada naqueles primeiros dias. Queria acompanhar os investigadores em seus trabalhos diários. No sábado à tarde, dia seguinte ao desaparecimento, ela também andou de carro por horas nos arredores do sítio Moinho do Café atrás de qualquer pista sobre o paradeiro da filha. Como não sabia dirigir, contou com a ajuda de vizinhos que se solidarizaram. Depois, pagou trezentos reais por um táxi. Terminou o dia sem dinheiro na carteira e, assim como a polícia, sem resultado.

Quando lhe era permitido, acompanhava interrogatórios com suspeitos que poderiam ter levado sua filha. Sentia nojo, irritava-se, discutia, apesar de seu jeito contido. No final, costumava compartilhar suas impressões com o doutor Lauro Jahib.

Era irônico, portanto, pensar que os papéis se invertiam durante o chá com Conrado Bardelli naquele dia 28 de maio de 2012. Ele estava ali para analisá-la da mesma forma que ela havia analisado tantos suspeitos.

— Vou te contar um segredo. Ele me ligou pra avisar que o senhor viria. O doutor Lauro. Eu sei que ele se importa comigo, apesar de... — Desviou o olhar. — Ele quis me alertar. Ele usou essa palavra mesmo. *Alertar*.

Maria João fechou a tampa da panela e foi buscar xícaras.

— Mas eu não vejo por esse lado. Desde que a minha menina foi resgatada daquele monstro, nada é ameaça. Eu sei que ela tá bem, aqui em cima, na caminha dela com a proteção de Deus. — Sorriu para Bardelli. — E a gente que é velho tem costume de receber as pessoas. Não dá pra não tomar alguma coisa, comer um biscoitinho. Quer um?

Ela trouxe biscoitos dentro de um pote, que colocou ao lado do pão sem miolo. Conrado provou. Era doce de doer os dentes. Maria João se adiantou:

— Eles ficam uma delícia quando você come com o chá. Ele tá quase pronto, por sinal. Eu só deixei um pouquinho mais pra pegar o gostinho do gengibre.

*O cheiro também,* pensou Conrado. Ele era asmático e sentia que o perfume forte e quente provocava seus brônquios. Fazia qualquer um sentir a garganta, inesquecível como a própria Maria João. Bardelli achava que, no decorrer da conversa, se acostumaria. Enganadíssimo. O detetive é capaz de jurar que ainda hoje sente a essência impregnada no nariz, nos fios de sua longa barba castanho-grisalha.

— E o que o senhor faz mesmo? O senhor disse que não é policial.

— Eu converso com as pessoas.

— Psicólogo? A gente tá se consultando com uma, a doutora... Não, desculpa, ela é psiquiatra.

— Na verdade, eu sou advogado de formação, atuo no ramo, mas hoje eu vim como detetive particular.

— Detetive? — Pelo tom, era como se Conrado tivesse se revelado um alienígena. — Tipo aqueles que a gente vê nos livros, na TV? Poxa, eu não sabia que essas coisas existiam na vida real. Respeito o trabalho do senhor. Foram homens bons que nem o senhor que acharam a minha filha. Foi a vizinha, na verdade, mas eles é que tiveram a coragem de fazer tudo. O senhor veio pra descobrir alguma coisa? — Maria João estava de costas para Conrado. Ele não respondeu. — Eu não sei se vou poder ajudar. Eu não sou dessas pessoas importantes que a gente conversa e sai cheio de conclusões, sabe?

— A senhora é um prato cheio.

— Eu? O senhor só tá sendo simpático.

Ela voltou à mesa com as bochechas rosadas. Não imaginava, porém, que um *prato cheio* poderia ter outro significado para um detetive particular.

— Olha, eu aposto que aquele monte de jornalistas me acha sem sal. Tanto que, no começo, eles vinham atrás de mim e eu não conseguia dizer nada. Primeiro por causa da tristeza, depois por causa da vergonha. Os outros é que ganharam destaque. Eu sou uma ninguém.

# ANTES

Jornais

Nos dias após o desaparecimento, dona Maria João pesquisou, perguntou e, decepcionada, deu-se por vencida. Descobriu que o Brasil, em 2012, não tinha dados atualizados sobre desaparecidos. Isso a matou de ansiedade. Preferia saber do pior de uma vez — algo como "apenas um sexto dos jovens desaparecidos volta para casa" ou "75% dos jovens morrem antes de serem encontrados" — do que não saber nada de concreto.

Ela anotou todos os números para os quais discar quando uma pessoa desaparecida é encontrada. Engajou-se num grupo de mães cujos filhos haviam evaporado sem deixar rastro. Lutou contra o desânimo ao tomar conhecimento de apenas meia dúzia de histórias de reencontro entre tantos finais infelizes.

Foi um início difícil.

Assim como foi para o Setor de Homicídios da Delegacia Seccional de Guarulhos, à frente das investigações. Havia tantas hipóteses em aberto que era mais fácil dizer que não havia nenhuma.

No início, o delegado encarregado, doutor Lauro Jahib, repetiu aos meios de comunicação que os investigadores estavam mais do que prontos para revirar a vida de Francisca Silveira do Carmo e descobrir seu paradeiro. A *Folha de S.Paulo* deu:

\* "Temos um colar", disse o delegado, em entrevista coletiva, na manhã desta segunda-feira. "É a nossa única pista, mas pelo menos é alguma coisa."

Segundo ele, ainda não se sabe se o colar foi arrancado à força e se houve resistência ou luta, mas o laudo da polícia científica, que deve ficar pronto ao longo desta semana, vai responder a essa dúvida.

"Por isso que repito: é preciso esperar o trabalho dos investigadores e o resultado dos laudos", completou Jahib.

Na primeira coletiva de imprensa, o delegado se mostrou um homem calmo e prático, bem diferente do temperamento que havia exibido durante o final de semana. Colegas seus contam que o doutor Lauro assumiu o caso já tendo ataques de nervoso. Com sua reduzida equipe, tinha conseguido nada no sábado e nada no domingo. Como policial com quase quinze anos de corporação, Lauro Jahib sabia muito bem a importância de resultados nas primeiras 48 horas. Culpou as folgas de final de semana pela falta de evidências mais significativas. E emendou:

\*\* "A gente não encontrou sinais de sangue na mata, o que é um bom indício. É provável que a Kika ainda esteja viva", afirmou Jahib. O delegado disse que ainda não há como saber se Kika foi levada a algum cativeiro na região. E garantiu que as buscas nos arredores do sítio Moinho do Café, onde Kika desapareceu, ainda estão em curso.

...................................
\* "Polícia ainda não tem pistas sobre paradeiro de garota." *Folha de S.Paulo*, 18 de março de 2012.
\*\* "'Vamos achar a Kika a qualquer custo', diz delegado." *Guarulhos Agora*, 19 de março de 2012.

Outro que deu declarações logo no início foi o promotor que acompanhava o inquérito, Carlos Gurian. Disse, em entrevista ao site de *Veja*,\* que cogitou pedir que a investigação corresse em sigilo, mas desistiu porque julgou que, nesse caso, "a publicidade poderia ajudar mais do que atrapalhar". Completou: "Além do mais, o doutor Lauro Jahib se dá bem com jornalistas".

Mas a figura que mais apareceu nos jornais na primeira semana foi do diretor do Colégio Álvares de Azevedo, Sandro Meireles.

> "Estamos repassando à polícia todo o histórico da Kika e ajudando com as investigações da forma que podemos", disse o diretor da escola particular onde Kika estuda desde o nono ano do ensino fundamental. "A dor para a escola é tão grande quanto para a família." \*\*

O diretor talvez tenha declarado aquilo com comoção excessiva. Tentava compensar, com comprometimento e angústia, o descuido de ter deixado uma aluna sumir sob sua responsabilidade. Não por acaso, a página de notícias comunitárias *Cecap para os Cecapianos* publicou, em sua conta no Facebook, um texto cobrando uma ação contra o diretor.

---

\* "Colar é única pista sobre menina desaparecida, diz polícia." `Veja.com`, 19 de março de 2012.
\*\* "Menina desaparece em excursão da escola." *Jornal Metro*, 19 de março de 2012.

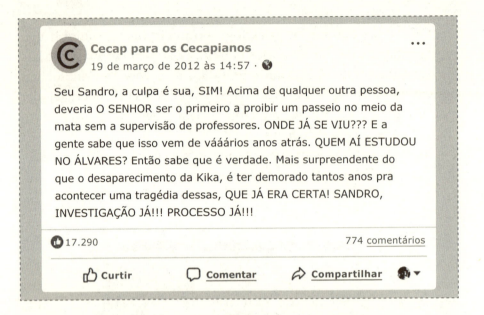

Dez mil curtidas em um só dia. Centenas de comentários. Nem todos concordando com o texto. A maioria, pelo contrário, defendia Sandro Meireles, que era muito popular na região. O diretor havia começado a dar aulas no Álvares de Azevedo em 2007, mas, antes disso, havia atuado em várias escolas públicas dos bairros vizinhos. Gerações de crianças de Guarulhos haviam crescido sob sua tutela.

E se Sandro Meireles tinha boa fama entre os jovens era justamente por causa de sua política liberal, que lhe rendera, além dos bons resultados escolares, um carinho grande da comunidade. Era o Sandrão.

Sandrão adorava ter esse apelido. Sugeria uma proximidade com os jovens que nenhum outro diretor havia conquistado. Suas benfeitorias iam desde ampliar o programa de bolsas de estudos para alunos carentes até quebrar o galho dos jovens que eram mandados para a diretoria por motivos que ele considerava fúteis, como beijar na boca e mexer no celular.

Pelo menos uma vez por semestre, Sandrão entrava no time de futebol e batia bola com os adolescentes. Ajudava pessoalmente a organizar a festa de 8 de março, dia internacional da mulher. Ele erguia os estandes, colava os cartazes nas paredes do ginásio e tirava fotos com faixas pregando a igualdade de gêneros. Dizia que o primeiro passo para erradicar o machismo era trabalhar lado a lado com "as damas" e incentivar os meninos a ouvirem o que elas tinham a dizer. Era o único adulto que se fantasiava com os adolescentes nos trotes escolares do final de semestre. Arrancava as mais espontâneas gargalhadas no dia do troca, vestindo saia, sutiã e salto alto nos pés tamanho 43.

**Giovanna Rodrigues** Mas olha aí no que deu esse populismo do diretor! AGORA ELE TEM QUE SE VER COM A POLÍCIA E COM A MÃE DA KIKA! FORÇA, MARIA JOÃO! PARA CULPAR OS QUE PRECISAM SER CULPADOS!!!

Curtir · Responder ·14d

Maria João não respondeu à postagem, nem se juntou ao grupo. Só foi se encontrar com o diretor na terça-feira, quatro dias depois do desaparecimento. Sandro não sabia como reagir. Pediu desculpas e prometeu que Kika seria encontrada. Disse que não imaginava que aquilo poderia acontecer durante a excursão.

— O senhor não precisa se explicar.

— Eu acho que eu preciso. A responsabilidade também é minha — disse, com uma valentia que teria calado seus opositores. Os professores ao redor se sentiram orgulhosos.

— Eu sei. Mas o verdadeiro culpado é quem pegou a minha filha, não o senhor.

Eis o cerne do problema. Até aquele dia, nenhum nome, nenhuma pista, nenhum avanço — nada havia sido divulgado. Não era certo sequer se Kika tinha de fato sido pega por alguém. Poderia ter sofrido um acidente e ainda estava por aí, esperando ajuda. E se tivesse decidido fugir? Eram teorias levantadas a toda hora pelos cidadãos e pelos jornais, que há anos não tinham um assunto tão relevante com que se entreter.

Não demoraram a surgir as histórias pessoais, que se aproveitavam do momento. "O dia em que a menina desaparecida salvou um cachorro do afogamento",* pelo suposto amigo de infância, Ricardo; ou "O dia em que Kika venceu o Miss Guarulhos Juvenil e foi humilde com as derrotadas",** pela organizadora do evento. Ou, como os jornais não cansavam de relembrar, o dia em que Kika Silveira do Carmo ficou famosa pela primeira vez: "A tragédia de uma menina perseguida que chocou a cidade há dois anos"*** e ainda "O retrato do *bullying* na Grande São Paulo".****

Quando batia os olhos em notícias assim, Maria João se obrigava a pensar em outra coisa. Já era doloroso demais perder a filha agora. Pior ainda era relembrar a primeira tragédia.

...........................

\* Perfil de Ricardo Tomás Benito na rede social Facebook, 19 de março de 2012.
\*\* "Menina desaparecida ganhou concurso de beleza em Guarulhos." *Mundo Internet*, sessão de notícias, 20 de março de 2012.
\*\*\* "A tragédia de uma menina perseguida que chocou a cidade há dois anos." *Gazeta Urbana*, 19 de março de 2012
\*\*\*\* "O retrato do *bullying* na Grande São Paulo." *Diário da Grande São Paulo*, 21 de março de 2012.

# DEPOIS

Casa de Maria João

— Eu sou velha, ué. Velho não é interessante. Eu sou velha desde criança, era o que o meu falecido marido me dizia. Engraçado...
— O quê?
— Nada. Nem é uma coisa muito bonita de se pensar... É que o meu Manuel, ele falava que nunca queria ficar velho que nem eu. Velho de espírito, sabe? Porque de idade ele era mais velho, sim. Tinha quase dez anos a mais. E, no fim, ele acabou morrendo antes de ficar velho mesmo. Antes de a Kika completar cinco anos. Ela chorou muito, tadinha...

Os olhos, hoje vazios, davam a entender que também tinham ficado úmidos no passado.

— Acho que ela nunca mais foi a mesma. Era uma criança que não parava quieta. Mas depois daquele atropelamento, a alegria parece que morreu junto quando ele mergulhou no...

As reticências logo se tornaram um ponto final.

O boletim de ocorrência 197/2001, do dia 15 de janeiro de 2001, marcou a primeira tragédia na vida de Kika. Registrou o atropelamento de um homem na rua Capitão Gabriel, no centro de Guarulhos.

O mecânico Manuel Araújo do Carmo caminhava a passos acelerados pelo calçadão da rua Dom Pedro II, com as mãos cheias de sacolas de uma loja de moda infantil — ele tinha gasto parte do salário em roupas para a filha. Ao ficar de frente para a Catedral Nossa Senhora da Conceição, Manuel de súbito despencou, no meio da rua. Parecia que tinha tropeçado parado. Um ônibus municipal (justamente da linha que Manuel iria tomar, a caminho do Parque Cecap) vinha no mesmo instante. A pancada quebrou o para-brisa e jogou o mecânico num coma do qual ele nunca saiu. Qualquer chance de salvá-lo foi jogada fora pela demora do resgate. Justamente naquele dia, um grande acidente na avenida Antônio de Souza havia deixado várias vítimas e exigido o serviço de ambulâncias, bombeiros e viaturas da polícia. No momento do acidente de Manuel, não havia carro perto que pudesse socorrê-lo. Ele morreu ali mesmo, no asfalto. Um acidente cercado de coincidências.

Os pedestres, por outro lado, puseram em dúvida a coincidência. Questionaram o próprio acidente. Disseram que não parecia que Manuel tinha tropeçado. Isso ficou claro no próprio histórico do boletim de ocorrência: a autoridade perguntou a testemunhas se havia buracos na calçada. Havia — afinal de contas, que calçada de Guarulhos não tem buracos? Mas elas questionaram o *movimento*. Parecia errado. Ele tinha mergulhado para o asfalto sendo que antes estava parado, quase como se o tivessem empurrado.

Instaurou-se um inquérito policial, mas as investigações nunca avançaram. O caso nem chegou a ser arquivado — simplesmente parou. Questionada por telefone e e-mail, a Secretaria de Segurança Pública não respondeu por quê. Daquele dia em diante, Kika e Maria João tiveram que se conformar com aquela vaga descrição dos acontecimentos: "ele mergulhou para o asfalto e morreu atropelado".


Por mais incompleto e inconclusivo que o documento seja, ele é a única fonte de informação sobre a morte de Manuel. Quem conhece Maria João sabe que ela nunca passa da reticência quando o assunto é esse. Trata-se de uma mulher com grande receio de falar sobre morte. Fazê-la falar sobre a do marido, então, é tarefa impossível. Os que já tentaram dizem que ela possui uma espécie de bloqueio. Forçar o caminho é como brindar com a poção química do doutor Jekyll. Basta beber e esperar que Maria João transforme-se no próprio monstro senhor Hyde, descontrolado e irreconhecível.

Mesma coisa com Kika. Colegas de sala nunca ouviram falar da história. Muitos nem sabem que ela não tem pai. Este, pelo que parece, sempre figurou como assunto proibido — e, quando citado, visto como uma figura mística. Até o dia do acidente, Kika era grudada em Manuel. A amigos que encontrou numa festa de aniversário, Maria João certa vez assumiu que tinha invejado o marido. Ele, o preferido, o divertido e o companheiro. Ela, a figura necessária e o colo carinhoso na hora da dor.

— *Papa* foi a primeira palavra dela — revelou Maria João. — Eles passavam as tardes com um tabuleiro de xadrez, o Manuel e a Kika. Ela era muito pequenininha pra aprender, e ele nem devia saber jogar. Imagina, ele jogando xadrez? Acho que os dois ficavam só movimentando peças. Eu não via a menor graça. Mas nossa, como eles se divertiam. A Kika idolatrava o Manuel.

Tudo mudou com o acidente.

Vários dias após a morte de Manuel, a pequena Kika continuou falando dele para os outros. À pediatra, disse que o pai tinha ido lhe comprar vestidos novos e que voltaria para casa naquela noite — isso quando já haviam se passado duas semanas do acidente. Já a professora de educação infantil Paula Almeida lembra-se do desconforto pelo qual passou na festinha de aniversário de cinco anos de Kika.

— No fim do mês, a gente sempre cortava um bolo e fazia docinhos pras crianças aniversariantes do mês. Foi no fim de fevereiro, primeiro mês de aulas. Eu chamei a Kika pra frente da sala de aula e entoei um "Parabéns a Você" com os alunos. A gente comeu bolo de brigadeiro que a mãe dela tinha feito e a Kika ficou tão feliz, sorriu pela primeira vez em semanas. Aí eu perguntei o que ela sonhava em ganhar de presente, e foi extremamente constrangedor pra mim. Ela disse que sonhava com um vestido de princesa, e que o pai dela ia dar um da Branca de Neve pra ela naquele dia.

A pedagoga pediu à Secretaria Municipal da Educação o acompanhamento de psicólogo, alegando que cabia a profissionais do ramo tratar do luto infantil. Contudo, o pedido da professora se perdeu nas várias solicitações não atendidas do sistema público. Kika só foi finalmente atendida por um profissional da mente onze anos depois, após ter sido resgatada de um depósito.

O tempo deu conta de apagar as menções a Manuel. A partir de um dia, Kika nunca mais falou no pai. Não é que ela apenas parou de inventar histórias — ela passou a fingir que não o tinha conhecido, que ele sequer tinha sido responsável por concebê-la, mais ou menos como Maria engravidando do menino Jesus pelo Espírito Santo. *Papai* e *Manuel* foram palavras apagadas do vocabulário, não se soube se por tristeza ou ressentimento. *Ele mergulhou para o asfalto e morreu atropelado.*

— Mas eu sei que ela ainda pensa nele com muito carinho — finalizou Maria João aos amigos no aniversário. — O tabuleiro de xadrez fica no quarto dela, e ela não quer que eu toque nele de jeito nenhum. Sei que ela mexe nas peças, não deixa acumular pó. Esses dias eu cheguei em casa e vi ela jogando com uma amiguinha. Eu achei tão engraçado ver a minha filha jogando xadrez. Mas fiquei também tão feliz. Foi como se o meu Manuel estivesse do meu lado de novo vendo a nossa filha crescer.

— Eu sinto muito pela sua família — disse o doutor Conrado, fazendo Maria João voltar para o dia 28 de maio de 2012. — Pela dor.
    — Ah, não tem importância. — Ela brincava com a cruz de miolo de pão novamente. Tinha sacado do bolso do avental. — Essas coisas acontecem, a gente vê direto nas notícias. Por que não poderia acontecer com a gente? Pode acontecer com todo mundo. E eu e a Kika, a gente se virou superbem. Ela já tá crescida. Passou em mim, passou nela. — Sorriu com ânimo e convicção dissimulados. — Foi importante deixar isso bem claro pro doutor Lauro. Pra ele ver como era absurda aquela primeira suspeita dele.

# ANTES

Delegacia

A mesmice dos jornais terminou na quarta-feira, quando Kika completou cinco dias fora de casa.

O chefe de redação do jornal local *Sentinela de Guarulhos* acionou fontes dentro da Polícia Civil. Conseguiu informações que ainda não tinham sido divulgadas e publicou, no dia 21 de março, uma matéria sobre a teoria que, de acordo com sua fonte, mais convencia os investigadores:

## POLÍCIA INVESTIGA SE MENINA FUGIU COM AMANTE

Naquela manhã, o doutor Lauro chegou à Seccional e encontrou dona Maria João esperando por ele.

— O mínimo que eu espero é que o senhor me ouça por alguns minutos.

O doutor Lauro havia lido aquela manchete pela manhã e imaginava que teria que dar satisfação.

— Eu estou ocupadíssimo, passei aqui só pra pegar umas coisas...

— Eu espero. Falo à noite, de madrugada, quando for possível. Mas vou falar.

Policiais no local viram o doutor Lauro fechar os olhos, suspirar e ceder.

— De quanto tempo a senhora precisa?

— O suficiente pro senhor entender que a minha filha não é dependente de homem nenhum.

Maria João nunca foi grosseira, do tipo que bate portas depois de passar ou que grita com delegados quando fica sabendo que a polícia vazou informações pessoais sobre sua filha. Mas sempre foi firme, convicta. Ela indicou um parágrafo do jornal que trazia consigo e olhou fundo nos olhos do delegado.

Segundo apurou a *Sentinela de Guarulhos*, a polícia descobriu pílulas anticoncepcionais no banheiro de Kika. A mãe, Maria João Silveira do Carmo, confirmou aos policiais que a menina já era sexualmente ativa, o que fortalece a hipótese de que ela tenha fugido com um amante no dia 16 de março.

— Doeu ler isso, doutor.

— Eu entendo, só que a senhora também precisa entender que...

Mas ela se impôs pela primeira vez. Ficou com a palavra por quinze minutos. De início, o delegado a ouviu porque sentia pena. Então, percebeu que aquela mulher poderia não ser tão ignorante quanto se pensava. Ela construiu uma linha de raciocínio muito lógica sobre como funcionava a mente da filha. E bateu na mesma tecla: de que Kika nunca abandonaria a casa para fugir com um homem.

— A minha filha sentiu na pele. Ela sabe o quanto doeu aquele mergulho no asfalto, o quanto aquilo trouxe solidão para ela. A minha Kika não ia fazer isso comigo.

— Mas o seu marido faleceu, dona Maria João. É diferente.

— Não é diferente. Não é. O senhor tem ideia de como é educar uma filha sozinha desde os quatro anos? Sem ninguém pra ajudar? Sem homem? Eu não tenho diploma, doutor, mas eu tenho um orgulho, viu: ver que eu criei minha filha bem, que ela me ama tanto quanto eu amo ela. Ver no olho dela que ela é uma mulher independente, tão independente quanto eu fui. E que homem nenhum substitui o que a gente tem dentro de casa.

O doutor Lauro disse que acreditava em Maria João. Ainda assim, não podia desconsiderar a hipótese de um amante.

— A Elaine, amiga da Kika, ela deixou claro que devia existir um moleque na jogada. A Kika ia encontrar com ele na mata. Direto a gente vê casos assim.

— Mas a menina não falou exatamente isso. A Elaine. Ela disse que *achava*.

— Sabe o que a gente encontrou na sua casa, dona Maria João? Isso.

Ele abriu uma pasta que estava sobre a escrivaninha e tirou de dentro uma apostila com mais ou menos cem páginas com tudo o que havia sido documentado até ali no inquérito policial. Entre as folhas, havia a foto de um bilhete escrito em uma folha de caderno arrancada. Maria João reconheceu aquele papel com borboletas nas bordas: pertencia a Kika. A caligrafia no bilhete *era* de sua filha. Maria João levou a mão à boca.

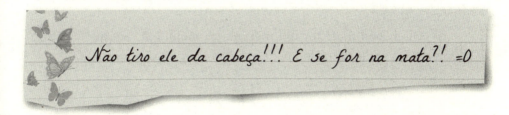

Era um rabisco feito às pressas, como se Kika o tivesse escrito porque não aguentava mais pensar naquilo sem poder expressar para o mundo.

— Dona Maria João, eu tô do seu lado. Eu acredito na senhora e gostei que a senhora veio falar comigo. Mas a senhora também precisa acreditar em mim. Eu não posso simplesmente jogar fora os fatos. A senhora sabe quem é B?

Maria João fez que ia replicar, mas engoliu em seco. Dúvida em seus olhos.

— B? Como assim?

— Na porta do quarto da Kika. A senhora já reparou que ela escreveu a letra B em cima da maçaneta, do lado de dentro, com caneta vermelha?

— Eu reparei, eu só... Achei que pudesse ser outra coisa. Por que o senhor pensa que é uma pessoa? Eu nunca questionei a minha filha, ela tem a vida dela e...

— Viu? A senhora bem disse: *ela tem a vida dela*. A Kika também assinava a letra B em alguns blogs na internet. A perícia ainda vai investigar o computador dela. Mas por que B? Ela se identificava assim? Não é a inicial do nome nem do sobrenome dela. Talvez B seja a inicial do nome de alguém. Já pensou nisso? Meninas, quando ficam apaixonadas e precisam manter segredo, costumam dar dicas por aí porque não conseguem guardar tudo pra elas.

Maria João procurava respostas. Ainda contrariada:

— A Kika não me falou de garoto nenhum.

— Talvez não fosse garoto. Poderia ser um homem. Um homem mais velho. — Do ponto de vista psicológico, aquela hipótese também fazia sentido, e o delegado havia apurado essa ideia com diversos profissionais da área. — E a sua filha te contava tudo, *tudo*? Impossível. Pra uma menina da idade dela, impossível.

Isso Maria João não podia rebater. De qualquer forma, quis dar palpite antes de ir:

— Olha, podia até ter um menino no meio. Não sei quem é esse menino. Mas se ele não falou nada até agora, é porque tem culpa.

# DEPOIS

Casa de Maria João

O celular de Maria João começou a tocar no sofá da sala. A anfitriã deixou Conrado Bardelli com o chá e correu para buscar o aparelho. Ela rejeitou o telefonema.

— Eu não sei mexer nesse troço — disse, confusa com os botões. — Não importa quanto eu tente, eu nunca consigo fazer esse negócio silenciar. Só tremer, sabe? Não dá, não consigo. Preciso desligar e não ligar de novo. Eu fico com medo de ele tocar alto demais e acordar a Kika no quarto dela. Ela precisa dormir.

— A senhora não quer atender? Não era alguém importante?

— Não, olha só. — Posicionou o celular a um braço de distância do rosto e lutou contra a hipermetropia. — Um número que não conheço. Não vou atender. Deve ser jornalista. O senhor falou agora há pouco que eu sou boazinha demais por te receber, dar chá e tal. Saiba que não sou assim com os jornalistas. As perguntas que eles me faziam... Ficavam batendo na tecla da coincidência, de 2010, daquela noite horrível. "Como é que a senhora se sentiu?" Tenha a santa paciência.

Bateu o celular contra a coxa como se falasse com os jornalistas grosseiros naquele momento.

— Bom, também não é como se eles fossem culpados. Eu vejo aqui pela minha janelinha, eles lá fora, esperando eu sair de casa, no sol... Olha, eu até levo uma água, um biscoitinho. — Conrado sabia que Maria João *precisava* fazer aquilo. Era o tipo de mulher que não se contentava até que perdoasse o inimigo, até que sofresse em silêncio na frente dos outros mortais. Era uma verdadeira cristã, daquelas que, para honrar o nome de Cristo, precisam suportar pelo menos uma fração da dor pela qual o Salvador passou. — É o trabalho deles, dos jornalistas, eu sei disso. Teve uma mocinha que veio aí, ela foi tão simpática, tão atenciosa. Mas eu disse que era injusto eu dar informações pra ela e não pros colegas dos outros jornais. Era uma menina boazinha.

— Como a senhora sabe que ela era boazinha?

— Ué, porque ela entendeu o meu argumento e me deu razão. Por isso. Ela se colocou no meu lugar e no lugar dos outros. Mas do que a gente tava falando mesmo? Ah, sim. Quando eu contrariei o doutor Lauro porque ele achava que a Kika tinha fugido com um homem.

— Naquela hora, a senhora não suspeitou da Elaine?

— Não... Eu achava que ela tinha imaginado demais, mas só. Menina faz esse tipo de coisa, sabe?

Foi ver o chá. Ele estava quase pronto, ela disse.

— Uma menina tão boazinha, a Elaine. A Kika não era de trazer muitas amigas pra cá, mas a Elaine já tinha vindo. Via ela umas vezes na escola também. Elas trocavam segredinhos, conversavam pelo celular. Aí, de repente, elas paravam de se falar. Depois voltavam. O senhor precisava ver, era sempre assim. Coisa de menina...

Silêncio enquanto o doutor Bardelli formulava uma pergunta delicada.

— O senhor vai perguntar como eu sabia que a Kika era... como eu sabia que ela já fazia coisa feia. Não vai?

Conrado preferiu o silêncio. Confirmar seria descortês; negar, uma hipocrisia.

— Porque mais de uma vez a Kika chegou em casa à noite com alguma coisa que denunciava. Uma vez foi uma blusinha que tava ao contrário. Uma vermelhidão no rosto que eu conhecia muito bem de mim mesma... A Kika sempre tentou esconder, mas tem coisas que uma mãe simplesmente sabe. A gente sabe, seu Conrado.

— Sobre o menino com quem a Kika se relacionava, a senhora desconfiou de alguém?

— Desconfiei, claro, ainda mais naqueles interrogatórios todos. O doutor Lauro ouvia sempre minha opinião sobre esses meninos estranhos, *homens* estranhos também. Foi bem depois daquela notícia pavorosa...

— A senhora disse que tem coisas que a mãe *simplesmente sabe*.
— Eu já entendi aonde o senhor quer chegar.
Ela pareceu subitamente cansada. Bardelli a acalmou.
— Eu só ia perguntar se a senhora imaginava o que ia acontecer em seguida.
— Não... Acho que ninguém imaginava. Porque, olha só, o caso era só de uma menina desaparecida. Ninguém imaginou que chegaria ao ponto de matarem gente.

# ANTES

Delegacia

Sandro Meireles, o diretor da escola, entregou ao doutor Lauro a lista com os nomes dos alunos que haviam viajado ao sítio na sexta-feira do desaparecimento, assinalando alguns deles, como pedira o próprio delegado.

— A gente checou com os professores, com os monitores, com os alunos... São esses aí, doutor. Mas, por favor, trata bem os meus alunos. São meus filhos.

Sandro nunca tinha sido tão Sandrão.

— Todos os meninos que se relacionaram com a Kika aqui?

— Sim, e que estavam lá no dia da excursão. Os que se relacionaram com ela mas não estavam na excursão foram listados na página seguinte.

Não era um catálogo pequeno: tinha mais de dez nomes. O doutor Lauro se lembrou do que dissera Elaine sobre os amigos de Kika: "Se ela fica rodeada é sempre por meninos". Encaixava. Assim como também fazia sentido aquele ódio feminino direcionado a Kika, a perseguição de meninas que beirava à psicopatia. "Você tem que acreditar que aquilo que aconteceu dois anos atrás foi porque todas as meninas odeiam a Kika por um motivo maior, que nem elas sabem explicar."

O bom e velho *bullying*. Mais eficaz do que nunca.

O doutor Lauro Jahib anotou em uma folha de papel: "as meninas?". Não queria perder aquela linha de raciocínio. Mas agora precisava se dedicar ao sexo masculino.

Apenas dois garotos da lista tinham ido ao sítio. Eles foram convocados a prestar depoimento junto com os respectivos pais.

O primeiro fazia o tipo que o doutor Lauro esperava: um rapaz de dezesseis anos com cara de vinte. Barba já nascendo no rosto, braços musculosos e a fisionomia de quem não sabe o que está acontecendo ao redor. Rodolfo Assunção veio com a mãe, Silvana, e o pai, Gregório, ambos preocupados.

— São só algumas perguntas rotineiras que ele vai te fazer, Rodolfo. Não é, delegado?

A mãe tinha a mania de chamar o doutor Lauro de delegado em vez de doutor. Pela designação correta, Lauro Jahib não precisaria ser chamado de doutor, já que não tinha doutorado. Mas é tradição há anos na Polícia Civil dirigir-se aos delegados, promotores e desembargadores com o título. Dava importância — algo que Silvana desmereceu sem a menor discrição ao longo do depoimento.

A entrevista foi marcada pelas incontáveis interrupções, como se pode ouvir na gravação.

— Delegado, só pra eu entender, por que o senhor tá fazendo essa pergunta?

— Delegado, o senhor precisa pegar mais leve, é seu dever frente a um menor...

— Delegado, o meu filho *nunca* faria isso.

O próprio pai de Rodolfo foi quem retirou a esposa da sala após ela mandar o filho não responder a mais nenhuma pergunta. Gregório receava que Silvana ofendesse a autoridade. E Lauro nem havia chegado às perguntas mais delicadas. Mesmo assim, se viu obrigado a deixar o garoto ir embora com a família — o doutor Lauro segurou a risada quando percebeu que, apesar de toda a calorosa discussão, Rodolfo ainda sustentava aquela fisionomia de perdido.

Ficou a sensação de trabalho malfeito. O delegado, no fim, descobriu apenas que Rodolfo e Kika haviam mantido por meses uma versão jovem do que se chamaria de relacionamento casual. Beijavam-se de vez em quando nas festas, nos intervalos e em jogos de futebol — Rodolfo era atacante e chamava atenção pela quantidade de gols. Fazendo mais gols, ganhava mais beijos, aí se esforçava para fazer mais gols e assim por diante, num ciclo que dava sentido à vida dele.

Quando questionado sobre relações sexuais, o menino exprimiu um tímido — e talvez mentiroso — "não". Depois, foi incapaz de revelar mais detalhes, já que sua mãe tomou a palavra e não a largou mais. Se havia visto Kika na mata naquele dia? Também não.

— O senhor não venha querer inventar que o *meu filho* seria capaz de fazer alguma coisa com aquela menina, delegado. Quando ela sumiu, ele tava com os amigos, não é, Rô?

"Rô" estivera mesmo reunido com três amigos na beira do lago. Brincavam de golpear girinos com galhos de pau, o que chamou a atenção do dono do sítio, Lúcio Pineda.

— É, eu tava dando uma bronca nos *imbecil* — confirmou Lúcio, em uma conversa posterior, também gravada pela polícia. Lúcio era um homem bastante perfumado, em contraste com a calça jeans surrada e a camiseta azul já quase branca, de tanto uso. Devia ter seus sessenta anos, embora aparentasse menos. — Todo ano tem um grupinho de idiota assim, os *cara* que não têm futuro. Eu tenho que ficar de olho pra identificar quem é o grupinho da vez. Matando sapo com um pedaço de pau. Um bando de marginal, esses eu sei que vai virar gente ruim quando crescer.

— O senhor não tirou os olhos de cima deles durante a meia hora de intervalo?

— Acho que não. Eu tava com o diretor, o Sandro. Deve ser isso.

— E o senhor não viu o restante da turma?

— Não vi. Não vi a menina, não vi a amiga dela, não vi ninguém. O Sandrão também não viu porque tava comigo. Acho que ninguém viu a menina, doutor.

Mas Lúcio estava errado.

# ANTES

Delegacia

Havia uma pessoa que tinha visto Kika se embrenhar na mata. Essa pessoa entrou na delegacia no dia seguinte, sexta-feira, 23 de março, uma semana após o desaparecimento.

Era Eduardo Ramoña, o segundo menino que estava com nome marcado na lista. O doutor Lauro esperava um garoto com perfil semelhante ao de Rodolfo, mas a figura que veio pela porta remeteu imediatamente ao Feioso, da Família Addams, como descreveu o próprio doutor Lauro. Baixinho, branco como o gesso, franja caída sobre os olhos. Só o lado emocional é que não tinha nada a ver com o espírito da Família Addams. Não era frio. O garoto chegou já com os olhos cheios de lágrima.

— Eu amo ela. Eu amo ela — foi a conclusão a que chegou depois de meia hora de fala ininterrupta com o delegado. Chorava como numa consulta ao psicólogo, ignorando a presença dos pais a seu lado.

Eduardo contou que teria sido um privilégio ter algum tipo de relacionamento com Kika. Enrubesceu quando o delegado perguntou se tinham estabelecido contato físico. Eduardo não gostava de resumir sua relação com Kika daquela forma, "contato físico". Será que o delegado não percebia que eles tinham uma ligação? Pensavam sobre as mesmas coisas? "Contato físico", apenas, era para moleques como Rodolfo Assunção.

— Eu preciso saber se vocês já trocaram algum tipo de...

O delegado deixou a pergunta no ar.

— Já. — Porém, Lauro duvidou. Achava que Eduardo dificilmente teria beijado uma menina na vida, mesmo aos dezesseis anos. — Foi tipo, de outro mundo. Foi quando eu dei o colar pra ela.

— Que colar?

— Ué, o colar dela.

— O colar que a gente encontrou, o de coração? Foi você que deu?

— Fui eu. — Ele sorriu. Os pais confirmaram a informação. Disseram que tinham comprado o colar para o filho "dar para a pretendente". Assistiam ao depoimento de Eduardo sem se intrometer, limitando-se a fazer caras de vez em quando. Permaneciam mudos como pedagogos que analisam o próprio filho para, a partir da experiência, extrair um ensinamento sobre a educação do futuro.

Assim como na vida de sua amada, o *bullying* sempre foi presente na de Eduardo Ramoña. Ele estudou comigo desde que éramos pequenos. Seu apelido era Edu Pamonha, uma brincadeira com o sobrenome que, diziam os maldosos, refletia também sua covardia. Em mais de uma ocasião ele fugiu na hora de enfrentar valentões. Ficava a maior parte do tempo sozinho, quieto, e foi pego chorando sem motivo algumas vezes.

— Você disse que não viu a Kika naquele dia, certo?

— Não vi. — Suspirou. — Posso ir embora?

O delegado deu de ombros. Fez a última pergunta por desencargo de consciência.

— E você não tava andando com ela antes? Vocês dois eram... ligados, sei lá.

— A gente é. Mas a gente também pensa um no outro. Não é sempre que a gente precisar estar junto.

— Você tem ideia de quem a Kika foi encontrar naquele dia?

— Não tenho. Sei lá, eu nem sei se ela foi encontrar alguém. Tá todo mundo dizendo isso, mas sinceramente...

— Hum? — O delegado encorajou.

— Não, tipo, acho que ela foi passear sozinha.

— E sumiu?

— E se ela desmaiou e ninguém encontrou ela? Eu fico sem ar só de pensar nisso... Eu não sei o que aconteceu. Eu só queria que ela estivesse comigo, eu ia cuidar bem dela, ela não ia precisar sair por aí encontrando gente estranha, não ia ficar triste por causa da mão machucada, nem preocupada com aquelas meninas escrotas que...

— Eduardo.

— Desculpa, mãe.

— Espera, espera. — O doutor já estava até de pé, encerrando o depoimento, quando o sino tocou na sua cabeça. — Você disse que ela tava com a mão machucada?

Eduardo ficou boquiaberto por um segundo. O doutor Lauro podia apostar que, se tocasse na pele do garoto, ela estaria fria.

— Ela... Ué, eu acho que ela tava.

— Quem disse isso?

Hesitação.

— Eu vi.

— Quando?

— Naquele dia. Acho.

— Ninguém mais viu isso. Como assim, mão machucada? — O delegado se sentou novamente. — Sangrando?

— Não. A palma da mão dela tava... vermelha. Que nem quando a gente carrega uma sacola pesada. Mas eu não acho que vocês precisam se preocupar, não parecia uma coisa grande, ela nem dava importância...

— Pode deixar que eu tiro as conclusões. Quando você viu isso, Eduardo?

O menino tremeu. Os pais se entreolharam com olhos pouco mais arregalados.

— Ah, foi no intervalo.

— No intervalo no lago? Então você viu a Kika no intervalo. Você tinha dito que não.

— Ver eu vi. Eu tinha dito que eu não tinha visto ela *depois* da Elaine.

— Pelo jeito, você viu. A Elaine não falou nada sobre machucado na mão.

Eduardo meditou. O delegado não conseguia perceber se o menino estava tentando se lembrar do dia do desaparecimento ou se usava os neurônios para se safar da mentira.

— Olha, é mais provável que a Elaine não tenha lembrado. Certeza que ela viu a Kika depois de mim.

— Que horas eram?

— Um pouco depois de o Sandrão dar o intervalo pra gente.

— E onde vocês tavam?

— Sei lá. Acho que... Ai...

— Onde, Eduardo?

O delegado esperou uma repreensão por parte dos pais, mas nenhuma veio.

— Acho que era numas árvores. Sei lá, um pouco mais pra frente do lago.

— Eduardo, então *você* foi a última pessoa a ver a Kika. A Elaine ainda tava no lago quando viu a Kika pela última vez.

— Ah... Eu... Eu não tinha ideia.

O doutor Lauro duvidava.

— Que machucado era esse?

— Eu já disse, não era um *machucado*, era um vermelho na palma da mão, só. A gente pode ir embora?

— Só mais um segundo. A Kika disse alguma coisa? Nesse encontro de vocês.

— Eu não lembro. Ela falou que ia passear.

— Só isso?

— É, caramba, a gente só se viu.

— E ela tava como? Animada? Triste?

— Ela tava normal.

— *Normal?* Normal como?

— Sei lá, na dela. Tipo, ela ficava olhando pra mão, meio quieta... Normal. Pediu pra eu voltar pro lago. Olha, eu não sei. Eu não lembro. Acho que ela queria ficar sozinha. Por isso eu imagino que ela não foi encontrar com ninguém.

O delegado interrompeu.

— Bom, mas um minuto antes, ela tinha falado pra Elaine que ia passear. Parece até que tinha um tom animado, quase de provocação.

O delegado folheou algumas páginas e achou o depoimento que queria. Leu as palavras de Elaine:

— "Eu tenho certeza de que a Kika só me chamou pra ir andar com ela pra me *dizer* que ela tava indo andar. Mas queria que eu ficasse. É um jeito de chamar atenção quando ela vai encontrar um cara e, tipo, quer que eu fique sabendo. Talvez até pra me deixar com ciúmes."

Lauro desviou os olhos da folha de papel e os cravou em Eduardo.

— Pra mim, tá claro que ela ia encontrar um cara. E com o *ânimo* de quem ia encontrar um cara.

— Tá, mas eu tô dizendo que a Kika que eu encontrei tava séria. Encontrar um *cara*? Nossa, não, quem ela pensa que ia encontrar? — Calou, silenciado pelo ciúme.

— Bom, então primeiro a Kika queria chamar atenção pro fato de que tava entrando no bosque sozinha e, no minuto seguinte, quando encontrou com você, quis mostrar que tava acanhada, séria? E querendo que você fosse embora e com um machucado na mão? Não parece a mesma Kika.

Eduardo não respondeu. Deu de ombros.

— O que você acha que pode ter causado essa mudança tão grande de humor?

— Eu não faço ideia. Ela não me falou. Não me deixou chegar perto. Pediu pra eu voltar pro lago e eu voltei.

# DEPOIS

Casa de Maria João

Os biscoitos ficavam mesmo muito bons com o chá de maçã com gengibre. Maria João tinha jeito de boa cozinheira. Conrado ficou imaginando quais seriam as outras especialidades dela.

— O senhor tá com migalha na barba.
— Opa.
— Eu tiro.

Ela limpou a barba do detetive com o carinho de uma mãe.

— Gostou do chá?
— Uma delícia. Nunca tinha tomado um desse sabor.
— Diferente, né?
— Melhor até do que com canela. Chá de maçã geralmente se toma com canela e não gengibre, né?

Bardelli fez a pergunta esperando uma grande história como resposta. A Maria João que ele idealizara na cabeça abriria um sorriso, se sentaria à mesa e contaria alguma tradição da família que explicaria o porquê do gengibre. Mas ela surpreendeu novamente. Baixou o rosto e demorou a responder.

— Não, com canela fica melhor. É que eu não uso mais canela.
— Alergia? — Era óbvio pelo tom que não se tratava de alergia. Ele perguntou mesmo assim.

O rosto de Maria João se contorceu alguns milímetros, o suficiente para Conrado reparar que estavam prestes a tocar em um assunto delicado. Ela sentia que pisava num espinho e o ferrão machucava a sola do pé.

— Eu parei de usar canela porque eu não consigo mais sentir o cheiro. Nem a Kika. O senhor sabe onde tem plantação de canela?

Conrado deduziu antes de Maria João completar:

— Na chácara daquele traste.

# ANTES

Moinho do Café

Uma semana e um dia depois do desaparecimento, a polícia voltou ao sítio de Lúcio Pineda. Dessa vez, o convidado especial era Eduardo Ramoña, levado para indicar exatamente onde tinha se encontrado com Kika. Maria João foi junto. Disse ao delegado que não conhecia o menino, nunca o tinha visto e não se lembrava de Kika tê-lo mencionado alguma vez.

— Eu achava que a minha filha tinha comprado o colar com o dinheiro da mesada — cochichou a mãe. Ela não tinha ideia de quanto custava um colar como aquele. Anos de mesada ainda não bancariam a joia.

A primeira impressão que Maria João teve de Eduardo não foi boa, de acordo com o que ela mesma contou ao doutor Lauro. Achou o garoto excêntrico — pejorativamente excêntrico, não no sentido positivo e até respeitoso com que usaria para descrever Conrado Bardelli, por exemplo. Mesmo assim, foi simpática. Primeiro porque era de sua natureza tratar a todos muito bem. Segundo porque, naquele momento, Eduardo era a única esperança da polícia.

— A sua filha não tem nada a ver com a senhora — foi o que disse Eduardo, depois de pouca conversa com Maria João. — Sério, vocês duas não são nem um pouco parecidas. De rosto, de corpo, de jeito, de nada.

— Ela puxou o pai. Ela me lembra muito o pai dela.

O que os investigadores queriam entender era como Eduardo não tinha visto ninguém no caminho de volta ao lago depois da conversa com Kika, já que a principal hipótese era de que a garota tivesse se encontrado com alguém por volta daquele horário. Talvez um admirador secreto que poderia estar por trás do desaparecimento. Onde estava essa pessoa quando Eduardo foi se aproximar de Kika na mata?

Havia duas apostas.

A primeira: o tal admirador era o próprio Eduardo, que tentava acobertar a mentira. A segunda: o acompanhante de Kika se escondeu no momento em que Eduardo se aproximou. Isso explicaria o acanhamento de Kika e o pedido para que Eduardo não se aproximasse e fosse embora. Também era um caminho para entender o machucado na mão, possível obra do admirador — apesar de a polícia ainda não ter ideia do porquê.

E outra: fazia mais sentido, aos olhos de Lauro Jahib, que o admirador secreto de Kika fosse outra pessoa que não Eduardo. Um encontro na mata, um amor secreto e um segredo guardado até da melhor amiga compunham uma tríade de mistério juvenil que remetia a um galã de novela, não a um garoto simplório como Eduardo ou mesmo Rodolfo. Kika poderia encontrá-los a qualquer momento do dia, até na sala de aula. Não havia nada de especial neles.

Com tudo isso em mente, o delegado repetia a pergunta naquele sábado:

— Por favor, tenta se lembrar se você viu mais alguém no caminho de volta. Um movimento, algo estranho...

— Eu já disse, eu não vi ninguém.

— Tinha mais de sessenta alunos. Você deve ter topado com alguém na volta, não é possível...

Mas *era* possível. E os investigadores logo entenderam como.

O local que Eduardo indicou como o ponto de encontro com Kika ficava no extremo oposto do lago — bem longe de onde ela e Elaine tinham conversado. Pelo que o garoto indicou, Kika não seguiu para dentro da mata como todos pensavam, mas andou para o outro lado, no sentido da casa. E é claro que lá não havia nenhum aluno aproveitando o intervalo.

— Pra começo de conversa, o que você tava fazendo aqui? — o doutor confrontou o menino quando tudo ficou claro.

— Eu tava indo pro banheiro.

— Na casa do sítio?

— É.

— E a Kika tava exatamente aqui?

À margem do caminho de volta, poucos metros à direita, numa clareira para dentro da mata.

— Isso. Aí eu fui pro banheiro e quando eu voltei, foi questão de cinco minutos até o Sandrão começar a reunir todo mundo.

— Você demorou tanto assim?

Eduardo não respondeu.

As novas informações causaram alvoroço, uma vez que davam a entender que Kika dera a volta por trás do lago até chegar àquele ponto. E, se não quisesse ser vista — como não foi —, deveria ter feito tudo isso no meio das árvores. Não batia com as informações que Elaine havia passado.

— Ela deve ter entrado por aqui só pra me enganar — Elaine se defendeu, no mesmo dia. — Juro, isso é ainda mais a cara da Kika. Fingir que ia para um lado e ir pro outro. Eu disse pra vocês, ela é assim, é pra chamar atenção. Mas não significa que ela fez isso por mal. Aonde vocês querem chegar?

O delegado abriu o jogo. Disse que trabalhavam com a hipótese de que Kika havia se encontrado com um namorado. Já haviam conversado com todos os dez rapazes que um dia haviam se relacionado com ela. Elaine confirmou os nomes com a cabeça.

— Mas eu não sei se eles fariam uma coisa dessas. E, além disso, nenhum deles pareceu estranho nos últimos dias, eu falo porque, tipo, eu conheço a maioria deles, vejo eles quase todo dia. — Uma pausa recheada de dúvida. — Vocês estão focando só nos meninos? E as meninas?

Ela era uma garota inteligente, com isso o delegado teve que concordar mais uma vez. A capacidade de ver o macro da investigação era admirável. O doutor Lauro agradeceu Elaine e disse que nos próximos dias conversaria com ela a respeito desse assunto. Porque na atual etapa, repetiu, a polícia seguia uma linha que não tinha nada a ver com garotas.

# ANTES

Área rural de Mogi das Cruzes

As buscas por Kika voltaram a toda.

Agora que a polícia sabia pelo menos o sentido que a menina havia seguido, o trabalho dos investigadores se concentrou na mata atrás do lago, área pouco explorada nas buscas do final de semana anterior. Havia um novo leque de possibilidades.

E, finalmente, Lauro Jahib conseguiu uma pista para chamar de sua.

A equipe de buscas localizou duas pegadas fundas no barro, a vários metros de distância do lago, quase no limite do Moinho do Café. Segundo os peritos, as evidências eram de alguns dias antes e haviam sobrevivido ao tempo. Registravam que uma mulher com calçado número 36 — o de Kika — havia caminhado no sentido da propriedade vizinha.

Os policiais entraram nela, com a autorização da dona, e encontraram uma nova marca na terra, bem embaixo do espesso tronco de um jequitibá. Desta vez, havia não um, mas dois pares de pés marcados. Os mais definidos eram de botas masculinas — número 42 talvez. Ao lado deles, marcas compridas rasgavam o barro, deixando grandes sulcos entre as raízes da árvore. Os pés que haviam feito aquilo eram femininos, os mesmos de tamanho 36.

— É como se a menina tivesse se abraçado à árvore e alguém tivesse puxado ela pela cintura — observou um dos investigadores.

A dona do terreno era uma senhora de setenta e cinco anos que mais parecia ter sessenta. *Efeito do campo*, pensou o doutor Lauro. Era viúva, portuguesa de nascença. Os filhos moravam na capital paulista. Seus companheiros no sítio eram dois cachorros, dez galinhas e quatro vacas. Assim como muitos de seus vizinhos, dona Georgina Mendes vivia de vender o que cultivava na lavoura. A isso, somava-se a aposentadoria do Estado: havia sido professora em Salesópolis por quarenta e três anos, o que explicava sua desenvoltura para falar com a polícia.

— Eu fico realmente chocada que os senhores tenham encontrado sinais de que a menina passou pelo meu sítio. Mas eu já disse na primeira vez que vocês vieram que eu não escutei nada, não vi nada, entende? — Ela tinha o costume de botar a mão no pulso do delegado e adotar um semblante misericordioso. Queria ajudar, mas não podia. — Eu fico a maior parte do tempo dentro de casa. Como o senhor pode ver, minha casa fica bem no início do terreno, perto da rua de terra. Se a menina passou lá atrás, eu acho mesmo muito difícil que eu tenha escutado alguma coisa. E a idade vai chegando e a gente não é mais igual a antes...

A propriedade ao lado estava aparentemente vazia. O portão da frente estava trancado e ninguém apareceu para atender aos chamados dos policiais. Portas e janelas fechadas. Mas a grama aparada no jardim e a limpeza na lavoura, nos fundos do terreno, davam a impressão de que alguém cuidava constantemente do local.

— A gente ainda não conversou com quem mora aqui, né? — O delegado murmurou mais para si do que para a chefe dos investigadores. — Não tinha ninguém em casa. Acho que a gente vai precisar de um mandado.

Não precisaram. Davam as costas ao terreno quando um senhor mirrado, de camiseta rasgada e pés descalços, veio de trás da casa.

— Quem é?

Demorou para que ele e o delegado se entendessem. O homem, analfabeto, teve medo daquela multidão à espreita na entrada. Tentava se esconder atrás do portão, sentindo-se vulnerável. Ele se enrolava com as palavras, sempre na defensiva, e só conseguiu manter um diálogo com o doutor Lauro quando passou a confiar nele — *confiar* talvez não fosse a palavra certa, mas *temer*. Apresentou-se como Maicon, o caseiro. Vivia sozinho num casebre nos fundos da chácara e cuidava da propriedade quando o patrão não estava. Maicon não sabia que a polícia estava na região. Não tinha ouvido falar de Kika e não vira nem ouvira nada. Nem estivera na casa no dia do desaparecimento de Kika.

— O patrão é que tava aqui, o seu Geraldo. O senhor vê, eu fico duas *semana*, eu fico o sábado e o domingo, é uns... uns doze *dia* direto. E aí o patrão vem, o patrão chega na sexta e eu volto pra casa da minha família. O patrão vem duas *vez* por mês.

— Então na sexta-feira passada o senhor não tava aqui?

— Na sexta? Eu tava. Eu fui embora era umas... era de manhã. Umas dez. O seu Geraldo chegou de manhãzinha.

Portanto, o caseiro já tinha ido embora no horário em que Kika sumiu.

— E o seu patrão?

— Tá aqui não.

— O senhor não viu nada desde que voltou?

— Ó, eu voltei na segunda. Isso, e eu não lembro de nada. O senhor quer ver?

Maicon abriu o portão e deixou que seus visitantes entrassem, como se buscasse encerrar de vez aquela conversa. Os escrúpulos do doutor Lauro o fizeram hesitar. Melhor seria entrar na chácara somente após obter a autorização do proprietário. Por outro lado, o caseiro abriu o portão com tanto medo que Lauro decidiu checar se, por acaso, aquele medo não teria fundamento.

A casa principal estava trancada. Num primeiro momento, os investigadores decidiram não pedir a chave. Queriam ir por partes. Primeiro, os fundos. Não havia sinal de pegadas ali. A terra fofa era lavrada com frequência. Maicon podia ser ruim com as palavras, mas definitivamente era estudado nos assuntos da roça.

— Bonitas as árvores. Cheirosas.

— É tudo caneleira. Mas o cheiro, isso é o cheiro da canela que eu mesmo faço no meu casebre.

O delegado reuniu todo o tato e pediu para dar uma olhada na casa de Maicon. O homem abriu as portas de sua pequena moradia com orgulho. Era a primeira casa na vida que podia chamar de sua — apesar de pertencer realmente ao patrão.

— E aquela outra casinha?

Quem chamou atenção para ela foi Adonias Santana, policial da equipe. Tratava-se de um quadrado de paredes, com cerca de dez metros quadrados. Calhas desgastadas serviam como cobertura. Ficava no meio das caneleiras. Maicon coçou a cabeça.

— Isso aí era o... como é que se fala? O tal do depósito.

— O senhor guarda ferramentas aí?

— Guardo não. Guardo comigo, na minha casa. Quem usava isso aí era o homem antes de mim. Nós nunca mais *usou*.

Um depósito de ferramentas abandonado. No meio de uma densa plantação de caneleiras. Nos fundos de uma silenciosa chácara. O delegado adivinhou o que encontraria lá dentro antes mesmo de avançar.

No chão, o antigo cadeado que trancava a porta de madeira jazia destruído. Lá dentro, havia um prato cheio para o delegado.

— Puta que o pariu — ele não conseguiu segurar a exclamação ao empurrar a porta de madeira e entrar no depósito.

Havia marcas de dedos nas paredes sujas, pegadas na terra, pedaços de roupa rasgada e gotas de sangue. O doutor Lauro tentou capturar o máximo de informação que podia, olhando tudo sem estragar as provas. Não queria perder o momento. Fotografou com o celular e andou até o meio do depósito, sempre na ponta dos pés, pedindo cautela também aos colegas. Sentia-se ligado na tomada. Não havia móveis no local, apenas uma cadeira com uma corda amarrada atrás. Embaixo, imundo, um celular. O celular de Kika.

— Bem-vindos ao primeiro cativeiro — disse o delegado, naquele momento cheio de frases de efeito.

Era uma cena de crime. Só não havia vítima — ainda. A busca não tinha terminado.

# DEPOIS

Casa de Maria João

— Mãe?

A voz fina e fraca veio de cima da escada. Maria João e Conrado se assustaram.

— Mãe? Eu ouvi a voz de um homem...

O rosto de Kika surgiu por trás da balaustrada. A menina ainda estava branca e com hematomas no pescoço. Manchas semelhantes se espalhavam pelo seu corpo, mas estavam escondidas embaixo do pijama de moletom. Kika não dava sinal de recuperação desde o dia do resgate. Os olhos angustiados pareciam permanentemente inspecionar os arredores em busca de uma nova ameaça.

Esses olhos aflitos tiveram um segundo de paz quando encontraram Maria João no andar de baixo. O porto seguro. Mas foi só enxergar Conrado Bardelli sentado à mesa da cozinha, tomando chá, para que uma onda de pânico mudasse o comportamento da menina: pupilas dilataram, uma palidez ainda mais cadavérica tomou conta das bochechas e a respiração tornou-se desesperada, como se o ar da casa tivesse desaparecido e a garota tentasse sobreviver ao vácuo. Kika gritou "vai embora" e voltou aos tropeços para o quarto de onde viera, batendo a porta.

Conrado Bardelli olhou para o lado e viu que Maria João, assim como a filha, tinha lágrimas nos olhos.

— O senhor me desculpa. A psiquiatra disse que é pra gente ficar confiante porque a Kika já deu o primeiro passo, mas ela... Ela...

— Eu acho que é melhor eu ir embora... — Conrado fez menção de se levantar. Sentia-se incomodado, uma dor no estômago que parecia enjoo, mas tinha a ver com remorso.

— Não. Fica. O senhor não tem culpa.

— Eu não queria ter causado isso.

— Eu sei que não. Um dia ela vai ter que melhorar. Não dá pra viver assim, com medo, e... E eu não quero ser indelicada com o senhor.

— Até parece, dona Maria João, a situação é delicada.

— Eu sei... mas fica. Fica. Eu preciso de companhia. É que é tão... difícil. Eu tento acreditar na tal psiquiatra, nessa doutora aí, eu *quero* acreditar. Mas tem traumas que eu acho que ninguém é capaz de superar, o senhor entende o que eu tô dizendo? Olha pra mim. Eu não sei nem como *eu* vou superar isso. E não sei como eu vou cuidar da minha filha daqui pra frente, o que eu vou precisar fazer por ela, não sei *do que* vou ter que proteger a minha filha pra ela não... pra ela não... É como se eu tivesse desaprendido tudo, seu Conrado. Desaprendi a cuidar da minha cria.

Bardelli tocou-a no braço, a voz doce.

— Eu entendo.

E só. Não tentou dizer que tudo daria certo ou outras afirmações vazias. Só gentileza e segurança. Elas foram suficientes. Maria João se acalmou e chacoalhou a cabeça.

— Que idiota eu fui. Era só o que me faltava, uma velha chorona. Tenha a santa paciência, Maria João.

Conrado quis sorrir. Escondeu o rosto.

— O senhor entende por que eu não faço mais chá com canela? — Ela corou quando viu as cruzes no piso. Recolheu-os enquanto dizia: — O doutor Lauro disse que não sabe quanto tempo a minha Kika ficou naquele depósito horrível. Nem ela sabe. Ela ficou dopada a maior parte do tempo. Deve ter sido um, dois dias. Pensando bem, graças a Deus que ela não se lembra. Mas o cheiro... O cheiro a gente nunca vai esquecer.

# ANTES

Delegacia

Geraldo Torquato compareceu ao Setor de Homicídios da Delegacia Seccional de Guarulhos no dia 26 de março, vindo de São Paulo. Era empresário, tinha trinta e dois anos e a primeira impressão que passou — e que obviamente queria passar — era a de um homem calmo e respeitoso. Seu discurso e comportamento passavam uma naturalidade forçada. Disse estas palavras ao chegar à delegacia:

— Que bom que fui chamado hoje. Eu tava mesmo vindo pra almoçar por aqui. Vou encontrar a minha noiva, ela mora em Guarulhos, aí falei "caramba, que sorte, é só dar uma passadinha na delegacia então". Tudo certo.

Mas as companhias que trouxe consigo anulavam essa sua verve espontânea. Primeiro, o advogado, que chegou num carro separado e que parecia uma cópia do cliente — seguro, cortês, topete arrumado. Depois, a noiva, uma loira de óculos escuros que desfilou pela delegacia.

— Não precisava mandar a polícia toda pra minha chácara, doutor Lauro. Se tivesse me ligado, eu teria corrido pra te receber. E com cafezinho, ainda. — Um risinho de piada entre íntimos.

Geraldo Torquato contou ao doutor Lauro que tinha herdado o terreno dos pais, ambos já falecidos. Tinha dó de vender uma propriedade que havia significado tanto aos velhos. Por isso, decidira mantê-la. Havia reformado a casa e a transformado em destino de final de semana. Maicon, que cuidava da plantação de caneleiras e de outras plantações, era o responsável por deixar tudo limpo quando o patrão não estava.

— Ele é de total confiança, o Maicon. Tá há anos com a nossa família. Trabalha bem, obedece bem. Um peão que tem o que é necessário. Vai por mim, ele não fez nada com menina nenhuma. Nem ninguém da minha casa. — E sorriu, como se dissesse "e o senhor, doutor Lauro, provavelmente não deve estar pensando num absurdo desses, né?".

O delegado serviu Geraldo com o prato principal: contou sobre os detalhes do desaparecimento, sobre a suspeita de que Kika havia se encontrado com um homem e encerrou com a conclusão da polícia científica de que a menina tinha sido mantida prisioneira no depósito da chácara, sabe-se lá por quantas horas.

— A corda que prendeu a Kika à tubulação do seu depósito ainda tava no chão quando a gente entrou. O seu caseiro contou que foi embora na sexta-feira de manhã porque o senhor chegou lá naquele dia e ficou até domingo. Ou seja, *o senhor* tava na casa no dia do desaparecimento. Fico me perguntando como é que não ouviu nada. A menina lá no seu quintal e o senhor...

O advogado, Ian Simão, intercedeu.

— Vocês têm certeza disso? Quero acesso ao laudo da polícia.

— Agora, impossível — disse o doutor Lauro, sem dar atenção ao advogado. — E sim, eu tenho certeza. Só expondo os fatos. Outro fato, inclusive, é que durante o final de semana a nossa equipe tentou contato com alguém da chácara do senhor, mas ninguém respondeu às palmas e às chamadas dos investigadores. Eles acharam até que não tinha ninguém em casa. Mas tinha, só que vocês não foram dar satisfação. Estranho, né?

— Certamente o senhor não quer sugerir nada com isso, quer? — De novo, o advogado. — É tão sem importância.

— Eu digo o que é importante ou não.

— Era tão longe, doutor. — Geraldo se defendeu, quase rindo. — Em relação à menina, eu quero dizer. O senhor viu onde fica o depósito, no meio da plantação e longe da casa. Nem eu nem a Mila, a gente não tinha motivo pra ir até lá. A gente ficou dentro de casa o tempo todo. Dentro de casa também não dá pra ouvir o que acontece no portão, a gente não ouviu policial nenhum.

— O senhor e sua namorada...

— Noiva. A Mila é minha noiva.

— O senhor e a sua noiva foram pra uma chácara pra ficar dentro de casa?

— É o que eu tô te dizendo. — Ele abriu um sorriso, coçou o queixo. — Eu nem consigo entender direito por que vocês entraram na minha chácara...

— O que o meu cliente quer dizer, doutor Lauro, é que dificilmente ele teria como saber que a menina estava no depósito, uma vez que ela ficou sedada o tempo todo e...

— Havia marcas de dedos nas paredes. Sangue. Indica que ela ficou acordada, mesmo que por alguns minutos. Deve ter tentado escapar ou pedir ajuda.

— Quem garante? E quem garante que ela seria ouvida da casa? Convido-o a fazer esse experimento, doutor Lauro. Acho difícil alguém ouvir alguma coisa no meio daquela plantação. E o senhor percebe o quão absurdo seria se meu cliente resolvesse visitar um depósito abandonado sem mais nem menos? Estranho seria se o meu cliente *tivesse* achado a menina. O senhor viu com os próprios olhos o tamanho do terreno. Qualquer um poderia entrar pelos fundos, deixar a menina presa lá dentro e sair sem ser visto ou ouvido. E, claro — o advogado se encostou na cadeira, triunfante —, por enquanto não estamos dispostos a cobrar, mas eu gostaria de saber onde está o mandado judicial que liberou a entrada da polícia na chácara do meu cliente sem a autorização dele. O caseiro, o senhor bem sabe, não é o dono da propriedade.

Geraldo e seu advogado saíram de narizes em pé da Seccional. Mila foi embora como chegou: muda. "Ela parecia assustada", descreveu o escrivão, assim que a loira tirou os óculos escuros.

Cinco minutos depois, Geraldo reapareceu sozinho na delegacia. O doutor Lauro pensou que ele voltava para aproveitar um pouco mais o gostinho da vitória. Até perceber que o jovem empresário carregava algo nas mãos.

— Já ia até esquecendo isso no carro. Imagina?

Colocou sobre a mesa do delegado um par de botas de couro Nobuck. A sola tinha uma camada de terra úmida que sujou papéis, mas o doutor Lauro nem ligou para isso. Ficou olhando para as botas sem saber por onde começar, seu cérebro fazendo as ligações necessárias.

— De onde elas vieram?

— Eu achei. Tavam jogadas num canto do meu terreno. Pensei até que poderiam ser as botas de algum policial seu.

— Claro que não são de um policial, caramba. Isso é... — *Prova*. Ele se levantou e grudou os olhos nas botas, tomando o cuidado de não tocar nelas. Eram de um marrom escuro, número 42, boa qualidade.

— Bom, eu fiz a minha parte. — Abriu outro daqueles sorrisos falsamente inocentes. — Pro senhor ver como a gente quer ajudar, doutor.

— O senhor só pensou em mostrar as botas *agora*? Por que não trouxe mais cedo?

Geraldo deu de ombros.

— O senhor é quem diz o que é importante ou não.

# DEPOIS

Casa de Maria João

— Aquele homem não me descia, seu Conrado. Não me descia. Quer mais chá?

Maria João serviu o detetive particular sem prestar atenção aos movimentos. Estava envolvida no próprio relato.

— Eu fui na casa dele, eu bati na porta e eu disse: "escuta aqui, seu Geraldo, a minha filha merecia um pouquinho mais de respeito". O senhor me conhece, seu Conrado, quer dizer, me conheceu um pouquinho, mas acho que já deu pro senhor ver que eu não sou mal-educada. Eu posso me descontrolar às vezes, mas eu...

— A senhora é delicada.

— Obrigada. Mas eu quis pular no pescoço daquele homem porque ele não me deu atenção. E eu fico me dizendo o tempo todo, "a gente precisa se colocar no lugar dos outros, Maria João, foi o que Jesus ensinou e é o caminho pra salvação". Por que *ele* não pôde se colocar no meu lugar? Bater a porta na cara de uma mãe que passou os últimos dias inteiros sofrendo pelo desaparecimento da filha? Ah, eu tentei dar as costas e deixar com a polícia, mas já não dava pra contar com eles. O doutor Lauro tinha me dito já que, como é mesmo?, que não tinham nada contra esse tal de Geraldo. Pelo amor de Deus. Eu disse: "Essas botas, as botas do sequestrador, é claro que são dele mesmo", eu falei pro doutor Lauro. "É claro que ele só entregou as botas porque sabia que elas seriam encontradas no armário *dele*. Quem acredita que ele encontrou essas botas no meio do mato bem no dia seguinte à visita da polícia à chácara dele?"

Maria João estava roxa. Precisou de um momento para respirar.

— Eu não ia ficar parada, seu Conrado. Eu sabia que tava fazendo a coisa errada, mas não ia ficar de braços cruzados, não enquanto eu mesma não tirasse a limpo essa história com aquele homem.

Bardelli ergueu a sobrancelha.

— A senhora fez alguma coisa?

— Ah, eu descobri que aquela loira toda montada não era namorada nem noiva coisa nenhuma.

— Sério? O doutor Lauro não me contou essa parte...

Maria João migrou do roxo para o vermelho.

— É porque eu não contei pra ele. Ninguém sabe. — Ela deixou escapar um sorriso tímido de orgulho. — Pra ser sincera, eu ainda fico pensando se fiz mal. Eu me confessei, seu Conrado, rezei cem pais-nossos e cem ave-marias. Eu até peço, sabe, seu Conrado, pro senhor não contar pra ninguém porque...

— Não se preocupa.

— Eu fiz mal?

— Depende. A senhora acha que fez mal?

Ela matutou, os olhos na xícara.

— Não. Eu teria feito de qualquer jeito. Mas e pra lei? Eu fiz mal?

— Talvez. Primeiro a senhora tem que me contar o que fez.

— Eu entrei no terreno daquele homem enjoado e fiquei espiando pela janela.

Conrado caiu na gargalhada. Pega de surpresa, Maria João ferveu ainda mais as bochechas.

— Jura que a senhora ficou literalmente espiando? Por quanto tempo?

— Quatro noites. Ah, fiquei.

— É... Não é boa coisa.

— Mas foram só algumas horinhas em cada noite. É que eu tinha certeza de que era ele. Eu podia ver aquele homem com a minha filha nas mãos, seu Conrado. Todo bonitão, bem-sucedido, bem do tipo que levaria a minha filha na conversa, sabe? Descobri o lugar que ele morava naquele bairro Anália Franco, em São Paulo. Uma casa antiga, toda reformada. Enjoada igual a ele. E vi ele se engraçando com umas mulheres, umas outras que não eram aquela loira, não.

— A senhora acha que ele inventou?

— Ah, se ele não inventou, então é rapidinho pra trocar de noiva. Se o senhor me perguntar, eu acho que ele disse que aquela tonta era noiva só pra falar que tava bem resolvido com alguém. Pra parecer que ele não era suspeito de ter pegado a minha filha, entendeu?

— Sim, isso foi uma descoberta. Então por que a senhora não contou pro doutor Lauro?

— Eu *ia* contar. Mas o doutor Lauro não me deu chance. Ele me ligou todo esbaforido pedindo pra eu ir conversar sobre outro motivo. Ele disse que tinha descoberto um segredo da Kika que poderia mudar tudo...

# ANTES

Escola

Aquelas primeiras semanas foram umas das mais perturbadoras da minha vida.

A Kika tinha desaparecido na sexta-feira, 16 de março. Na segunda-feira, dia 19, o Colégio Álvares de Azevedo não abriu. Lá dentro, policiais desfilavam de um lado para o outro. O abre-alas do desfile era um exaurido Sandrão. Suava como se na passarela e exibia a vitalidade de quem não pode deixar o ritmo da agremiação minguar. Numa rápida conversa com uma mãe, ele comentou que os investigadores estavam atrás do histórico escolar da Kika, de anotações e do conteúdo de seu armário pessoal — cada aluno tinha um para deixar suas coisas.

Os policiais arrombaram o cadeado do armário e vistoriaram o que tinha lá dentro — dali a três dias, informações sobre isso vazariam para jornalistas.* Os policiais encontraram materiais e fotos pessoais de Kika em um montinho desarrumado. Nada de surpresa aí. Mas havia um desenho em folha A4 colado no fundo que chamou a atenção de Elise Rojas, chefe dos investigadores. Retratava a Terra sendo tocada por uma pomba branca com um ramo de oliveira.

— Isso pode ser útil. Leva — ela pediu.

---

\* "Pertences de Kika podem indicar sobre paradeiro." *Estadão*, 22 de março de 2012.

Ao retirar o desenho, os policiais revelaram outro rabisco atrás, feito por Kika na própria parede do armário. Era uma grande letra B grafada com caneta vermelha.

No portão da escola, pais e professores colaram cartazes pedindo a apuração imediata do caso. Os alunos levaram flores. Eu mesma coloquei um buquê com girassóis na calçada. Senti um pouco do peso ir embora. Peso porque, no fundo, todos nos sentíamos donos de uma parcela de culpa. Não pelo desaparecimento, mas pela desgraça da Kika. Era inevitável: se você conhecesse a Kika, se tivesse estudado com ela, teria pensado: *E se tivéssemos nos aproximado mais dela? E se tivéssemos evitado todo aquele bullying? E se tivéssemos entendido que o egoísmo e a hostilidade eram respostas naturais ao nosso próprio ódio? Que eram respostas ao que havia acontecido com ela dois anos antes? Será que ela teria um amigo que estaria perto dela naquele dia no sítio que teria impedido que ela fosse levada?*

*E se...*

As aulas voltaram na terça-feira. E com uma pichação de boas-vindas no muro do Álvares:

Os professores não sabiam o que fazer com aquilo na entrada, às sete da manhã. Durante os próximos dias, ninguém ameaçaria tocar naquela pichação. Era vandalismo, mas um vandalismo que dava voz ao pensamento popular. Ninguém tomou a iniciativa. "Quer apagar o nome da Kika daí? Fique à vontade. Eu é que não vou."

Houve uma reunião com os alunos no pátio, seguido por um discurso do diretor e um minuto de silêncio. Achei excessivo. Parecia que já dávamos a Kika como morta. Em sua fala, o Sandrão disse que estava a par de todas as investigações, como o braço direito do delegado, e podia prometer que a polícia estava fazendo todo o possível para encontrar a Kika e para nos manter seguros dali pra frente. "Seguros dali pra frente?". Por quê? Havia risco? Talvez eu tenha sido a única a entender isso, porque todos os outros alunos mantiveram os rostos erguidos, corajosos, como soldados bem preparados para uma guerra. Eu achava que nem os professores estavam preparados para o que viria, que dirá os alunos. Mas o fato era que o Sandrão passava grande tranquilidade com seus olhos convictos e sorrisos oportunos. Impossível não se deixar influenciar pelo otimismo.

Ele sempre foi o tipo de cara que tranquiliza os outros em momentos de escuridão. E, nesse ponto, qualquer um que o tenha conhecido dirá seguramente: Sandro nasceu para exercer sua profissão, para estar onde está. Seu histórico não o deixa mentir.

# ANTES

A vida de um cecapiano

Sandro da Silva Meireles nasceu em 1968 em Coronel Saviano, cidadezinha do interior paulista. Aos dezenove anos, mudou-se para Guarulhos, onde conseguiu uma vaga para trabalhar no aeroporto de Cumbica. Lá ficou por quatro anos. Nesse período de nova vida, viu que precisaria engordar a renda, já que o salário não era suficiente para bancar a mudança, os poucos móveis e a comida na mesa. Começou a fazer bicos como professor de matemática numa ONG que dava aulas de reforço para alunos de escola pública na periferia de Guarulhos, em bairros como Jardim São João, Taboão e Cumbica.

É que os números sempre haviam sido a paixão de Sandro. Tinha se interessado pela vaga no aeroporto pensando justamente em estudar Engenharia e, no futuro, construir os aviões que ajudava a pousar e decolar no dia a dia. Porém, o trabalho na ONG acabou mudando sua visão e seu destino. Dizia aos amigos que "ver crianças decolarem é muito mais interessante do que aviões".

No fim, formou-se pedagogo e iniciou a segunda faculdade — desta vez, de física — bem no ano em que se demitiu do aeroporto. Por três meses, viveu de favor na casa de um amigo. Pagava o aluguel cozinhando jantares e limpando o apartamento, que ficava no Parque Cecap. Sandro apaixonou-se pela vizinhança, cartão postal de Guarulhos. Data do início dos anos 1970 e foi um dos primeiros bairros inteiramente planejados em todo o estado de São Paulo, com prédios residenciais, centro de comércio, escolas, unidades de saúde e praças. Além de referência na área de habitação social, o Cecap é também símbolo de arquitetura modernista, a exemplo de Brasília. É ainda um dos protagonistas desta história, sem dúvida.

Seria ali no Cecap que Sandro conseguiria, dois anos depois, comprar seu primeiro apartamento próprio. Queria morar a vida toda no bairro. Tornou-se um cecapiano e, como bom cecapiano, virou bairrista.

Sandro só conseguiu assinar o contrato do apartamento por causa de sua ascensão profissional. No ano seguinte ao de sua demissão do aeroporto, foi aprovado em um concurso público e começou a dar aulas para alunos de treze e catorze anos na rede municipal de ensino de Guarulhos. A partir daí, não houve quem interrompesse sua ascensão. Trabalhou durante três anos em uma escola até ser convidado para ser diretor em uma outra. Depois, migrou para uma terceira, conhecida por ser problemática. Esperavam que ele conseguisse consertar alunos e professores, peças passíveis de manutenção como numa oficina mecânica de onde carros saem milagrosamente reformados. Ao final de dez anos, Sandro tinha passado por quatro unidades, todas na periferia de Guarulhos, sempre evocando os mais exaltados sorrisos na sua chegada e causando lágrimas de pura tristeza na saída.

Em 2003, deixou a rede pública para dar aulas de física num dos mais nobres colégios particulares de São Paulo, localizado no bairro do Morumbi. Passou a atender filhos da elite, crianças de classes sociais bem diferentes daquelas que Sandro tinha ensinado até então. Esse foi o motivo apontado pelo próprio Sandro, inclusive, quando pediu para sair do colégio em 2006. Falou na ocasião que, apesar da excelente experiência, tinha chegado à conclusão de que preferia dar aulas aos menos assistidos. Ou, pelo menos, *próximo* aos menos assistidos, num bairro menos elitista. Também havia o problema da distância: Sandro se dizia cansado de ter que enfrentar todo dia o trânsito de Guarulhos ao Morumbi.

Foi então que assumiu o cargo de professor de física no Colégio Álvares de Azevedo, em 2007. O colégio ficava no Cecap, a poucos metros do apartamento onde Sandro vivia com a esposa e filhos. Outro ponto que chamou sua atenção foi o papel social da escola. Apesar de ser particular, ela se propunha a distribuir cinquenta bolsas de estudos para alunos carentes dos bairros vizinhos, marcados pelo abandono do poder público.

A primeira coisa que Sandro fez ao assumir a direção da escola, em 2009, foi expandir essa política. Direcionou uma verba ainda maior para as bolsas e conseguiu bancar o estudo gratuito de cem alunos por ano.

Um dos contemplados foi a própria Kika, por indicação de Sandro.

Em junho de 2008, seis meses antes de Sandro virar diretor, ele foi assistir a um jogo de vôlei interescolar. Colégio Álvares de Azevedo contra a Escola Estadual Vereador Marcelo Setúbal. Uma competição desequilibrada, já que o primeiro colégio, particular, oferecia treinos com professor, enquanto o segundo, público, mal tinha verba para pintar a quadra poliesportiva.

A vitória do Álvares foi um verdadeiro massacre.

Dona Maria João, que via sua Kika jogar pelo time da escola estadual, acabou saindo com lágrimas nos olhos porque, não bastasse a derrota, a filha ainda tinha sido acertada por uma bola no rosto, três pontos antes do fim do jogo. Uma estudante de seu próprio time, Pamela Guimarães, dois anos mais velha e dez centímetros mais alta, havia errado uma cortada e acertado o nariz de Kika. A arquibancada toda caiu na gargalhada. Fim de jogo.

Na lateral da quadra, enquanto a plateia ia embora, Kika se irritou com a preocupação de Maria João.

— Eu tô bem, caramba. — Ela não deixou a mãe abraçá-la. Maria João perguntava se não era o caso de irem ao posto de saúde. O nariz da menina não parava de sangrar. — Ela fez de propósito, aquela Pamela maldita.

Pamela Guimarães foi alertada pelo juiz. Em momento algum disse que tinha sido sem querer, assim como não escondeu o deleite ao ver Kika com um bigode de sangue. As duas tinham um histórico de brigas. Kika, uma nanica perto de Pamela, acabava sendo sempre a vítima. Mas o diretor da escola estadual nunca tinha ligado para isso — uma omissão que traria sérios prejuízos dali a dois anos e que tornaria Kika famosa por sua primeira quase morte.

Mas, naquele pós-jogo, Kika e Pamela não tiveram oportunidade de se estranhar. Sandro Meireles cortou a cena. Dizendo-se preocupado e revoltado com a parte da plateia que tinha rido da bolada, ele se aproximou e começou a perguntar se Kika estava bem, se precisava de carona, se aquela era sua mãe. Kika não sabia se podia confiar naquele homem que chegara sem apresentações.

— Eu tô bem, já vai parar de sangrar.

— Eu já te vi em alguma atividade antes, não? — ele perguntou.

Sandrão, dizem os conhecidos, sempre teve ótima memória. Tanto que, ao voltar para casa naquele dia, contou para a esposa com detalhes aquela conversa no ginásio. Kika disse que tinha participado do grupo de dança, provavelmente onde ele a vira antes.

— Mas foi a maior perda de tempo. Que nem o vôlei. Acho que eu vou desistir, sério. Eu não sei fazer nada direito.

— Impossível — disse Sandrão, sendo muito Sandrão. — Todo o mundo sabe fazer alguma coisa melhor do que os outros. Você não é exceção, certeza. É só questão de orientar.

— Eu sempre digo isso pra ela. — Maria João abraçou a filha. — O senhor precisa ver ela jogando xadrez.

Xadrez foi a ponte para entrarem numa conversa sobre talentos. Nem perceberam que a multidão toda partiu e eles ficaram sozinhos.

— Quer ver que até trancaram a gente aqui dentro?

Riram. E riram mais ainda quando viram que era verdade: haviam de fato sido trancados no ginásio.

— Bom, pelo menos meu nariz parou de sangrar — disse Kika, de humor revitalizado.

Sandro ligou para a esposa e contou que "estava preso e refém das bolas de vôlei". Ela prometeu ir correndo até lá e chamar alguém para soltá-los. Enquanto isso, os três continuaram papeando. Maria João disse que, para além do xadrez, via o futuro de Kika nas passarelas. Linda, boa forma, esforçada. Só faltava o treino para aprender a posar.

— Tô até convencendo ela a entrar no Miss Guarulhos Juvenil. Pra mim, ela ganha fácil.

Kika ficou vermelha, uma criança na discussão dos adultos. Olhando nos olhos de Kika, Sandro falou nas mil possibilidades que a menina poderia ter se perseguisse um objetivo.

— Essa é a bandeira que eu defendo, Kika. É por isso que faço o que faço.

— Faz o quê?

Sandro bateu a mão na testa. Tinha esquecido de se apresentar. Falou que era diretor do Álvares de Azevedo. Kika escancarou os olhos e Maria João abriu um sorriso. As duas conheciam a escola. Conheciam os bons comentários, os bons resultados — e os preços. Nunca seriam capazes de pagar.

— Ué, tenta a bolsa de estudos — Sandro se animou. — Fim do ano tem a prova. Se passar, não paga nada.

— Nossa, mas qual a chance? A quantidade de gente que tenta...

— Bom, se não se inscrever, você não vai conseguir nunca. Tenta. Você não é boa em xadrez? Então deve ser mais inteligente do que pensa. A gente diz lá no Álvares que eu acabo virando pai de todo mundo. Eu faço questão de virar o seu também. — Ele dizia isso de maneira genérica, não porque soubesse da história de Kika e Maria João. — E a gente também costuma dizer que todo filho meu que sai do Álvares vira uma excelente pessoa.

No dia 13 de novembro de 2008, uma quinta-feira, Kika fez a prova para a bolsa. No fim do mês, o próprio Sandro telefonou para Maria João.

— Pode vir fazer a matrícula com a Kika. Vocês passaram. Bem-vindas à família.

# ANTES

Escola

Mas Sandrão estava errado. Nem todos os seus filhos eram excelentes pessoas.

Em duas semanas, vi meus colegas do Álvares — pessoas com quem eu me relacionava desde criança e que eu supunha conhecer bem — virarem suspeitos de sequestro, mesmo que indiretamente. Começando pelo Rodolfo, depois o Edu. O primeiro, por sinal, fazia parte do meu círculo de amizades. Como eu era do time de handebol e ele jogava futebol, costumávamos ficar no mesmo grupinho. Ele sempre teve muito receio do que os pais pensavam dele. Uma vez, confessou que já tinha falsificado notas no boletim e apagado advertências sobre mau comportamento de seu diário escolar. Queria passar a imagem de um adolescente exemplar dentro dos muros da escola.

— É que senão as surras lá em casa ficam violentas — dizia Rodolfo, com uma gargalhada tão forçada que só comprovava o quão verdadeiras eram suas declarações.

Numa ocasião, em junho de 2011, quando estávamos no primeiro ano do ensino médio, o Rodolfo brincou de apertar a bunda da Kika na festa junina da escola. Era o segundo ano que a Prefeitura de Guarulhos permitia que o Álvares organizasse a festa na praça Mamonas Assassinas, no coração do Cecap, desde que o evento fosse público, claro. Naquele tempo, a Kika e o Rodolfo já tinham trocado beijos e baixarias abertamente, mas nunca assumido o namoro. Seriam para sempre apenas ficantes oportunos — paixãozinha de fim de noite. Mas naquela festa junina não havia nada de paixãozinha. O Rodolfo tinha bebido chope demais — escondido dos pais, claro — e o álcool agiu por meio de suas mãos. Ele chegava de surpresa por trás da Kika e apertava a bunda dela com força, com violência. Lembro-me de ver a Kika testar a paciência naquele dia, um dos únicos em que ela me pareceu mais sociável. E eu pensei: *Hoje, ela perde a cabeça.*

Num primeiro momento, eu realmente achei que ela tivesse perdido a cabeça. Foi bem no fim da tarde, quando as barraquinhas de brincadeira fecharam e a gente ficou sem muito que fazer. Havia um telão, perto da pista de skate, onde ficavam passando fotos dos alunos e reprises das quadrilhas juninas. De repente, a tela ficou preta por quase um minuto e, quando voltou a funcionar, mostrou fotos do comportamento infantil e abusivo do Rodolfo. A bunda da Kika apareceu em grandes proporções, sendo apalpada de diferentes maneiras para o Cecap inteiro ver.

A festa parou. Vi o nojo ganhar forma nos rostos da multidão. Os olhos se voltaram para o culpado. Pensamos: *A Kika se vingou, bem feito, Rodolfo.* Mas a Kika se escondeu de vergonha atrás da famosa estátua da mamona, no centro da praça. Eu entendi que a vergonha não era por ser o centro das atenções — ela até gostava disso. Era, isso sim, por ter sido humilhada na frente de tanta gente. Uma menina como ela tem o nome e a intimidade como seus maiores bens. Já o Rodolfo virou um coelho cercado por caçadores. Estava desprotegido, cru. Imaginei-o molhando as calças. Os pais nem apareceram para chamá-lo. Ele os encontrou no carro e os três foram embora imediatamente. Estive lá na hora em que saíram. Não ouvi um grito, não enxerguei um gesto. Os coelhos decerto resolveriam as coisas quando chegassem de volta à toca.

Depois daquela festa junina, a Kika e o Rodolfo ficaram alguns meses sem se falar, mas eventualmente voltaram a ter um caso.

De volta à festa junina, após a debandada dos coelhos, ouvi um murmúrio:

— Você viu que o Sandrão tá dando um esporro no Edu Pamonha?

No fim, o Eduardo é que tinha armado a confusão. De peito estufado, admitiu ter feito os vídeos e as fotos e conectado o celular ao computador do telão. Disse que uma mulher como a Kika não podia passar por aquilo sem que o agressor tivesse seu merecido castigo. Era agente da vingança e que se danassem as consequências.

— Quem é pamonha agora? — perguntou baixinho, ao se ver cercado pelos colegas incrédulos.

O diretor da escola teve uma conversa a sós com os pais do Eduardo. No fim, não houve suspensão, apenas uma advertência. Sandrão se disse chocado, mas, aos mais próximos, descreveu o episódio como "típico dos adolescentes" e disse que era questão de "esperar a poeira baixar".

— Foi só um episódio. Tudo vai voltar ao normal.

Foi exatamente a mesma frase que ele não cansou de repetir nas semanas seguintes ao desaparecimento de Kika, embora a poeira não baixasse, não desse sinais de que ia baixar e a cada dia um novo aluno seu fosse investigado.

A polícia desenterrou episódios antigos para procurar relação com a menina sumida. Esse da festa junina foi um. Quem abriu a boca sobre ele foi uma aluna que nunca veio a público e cuja identidade o doutor Lauro também não quis revelar. Comentou para a jornalista Luna Barcelos,[*] naquela semana, que a menina "tinha medo de represálias por nunca ter se sentido segura perto dos dois meninos". E mais: que a delatora "acreditava que eles poderiam estar envolvidos no desaparecimento".

Até os professores foram alvo dos investigadores. Em três semanas, descobri podres de vários deles. Meu professor de matemática, por exemplo, tinha passagem pela polícia por porte ilegal de entorpecentes. A monitora do nosso ano havia sido investigada por fraude referente à aposentadoria da mãe falecida. Até o Sandrão foi jogado no meio da roda — os policiais queriam saber por que ele tinha pulado tanto de escola em escola, forçando alguma interpretação pejorativa nisso.

Lembrar esses dias me traz um sentimento de medo e depressão. Experimente entrar na sua escola, no seu trabalho, na sua casa e olhar para os outros como possíveis sequestradores. Talvez assassinos. Estupradores. Você tem vontade de se esconder no quarto e não sair nunca mais. Sua rotina perde o sentido.

E, então, a prática provou uma velha teoria: o medo dá origem à ignorância.

...........

[*] "Delegado diz que passado de Kika pode ajudar na resolução." *Sentinela de Guarulhos*, 28 de março de 2012.

Em vez de se solidarizarem, os alunos começaram a apontar dedos, tal qual a menina desconhecida que contou sobre a festa junina. De repente, gestos que antigamente não tinham significado algum eram apontados como uma prova de culpa. "O Rodolfo praticou *bullying* a vida inteira e perseguiu pessoas." "O Edu deixou o próprio gato morrer de fome e virou um seguidor fanático da Kika." Amizades acabaram. Até o amigo secreto de ovo de chocolate que costumávamos organizar — afinal, a Páscoa estava chegando — não foi nem cogitado. Mais fácil trocarmos xingamento do que presentes.

Foi um pesadelo para todos, potencializado para o Sandrão. A partir da segunda semana, eu o via quase sempre com os olhos vermelhos de choro. Seria só choro mesmo? Eu não sabia de mais nada. Era de dar dó. Eu também chorei muito naquela semana. Não vou dizer que me escondi no quarto, como mencionei acima, e não vou me declarar superior. Eu seria uma hipócrita se fizesse isso, pois *eu mesma* acabei apontando meu dedo acusador. Mas, em minha defesa, eu tinha fortes razões.

# ANTES

Delegacia

No dia 29 de março, treze dias depois do desaparecimento, o doutor Lauro chamou dona Maria João para uma conversa. Tinha adiantado que se tratava de um segredo de Kika que poderia mudar o rumo das investigações. A mãe chegou eufórica, esperançosa, vermelha. Nunca se sabe quando pode ser o dia da *grande notícia*.

— Acharam ela? Que segredo é esse que o senhor disse por telefone? Alguma novidade? Vai ajudar a encontrar a Kika?

— Calma, é só uma consulta. Senta. A senhora disse que uma vez a Kika chegou à noite com a blusa ao contrário.

— Eu disse?

— Sim. Foi quando a gente perguntou se a senhora achava que a Kika já tinha... Bem, se ela era sexualmente ativa.

— Ah. Bom, o que tem isso?

— A senhora lembra quando foi essa noite que a Kika voltou com a blusa ao contrário?

— Ai, doutor... Impossível. — Ela chacoalhou a cabeça de olhos fechados.

— Nem um prazo mínimo?

— É tão difícil. Acho que, no máximo, uns dois anos. Não, bem menos. Uns meses... Três, quatro.

— A senhora pelo menos se lembra se isso aconteceu uma vez só?

Maria João levou o braço ao peito, ofendida.

— Mais de uma vez? O senhor tá insinuando que a minha menina, que ela...?

— Não, de jeito nenhum. — Mentira. O delegado insinuava, sim, algo que Maria João classificaria como depravado. — É só pra saber, pra colocar no inquérito. E o dia da semana, a senhora se lembra?

A mãe negou com a cabeça. Então, prestes a mudar de assunto, comentou:

— O senhor não leva muito em conta porque minha memória é péssima. A gente vai ficando velha e... Enfim. Mas eu acho que pode ter sido numa terça-feira.

Maria João disse que se lembrava de ter reparado na blusa ao contrário da filha justamente porque tinha voltado de uma aula de costura.

— A gente tinha falado sobre blusas femininas, eu me lembro. E o dia da aula de costura é terça-feira à noite. Ou melhor, era. Eu saí.

— A senhora frequentou uma aula só? Assim fica mais fácil saber o dia.

— Ah, não. Fiquei dois anos, quase. Toda terça-feira eu saía à tarde e voltava lá pelas nove, dez da noite. Um curso desses profissionalizantes. Eu e a Kika, a gente só jantava juntas depois. Algumas vezes a Kika aproveitava pra sair com as amigas enquanto eu tava na aula.

— Que amigas?

— Eu... Eu não sei. — Ela corou.

— A senhora tem como saber se era mesmo com meninas que a Kika saía?

Maria João procurou em vão por uma resposta.

— E como a senhora sabe que a Kika só saía *algumas vezes*?

— Ué, porque ela me falava.

O delegado coçou a cabeça.

— O que eu quero dizer é: e se a Kika saísse *toda* terça-feira, mas só contasse de vez em quando?

— Ué, mas... Eu sou a mãe dela, ela não manteria segredo de mim, por que é que ela não...?

Mas nenhuma explicação saiu completa. O doutor Lauro captou a dor no rosto de Maria João. Dor causada pela dúvida. Ela já tinha ficado assim antes, feito uma beata posta contra a parede e questionada à exaustão sobre as provas da existência de Deus.

— Mas pra onde é que ela ia toda terça-feira à noite, então?

# ANTES

Escola

Entre tantas bizarrices que surgiram naquelas semanas — já citei as acusações que beiravam uma moderna caça às bruxas e a fobia de que o colega ao lado pudesse ser um sequestrador —, o fato que fez o meu alarme interior disparar não tinha nada a ver com ódio ou medo, e sim amizade.

Uma amizade anormal. Não excêntrica ou inusitada — *anormal*. Eu nunca imaginaria que duas pessoas tão distintas quanto a Melina e a Elaine pudessem unir carteiras na sala. Uma maníaca religiosa e uma Einstein do ensino médio no mesmo recipiente: a fórmula me parecia errada. Mas, contrariando todas as diferenças, lá estavam as duas cochichando nas aulas. Aí havia outra loucura: a Elaine *nunca* batia papo enquanto um professor dava aula.

Reflexo do desaparecimento da Kika? Talvez. As duas garotas bem que poderiam ter se aberto para o oposto, apesar de eu duvidar que uma menina como a Melina fosse capaz de mudar de opinião. Tinha meus motivos para cismar com ela. A cena no ônibus me revisitava toda vez que eu falava seu nome. "Ela mereceu. A roupa dela, da Kika, você viu o tamanho do shortinho? Ela usa o mesmo desde o nono ano do ensino fundamental. Muito vaca. Deus pune os que pecam."

A Melina é que tinha sido punida por Deus. Esse pensamento me veio do nada naquele dia, justamente o dia em que comecei a suspeitar dela.

A Melina cresceu sem qualquer referência materna na vida. Não me lembro de uma comemoração de dia das mães na escola a que ela não tenha faltado. Tia, avó, amiga, irmã, nada. Nenhuma figura feminina na vida, como apurei entrevistando os que a conheceram. O pastor não tinha família e abria mão de nutrir amizades. Do ponto de vista educacional, isso era um entrave para os professores. Melina, a Esfinge. Eu os via de semblantes preocupados toda vez que precisavam fazer as vezes de educadores com ela, como se caminhassem num campo cheio de bombas enterradas. Um passo errado e *boom*, tudo pelos ares. Era pior ainda quando os outros alunos resolviam tirar o dia para zoar a Melina. Os meninos costumavam dizer que ela perdera o curso básico de feminilidade. Por isso "tinha cara de lésbica largada". Melina chorava no banheiro nesses dias. Voltava com óculos sujos que ela não fazia questão de limpar.

Esse foi o gatilho da minha desconfiança: a Melina, sempre tão avessa às relações com figuras femininas e ateias, agora cultivando uma repentina simpatia por Elaine.

Mas o que me fez procurar o delegado não foi exatamente isso. Foi algo mais concreto que notei enquanto as observava: o desenho no caderno da Melina. Estávamos no meio de uma aula de geografia quando me dei conta de que já tinha visto aquele desenho antes. Quantas vezes ela não tinha aberto o caderno da disciplina na minha frente e exibido aquela representação do planeta Terra na primeira página, feita com canetas azul e verde?

Mas, desta vez, eu reparei na ave. Uma pomba. Tinha sido rabiscada com caneta preta em cima da Terra. No bico, trazia um ramo de oliveira.

A resposta veio de uma vez. Não era um desenho de geografia representando a Terra. Era um símbolo religioso. Exatamente o mesmo que, segundo os jornais, tinha sido encontrado no armário da Kika. E se tinha uma coisa que a Kika não parecia era crente.

Terminada a aula, fui para a diretoria e disse ao Sandrão que precisava falar com o delegado responsável. Enquanto ele fazia a ligação, as palavras do pastor Bartolomeu tocavam em repetição no meu cérebro: "Geralmente, o culto é terça-feira...".

# DEPOIS

Casa de Maria João

— A senhora não tinha ligado uma coisa com a outra? — perguntou Conrado, terminando o chá com biscoitos.
— O quê? O pastor e a minha filha? De jeito nenhum. Eu fiquei horrorizada quando o doutor Lauro começou com aquelas insinuações.
— A senhora não achava que ela...?
— É *claro* que não.
— Desculpa, eu não quis ofender.
— Não, o senhor não ofendeu. Ó, pega mais um biscoito.

Ele pegou só para ser educado e fazê-la continuar. Maria João respirou fundo, os olhos tapados pelos dedos.

— Eu fiquei uma arara naquele dia. Até esqueci aquele Geraldo, de tão irritada, sabe? Primeiro com o doutor Lauro, porque ele já sabia de tudo e ainda assim ficou me jogando a isca, "a senhora sabia?, a senhora imaginava?" Isso é coisa que se faça com uma mãe sofrendo, seu Conrado? Como se eu fosse esconder alguma coisa.
— Como ele já sabia?
— Ah, uma colega da Kika falou pro delegado alguma coisa sobre um desenho que ela viu no caderno da filha do pastor, e aí o doutor Lauro começou a investigar. Conversou com umas pessoas da igreja, acho, a igreja evang... — Maria João parou, olhou para a escada e abaixou a voz em um cochicho — ... a igreja evangélica que a Kika frequentou. Ele viu umas câmeras de segurança de, não sei direito, meses atrás. Ele conseguiu ver a minha Kika lá, indo pro culto nas terças-feiras à noite.

— E sobre a... a blusa ao contrário?

— Eu achei o fim do mundo o que tinham feito com a minha menina. Porque, se uma pessoa decide ir pra igreja, é pra curar a alma, não é? Como é que levaram ela pro oposto disso, pro mau caminho?

— O doutor Lauro diz que foi consentido.

— Eu sei que foi. Não tô dizendo que minha menina é santa, ela é feita de carne, eu sei que ela quis também, não tô tirando a culpa dela. Aliás, nem sei se *culpa*. Ela tinha *culpa*? Deus é que vai julgar. Agora, ir pra igreja e fazer aquilo escondida? O senhor precisa ver como eles ficaram sugerindo...

— Antes de mais nada, por que a Kika esconderia da senhora que passou a frequentar a igreja? A senhora é religiosa, não é? Ia gostar.

Maria João mordeu o lábio, suspirou. *É complicado*, traduziu com o rosto. Levantou-se e caminhou pela cozinha.

— A Kika, ela tem um jeito, seu Conrado. O senhor deve ter descoberto isso conversando com as pessoas...

— Hum?

— Ela nunca foi de se abrir pros outros. Nem pra mim. Aí eu acho que... Bom, a Kika conviveu com o catolicismo a vida toda, e eu sou a católica que chamam de praticante. Vou pra igreja várias vezes por semana, eu rezo todos os dias, participo das atividades da paróquia. Acho que cada um tem que fazer o que quiser, mas é assim que eu encontro a minha paz. E acho que sempre foi demais pra Kika. Ela criou uma antipatia. De pequenininha, ela odiava quando eu obrigava a ir comigo pra missa. Ela é muito impaciente e, no fundo, acho que sempre procurou na igreja a resposta pro que aconteceu com o pai dela. E não funciona assim, Deus não responde numa conversa. A Kika é muito jovem pra entender isso. Então ela... Acho que ela pegou raiva, pegou birra. Imagino que quando quis se iniciar no cristianismo, ela escolheu outra igreja. Pra não topar comigo.

— Mas, depois disso, ela frequentou a Igreja Católica com a senhora também, não?

— Frequentou, mas isso foi depois, foi mais recente, coisa de semanas antes de ela desaparecer. Antes disso, foi na evangélica. Sem eu saber — mágoa na voz.

— Por que ela mudaria de ideia sobre religião? Por que passar a frequentar a igreja depois de adolescente?

— Porque eu imagino que a Kika, ela queria cura pra uma parte muito pessoal dela, uma que ela não queria compartilhar com mais ninguém, que ela tentava manter em segredo, apesar de todo o mundo saber. Tô falando *daquilo*... Desde que ela começou a sofrer na mão daquelas meninas horrorosas até o dia em que elas tiveram a coragem de fazer aquilo com a Kika. E a minha filha, em sangue vivo, quase morta... E eu pensando que ela teria o mesmo destino do meu Manuel, eu...

O pranto mais uma vez interrompeu aquela conversa. Conrado encheu a xícara da anfitriã, ergueu-se e foi lhe entregar o chá em mãos.

— Ob-obrigada.

Mas ela não bebeu. Usou a xícara apenas para esquentar as palmas. Parecia mesmo que a temperatura tinha caído alguns graus desde o início do assunto.

— Quando é que eles começaram a ir atrás do pastor? — indagou Bardelli.

— Eu não sei direito. Mas eu não conseguia tirar da cabeça que o nome dele começava com a letra B.

# ANTES

Delegacia

A suspeita de que houvesse um relacionamento secreto entre Kika e o pastor Bartolomeu Ramalho não surgiu sem motivo.

Começou quando Melina foi chamada pela Polícia Civil para prestar depoimento. A convocação veio na sexta-feira de manhã, 30 de março. Melina faltou à aula e não compareceu à delegacia. O próprio doutor Lauro Jahib foi quem ligou para a casa da família Ramalho e perguntou o porquê da ausência. Ele foi atendido na terceira tentativa. O pastor lidou com a situação como se não fosse grande coisa.

— Infelizmente não deu pra ir, delegado. A minha menina ficou doente. Fica pra uma próxima.

O delegado explicou que não havia essa de "uma próxima", como se um encontro com a polícia fosse um combinado qualquer que você faz com o vizinho e desfaz quando bem entende. Aquilo era assunto oficial. Se ele não comparecesse, o delegado poderia, em último caso, pedir à justiça um mandado de condução coercitiva.

— Não tem necessidade, a gente vai amanhã.

E, por isso, o doutor Lauro precisou trabalhar naquele sábado, 31 de março. Recebeu Melina Ramalho às 9h e conversou com ela por cerca de meia hora. Ela negou que tivesse sido amiga de Kika e deixou claro que nunca tinha aprovado "a forma como ela se comportava com os outros".

— Foi só por isso que eu aceitei conversar com ela, quando ela me pediu ajuda, só porque ela queria sair dessa vida imoral.

— Então você levou a Kika pra igreja do seu pai?

Melina fez uma careta, como se o delegado tivesse usado todos os termos errados na mesma frase.

— Ela foi um dia comigo pra Igreja Universal do Reino de Deus, sim. Fez muito bem pra ela. Pena que ela era imoral por natureza.

— *Era?*

Segunda vez que o delegado ouvia uma colega de Kika usando o tempo passado. Elaine, antes, tinha se corrigido, cheia de vergonha. Melina não.

— Eu não sei onde ela tá. Não dá pra dizer se ela tá viva.

O doutor Lauro ficou petrificado por instantes.

— Você tá ciente do que isso pode implicar?

O pastor Bartolomeu interveio:

— Delegado, delegado... Minha menina só é muito direta, decidida. É adolescente. O que importa, o que é realmente essencial pra esta entrevista é que ela quis sim ajudar a amiguinha, mas a amiguinha não quis se ajudar. A minha filha tem Jesus no coração quando fala. O senhor pode acreditar nas palavras dela. — E sorriu. O delegado se lembra de, naquele momento, ter pensado o quanto os óculos do pastor estavam embaçados. Não conseguia ver seus olhos.

— É a igreja que fica na Vila Flórida?

— Isso — respondeu Bartolomeu, apesar de o delegado ter dirigido a pergunta a Melina.

— Então a partir daí a Kika começou a frequentar a igreja com você?

— Isso — de novo, o pastor Bartolomeu.

— Com *você*, Melina?

A garota levantou os olhos e confirmou. Fez que ia proferir um grande discurso — o nervosismo e o estresse do depoimento quase puderam ser sentidos junto ao hálito dela —, mas fechou a boca, fechou a cara e não havia chave para destrancar aquele cadeado. Dali pra frente, apenas respostas monossilábicas. A Kika ia com você à igreja? Confirmação com a cabeça. Saíam juntas? Confirmação. Moram perto? Idem. Quando a Kika começou a frequentar a igreja com você? Sete, oito meses atrás. E estava ainda frequentando antes de desaparecer? Negativa com a cabeça. Quando parou? Um mês atrás. Exatamente? Talvez mais, talvez menos.

Sabe por que ela desistiu? Negativa. Vocês não ficaram amigas nesse período? Negativa. Por quê? Porque negativa.

O delegado foi buscar café. Estava odiando tudo aquilo. Disse ao escrivão que tinha "vontade de pegar a menina pelo colarinho e mandar ela responder direito". Na ficha de Lauro Jahib, não constava agressão a investigados ou tendência à violência — pelo menos até aquele momento. *Posso mudar isso já, já*, era o pensamento que esguichava junto com o café de máquina. O pastor Bartolomeu assistia a tudo com um sorriso mínimo, o retrato da paz interior.

O delegado voltou portando três copinhos com café e uma atitude muito mais enérgica:

— Alguma vez a Kika teve que, sei lá, trocar a blusa durante o culto? — Foi irônico quando terminou a pergunta e apoiou os braços no quadril. Causou um mal-estar capaz de azedar o café açucarado.

— Não entendi a pergunta, doutor Lauro.

— Se a Kika teve que tirar a blusa alguma vez, pastor. Ela voltou pra casa mais de uma vez com a blusa ao contrário. A mãe viu.

O pastor levantou as palmas das mãos.

— É o que a minha filha disse, delegado: a menina, ela flertava com a imoralidade. Não sabemos onde ela poderia ter ido antes ou depois do culto. A pobre coitada era tocada pelos demônios.

— Pelos demônios, é? Me diz, Melina: algum segredo da Kika que a gente deva saber? Algum *demônio*?

— Não.

— Estranho. Você imagina então por que ela esconderia da própria mãe que ia pra igreja? Uma atitude tão nobre...

— Você não ouviu o que eu falei sobre o jeito da Kika? Mentir é tudo o que ela sabe fazer. Mentir é o que faz gente dessa laia.

# ANTES

Apuração

A ajuda de que o delegado tanto precisava veio daqueles com quem ele mais brigava: os jornalistas.

O repórter Danilo Ferrara, do site jornalístico *Visão Leste*, estava de plantão do lado de fora da delegacia Seccional para cobrir outro caso e viu Melina e Bartolomeu saírem pela porta da frente do prédio. Como já tinha coberto o caso, Danilo reconheceu o doutor Lauro Jahib e ficou curioso sobre as duas figuras que saíam junto dele. Tirou fotos de pai e filha na calçada e compartilhou o clique num grupo de jornalistas de Guarulhos. Um dos membros reconheceu o pastor Bartolomeu. A partir daí, todos fizeram as devidas deduções: ele e a filha estavam sendo investigados.

Naquele sábado, pelo menos um senso comum foi pro espaço: de que jornalistas sempre se digladiam pela notícia. Em diversos casos, cooperar os une para avançar numa história.

Na mesma noite, o *Visão Leste* e outros jornalísticos pediam informações para a Secretaria de Segurança Pública em relação ao depoimento daquele dia com Melina e Bartolomeu Ramalho. Notas curtas foram publicadas contando sobre a descoberta.

Seguindo a tradição de um jornal se pautar pelo outro, o *Diário da Grande São Paulo* apurou a história do depoimento dos Ramalho, confirmou-a e quis dar um passo à frente. Mandou uma repórter para a Igreja Universal do Reino de Deus da Vila Flórida para que ela descobrisse qualquer coisa sobre o caso.

A jornalista Jurema de Oliveira conta que chegou sem informações ao local, fingindo-se de fiel para circular pela igreja. Ela diz que hoje se arrepende do gesto — classificado por ela como antiético e imaturo, profissionalmente falando. Independente de julgamentos, só assim é que Jurema conseguiu puxar papo com uma faxineira do local que se identificou como irmã Odete. Irmã Odete falou que tinha conhecido por cima a menina desaparecida. Achando que falava com uma adepta da religião, revelou à jornalista que se recordava de receber a menina às terças-feiras e, algumas vezes, às sextas-feiras. A conversa foi gravada pelo celular de Jurema.

— Como assim, receber, irmã? Achei que a gente, que todo mundo viesse igual...

— Ah, mas é, mas é — a irmã Odete transpareceu constrangimento na voz —, você entendeu errado, minha filha, o que eu quero dizer é que ela era conhecida do pastor. A menina, o pastor disse que era sobrinha dele. Isso, sobrinha. Eu não sabia, imagina, eu via toda terça-feira a menina, via ela entrar com a filha do pastor e ficar com a gente no culto. E aí fez sentido, as primas, elas vinham juntas. Uma menina linda, essa que sumiu, a Kika. Só precisava mudar aquelas *roupa*. E aí, num dia, o pastor chega, "é só deixar ela entrar pela porta lateral", o pastor me disse. É, a portinha lateral que a gente tem aqui na igreja, onde não entra os *irmão* no geral. Pode entrar, sim, pode entrar quem quiser, mas os *fiel* vai tudo por aqui pro culto, pela porta da frente.

— E onde dá essa portinha lateral?

— Direto no gabinete do pastor.

— ... tio dela?

— Isso, o pastor falou assim, que era uma sapeca a sobrinha dele e precisava, como é que ele falou mesmo?, precisava dar um jeito na menina.

— Ela ficava no gabinete dele o tempo todo? Ela não assistia mais aos cultos?

— Tinha vez que ela saía no meio. Ela chegava cedo, a Kika, ficava lá um tempo no gabinete do pastor, voltava cumprimentando ele.

— Quando a senhora diz pastor, é o...

— O pastor Bartolomeu.

Jurema de Oliveira relatou que a irmã Odete parecia saber que falava com uma jornalista, e que se fazia de desentendida apenas para confessar o que sabia e ficar de bem com a própria consciência. "Ela deu as informações igual se estivesse num depoimento. Ela despejou aquelas informações porque sabia que eram graves e não aguentava mais esconder", me contou a jornalista.

Procurei a irmã Odete Venceslau antes da publicação deste livro. Fui até sua casa, mas ela não quis me receber. Por trás da janela fechada de sua pequena casa térrea, no bairro dos Pimentas, a senhora de sessenta e quatro anos revelou que foi expulsa da Igreja Universal do Reino de Deus por causa da reportagem do *Diário da Grande São Paulo*.

Ao fim das apurações daquele dia, com respaldo de fontes internas da polícia, o jornal tinha em mãos as seguintes informações: o episódio em que Kika voltou para casa com a blusa ao contrário; a letra B encontrada na porta do quarto e no armário da escola da garota; a recente e repentina ascensão do pastor dentro da igreja; e os encontros secretos de Kika dentro do gabinete do pastor, a portas fechadas. A manchete do periódico na segunda-feira seguinte, 2 de abril, foi:

# ANTES

Vida do pastor

Na segunda-feira, Melina faltou à aula. Ela não apareceria pelo resto da semana. Faltou até quarta-feira e não haveria aula na quinta e na sexta por causa do feriado de Páscoa. Os professores não precisaram inventar uma doença para explicar a ausência da aluna. O motivo estava escancarado nas páginas dos jornais.

A Igreja Universal do Reino de Deus enviou nota aos meios de comunicação afirmando que iria apurar os fatos relacionando um de seus pastores ao sequestro de Kika. Mas disse que tinha plena confiança na idoneidade de seus membros. As redes sociais transbordaram de mensagens parecidas de fiéis que frequentavam a igreja da Vila Flórida.

113 —

A polícia foi rápida em querer provar o contrário.

Na mesma segunda-feira, o doutor Lauro Jahib pediu a ficha de Bartolomeu Ramalho e descobriu que ele havia sido usuário de drogas, morador de rua e presidiário. Tinha cumprido pena por pouco mais de três anos em uma penitenciária de Franco da Rocha. O crime: tráfico de entorpecentes. Pela cronologia dos fatos, minha mãe deve ter se encontrado com o pastor Bartolomeu em frente ao parque Bosque Maia na época em que ele tinha acabado de sair da prisão.

Até hoje, a cicatriz do ataque corta o peito de Bartolomeu Ramalho. Naquele dia em que a minha mãe cuidou dele até a chegada da ambulância, Bartolomeu foi operado no Hospital Municipal de Urgência de Guarulhos e ficou semanas em recuperação. Finalmente lúcido, disse que não queria prestar queixas.

— Senhor, esse agressor quase virou seu assassino — alegaram os enfermeiros.

Mas Bartolomeu — que, segundo a equipe do hospital, parecia ainda estar se acostumando à sobriedade, tal qual um imigrante de longa data que pena para se enquadrar de novo na cultura materna — bateu o pé. Não queria polícia. Vendo que precisava cumprir seu papel com a lei, uma técnica de enfermagem chamada Dolores Matias resolveu registrar o BO. Desencargo de consciência. Mas como a vítima nunca prestou depoimento, o caso morreu aí. A Dolores, com quem o paciente desenvolveu uma estreita relação durante sua recuperação, Bartolomeu confessou que tinha mexido com a pessoa errada das ruas. O tal "chefão" o acusava de ter roubado drogas. Bartolomeu não negou.

A assistência social foi encontrá-lo e o indicou para morar num albergue até que pudesse se recompor. Muitas vezes, isso é tarefa quimérica para moradores de rua. Muitos deles não querem voltar à rotina da família e do trabalho. Poderia ser o destino de Bartolomeu Ramalho. Uma psicóloga, então, passou a atendê-lo todos os meses para facilitar a reinserção social.

Por mais de um ano, Bartolomeu passou suas noites nesse albergue no centro de Guarulhos. Sumiu em quatro ocasiões, ausências não esclarecidas. Acabava reaparecendo como se nada tivesse acontecido e implorava pelo leito de volta. Nesse período, conseguiu três empregos: dois como faxineiro, um como padeiro. Era habilidoso no que fazia, dizem os antigos chefes. Ainda assim, foi demitido pelos três por causa do uso de drogas — o vício o acompanhou, cravejado na pele, igual ao corte que para sempre carregaria no peito.

Na quinta vez que desapareceu, Bartolomeu não voltou mais. A psicóloga, doutora Lola Pedroso, única pessoa em quem o paciente confiava nessa época, tinha anotado um número de telefone que ele havia informado meses antes. Preocupada, telefonou. Quem atendeu foi uma mulher que se apresentou como Mel, esposa de Bartolomeu. A psicóloga diz que, ao ouvir isso, ficou em choque. Ele nunca se casou no papel, mas considerou-se casado naquela época, e resolveu morar com Mel, uma diarista vinda do Sergipe seis meses antes. Apregoaram tábuas de madeira e construíram um barraco num terreno invadido no Cabuçu, distrito ao norte de Guarulhos.

— Ela tá grávida, doutora, a Mel vai parir uma Melzinha, eu vou ser pai, doutora.

A falta de reação transformou-se num pigarro azedo na garganta da doutora Lola. Bartolomeu mal tinha meios para sustentar a si próprio, como ia sustentar uma família? E o vício na cocaína, no crack, na maconha? Ainda assim, a doutora escolheu o otimismo. Disse que esperava que a família pudesse ser a solução para todos aqueles problemas da rua.

Viu que estava enganada quando ligou novamente para o telefone de Bartolomeu, um ano depois, e o descobriu sozinho no barraco do Cabuçu.

— Ela me abandonou. Eu quero é que ela morra, essa cretina.

— Deus do céu. E a menina?

— Ficou comigo. Fica sossegada, doutora, da Melina cuido eu.

Duvidando que isso fosse possível, Lola solicitou à assistência social uma visita ao barraco de Bartolomeu. Os funcionários que se dirigiram ao Cabuçu foram mal recebidos. Relataram à psicóloga que haviam encontrado Bartolomeu de olhos vermelhos e roupa impregnada com o cheiro do crack. Ele os expulsou assim que percebeu aonde o assunto ia. A bebê, longe dos gritos de "vão todos pro inferno" do pai, estava na casa ao lado, sendo cuidada pela vizinha com os quatro filhos dela.

— Mas eu espero que ele siga meu conselho — finalizou um dos dois assistentes sociais que tinham ido naquela missão. — Eu falei sobre a palavra de Deus pra ele e entreguei um panfleto. Eu disse que tinha comida pra ele lá. Quem sabe.

O conselho foi seguido. Até hoje, não é certo o que levou Bartolomeu a sair de seu barraco com a filha no colo, pegar o ônibus com o trocado da droga e desembarcar no ponto da Igreja Universal. Fato é que, dali em diante, ele definitivamente desligou a chave da dependência pela droga e ativou a simbiose com a religião. Nunca mais se dissociou da igreja. E virou exemplo: o viciado que venceu a droga, superou a esposa fugitiva e triunfou na criação de uma filha devota e corretíssima, tornando-se, por tabela, o pregador da "palavra do bem".

No início de abril de 2012, quinze anos depois, apenas "palavras do mal" eram dirigidas ao pastor Bartolomeu.

# ANTES

Psicóloga

A polícia consultou a doutora Lola Pedroso no final da segunda-feira. Ela já tinha se aposentado do cargo de psicóloga do município, mas atendeu aos pedidos da polícia e recebeu todos em sua casa. Disse que se lembrava muito bem de quem Bartolomeu Ramalho era — "impossível se esquecer de um ex-usuário, ex-morador de rua que conseguiu sair do submundo e crescer como cidadão", afirmou. Embora suas intenções fossem as melhores e ela quisesse dizer ainda mais coisas positivas do paciente, teve que enfrentar os fatos — e, principalmente, as perguntas enviesadas da polícia. Revelou que Bartolomeu tinha realmente demorado muito para se recuperar do vício, que tinha se envolvido com pessoas erradas, mas se negou a concordar que ele "poderia apresentar comportamento agressivo".

— Nunca. Nunca fez mal para ninguém. Só porque ele usou drogas e morou na rua não significa que ele é capaz de matar ou sequestrar, doutor Lauro.

— Ele levou uma facada no peito. Em pelo menos uma luta ele já se envolveu na vida, doutora.

Ela tentou objetar, mas foi interrompida.

— A senhora lembra se ele chegou a se meter com prostituição na época em que a senhora o atendia?

Silêncio.

— Lembrando que a senhora pode até mentir pra mim, mas se mentir em tribunal, ainda mais como psicóloga do município...

— Eu sei, não precisa me ensinar sobre o que fiz a vida inteira.

Ela concordou ser comum que moradores de rua frequentem zonas de prostituição ou tenham relações sexuais com parceiras sem teto.

— Sexo consentido.

— Alguma vez ele revelou ter transado com menores?

A doutora Lola foi pega de surpresa, uma chicotada pior que a outra.

— O que o senhor tá insinuando é horrível. Não, doutor Lauro, eu não sei de nada disso. E tenho medo das suas conclusões precipitadas.

— A senhora, doutora Lola, é que se aproximou demais do seu paciente. A senhora não era advogada dele. Era psicóloga do município.

O pastor Bartolomeu estava de pé no tablado com a corda em volta do pescoço. O empurrãozinho que faltava para lançá-lo à morte veio na manhã seguinte, terça-feira, dia de seu depoimento.

# ANTES

Delegacia

O delegado estava pronto em sua sala, esperando o suspeito aparecer. Colegas dizem que Lauro chegou a ensaiar frases de efeito para usar no interrogatório. Àquela altura, por mais que afirmasse publicamente que todas as possibilidades ainda estavam abertas e não houvesse provas contra alguém específico, o delegado confidenciava aos mais próximos que já tinha uma teoria: de que Bartolomeu Ramalho ainda mantinha ligações com o tráfico de drogas em Guarulhos e usava de seu cargo como pastor para ocultar o lado criminoso. Apostava que Bartolomeu tinha escondido Kika em um barraco das favelas que frequentara anos antes. Só poderia ser esse o motivo de ninguém ter enviado denúncias sobre o paradeiro da menina. A causa do sequestro? Kika provavelmente havia ameaçado denunciar o pastor. Isso depois de estabelecer relações sexuais com ele, descobrir sua vida dupla e perceber que não poderia ficar calada sobre o assunto.

Havia pontas soltas? O delegado assumia que sim. Mas julgava sua hipótese um bom ponto de partida. Quanto a um aspecto, pelo menos, estava convicto: o pastor havia praticado sexo com Kika. Dizia que a blusa ao contrário era indício.

Bartolomeu Ramalho não apareceu na Seccional. Após uma hora esperando, o delegado mandou que visitassem o apartamento dele, no condomínio Bahia, no Cecap. O *timing* dos policiais foi digno de ensaio. Chegaram bem a tempo de flagrar Bartolomeu e Melina — esta com os olhos vermelhos de tanto choro — saindo com o carro. Parados pelos policiais, disseram que estavam indo à delegacia para o depoimento. Mas bastou a autoridade checar o porta-malas para que a mentira caísse por terra: lá dentro, havia duas malas com roupas.

— Doutor, eles tavam fugindo — um investigador comunicou por telefone.

— Os dois pra cá, já.

Foi terminar essa chamada para o doutor Lauro fazer outra, desta vez para o doutor Carlos Gurian, promotor do caso. O doutor Lauro queria que uma ordem de prisão temporária fosse expedida contra Bartolomeu Ramalho, sob a justificativa de que o suspeito tinha sido encontrado em plena fuga, o que demonstrava sua aptidão para destruir provas e anseio de escapar dos encargos da investigação.

Enquanto esperava a assinatura da juíza, o doutor Lauro se estendeu em exaustivos interrogatórios com Bartolomeu Ramalho. Foram mais de seis horas de perguntas ao pastor e sua filha.

Até que, às 19h30, Lauro Jahib conseguiu sua primeira vitória: a prisão requerida foi decretada e o mandado de prisão, imediatamente executado. Levaram o pastor para a carceragem, onde ele esperaria por uma vaga no Centro de Detenção Provisória de Pinheiros, zona oeste da capital paulista. Isso poderia ocorrer em um ou dois dias.

Melina Ramalho passou a noite na casa da vice-diretora do Colégio Álvares de Azevedo, a professora de história Rosana Castro. Ela e o diretor Sandro tinham se prontificado a dar abrigo à menina, que não tinha avós nem qualquer parente próximo em Guarulhos.

— Mas e a Kika? O pastor confessou o paradeiro? Ela tá viva? — perguntaram os jornalistas de plantão na Seccional.

— Não falou nada ainda, mas agora à noite vamos mandar equipes pros locais onde ela pode estar sendo mantida em cativeiro.

— Então o pastor não assumiu nada?

O delegado desconversou. Seria alvo de dois editoriais* nas páginas de noticiário. Chamavam Lauro Jahib de "precipitado",

---

\* São eles: "A pressa da justiça atropela investigações". Editorial de Pedro Brunelleti, site da *Gazeta Urbana*, 3 de abril de 2012. E: "Mas cadê a Kika?". Editorial de Fabrício Farbe. *Folha de S.Paulo*, 4 de abril de 2012.

"irresponsável" e "autor de falhas decorrentes de sua cobiça por resultados rápidos e pateticamente heroicos". À parte disso, os jornais noticiaram o avanço nas investigações.

Antes de dar a meia-noite naquela interminável terça-feira, a Igreja Universal do Reino de Deus expediu mais uma nota à imprensa.

> A Igreja Universal do Reino de Deus lamenta informar o desligamento de Bartolomeu Evandro de Jesus Ramalho do seu quadro de pastores e bispos devido a seu envolvimento no caso do desaparecimento da menina Kika, de Guarulhos. Bartolomeu Ramalho era o responsável da igreja no bairro Vila Flórida.

# DEPOIS

Casa de Maria João

Conrado Bardelli bem que tentou extrair mais sobre o que Maria João achava do pastor Bartolomeu, mas ela foi evasiva. Envolvia escândalo e religiosidade — o suficiente para fazer a anfitriã ligar o farol vermelho. Ela só disse:
— Eu deveria ter adivinhado.
— De que forma?
— Quando a Kika resolveu frequentar a Igreja Católica comigo. Não era normal da minha filha. Eu deveria ter imaginado que tinha algum motivo por trás, mas eu... Eu só fiquei feliz, era a minha filha entrando na casa de Deus, conversando com as freiras, conhecendo o convento das irmãs. Eu achei tão engraçado, mas tão *sublime*. Acho que fomos juntas umas quatro vezes, antes de ela... de ela ser sequestrada e...
— A senhora não perguntou o porquê do interesse repentino da sua filha?
— Não. — Profundo suspiro. — Eu sei o quanto fui idiota. Minha filha nunca sairia conversando com freiras se não tivesse um problema espiritual muito sério pra resolver. Se eu soubesse de tudo, se eu soubesse que ela já tinha frequentado a igreja evangélica e tinha passado por aqueles pecados horríveis, seu Conrado, eu teria conversado com a minha filha.
Silêncio.
— É horrível pensar nas causas magníficas de Deus junto com esse monte de pecados, de crueldade, de sequestro... E assassinato.

# ANTES

Escola

O Álvares de Azevedo pegou fogo na quarta-feira. Mal tivemos aula, tamanho o frenesi com a notícia de que a polícia não só tinha prendido um suspeito, como procurava naquele minuto pelo cativeiro onde a Kika poderia estar enclausurada. Se é que ainda estava viva. Nesse ínterim, tentávamos digerir como uma pessoa tão próxima, o pai de uma amiga, poderia fazer uma coisa dessas. A palavra já tinha atravessado a escola e até as crianças pequenas agora sabiam o significado de "estupro" e "pedofilia".

*Um pai de aluna tinha transado com uma menina de dezesseis anos.*

Inexplicável o nojo que experimentei naquele dia. A imagem involuntária na minha imaginação do corpo do pastor Bartolomeu se esfregando contra o da Kika... *Poderia ser o meu*, eu pensava. Me fazia sentir suja. Tomei dois banhos antes de ir à escola. Tive ânsia. Não fui a única atingida: quando saí com a mochila nas costas, flagrei minha mãe passando pano nas cadeiras da mesa de jantar. Ela sorriu de nervoso — vinha tentando evitar o assunto perto de mim —, mas eu sei muito bem que ela estava limpando especificamente a cadeira onde o pastor Bartolomeu tinha se sentado na noite em que viera comer conosco.

O Sandrão tentou aliviar os ânimos do jeito que pôde. Sabia que tínhamos cancelado o amigo secreto de ovo de chocolate que geralmente fazíamos na véspera do feriado de Páscoa, então mandou a secretária comprar ovos de duzentos gramas para todos. Vieram em embalagens brancas, elas me fizeram pensar em *paz*, oportuna num momento como aquele. Recebemos do diretor em pessoa. Ele passou de sala em sala, repetindo que chocolate podia não ser a solução para o problema, mas era um conforto. Ele teve a sutileza de não dizer mais nada.

As duas últimas aulas foram uma grande bagunça. Artes com educação física. Cada um fazia o que quisesse. A verdade era que nem os professores tinham disposição para ministrar conteúdo. Nessa desordem silenciosa, doída, reparei na falta da Elaine. Ela tinha ido à escola, disso eu tinha certeza, eu tinha conversado com ela pela manhã. Ela sempre séria, falando pouco, dizendo que também estava chocada, claro. Lembrei-me de como ela tinha se aproximado da Melina nos últimos dias e me toquei de que aquela reviravolta devia tê-la afetado muito. Virar amiga da filha de um sequestrador, cujos podres estavam sendo dissecados nos jornais, só é pior se você também é amiga da menina raptada. Era mesmo de fazer você querer sumir. Tive dó. Imaginei que a Elaine estivesse em algum banheiro reprimindo o choro. Rodei a escola atrás dela, mas não a encontrei.

No fim, foi até melhor que ela estivesse escondida e longe das bocas maldosas dos outros alunos. Repetiam nos corredores que um homem como Bartolomeu deveria ser linchado na praça Mamonas Assassinas, tendo a filha como testemunha. Eu via meus amigos próximos virarem bárbaros, estavam seriamente falando em espancar gente. Perdi o chão ao refletir como a violência é fácil. Lembrei-me daquilo que o próprio pastor Bartolomeu tinha exclamado à mesa, durante o jantar: "O diabo é nosso vizinho no dia a dia, sabe? É tão presente que... bem, que poderia muito bem estar aí, sentado na mesa com a gente".

O diabo estava naquela escola. O diabo estava naquela cidade inteira.

Tenho a impressão de que se alguém matasse o pastor naquele dia, conseguiria sair impune do crime, só pela força da opinião pública. *As pessoas se unem na desgraça.* E eu me sentia culpada por isso. Eu é que tinha delatado a Melina por causa do desenho religioso no caderno de geografia. Cheguei a um ponto em que me vi morrendo de dó dela, a ponto de querer ir até a casa da professora Rosana pra consolar a Melina, abraçar, pedir desculpas, dizer que estava arrependida e que aquilo me perseguiria pelo resto da vida — como de fato persegue.

Uma voz na minha cabeça dizia: *Você cumpriu seu papel de cidadã perante a polícia, Sarah.* Mas como dar ouvidos à razão quando o estado todo põe um preço na cabeça do suspeito que você, indiretamente, condenou?

Condenou vírgula. O pastor não tinha confessado. Tampouco havia sinal da Kika. Qual era de fato a base da polícia para acusar Bartolomeu? Sua fuga com malas no carro? Engraçado que apesar dos dois editoriais questionando a ação acelerada do doutor Lauro Jahib, ninguém mais fazia objeção. Só queriam um julgamento rápido e um vilão condenado.

# FATO

Em 1994, um caso policial acelerado pela sede de punição imediata levou a um dos maiores desastres do jornalismo brasileiro e à irreparável destruição na vida dos envolvidos. Ficou conhecido como o caso Escola Base, na Aclimação, centro de São Paulo.

Data do dia 28 de março — quase dezoito anos antes do desaparecimento de Kika. Naquela noite, duas mulheres compareceram ao 6º DP da capital paulista, no Cambuci, e pediram para registrar um boletim de ocorrência sob a queixa de que seus filhos de quatro anos estavam sendo vítimas de abusos sexuais por parte dos funcionários da escolinha que frequentavam, a Escola de Educação Infantil Base.

Uma das mães havia estranhado ao ver o filho fazendo gestos pornográficos com o corpo. O pequeno dizia ter visto um homem fazer aquilo com uma mulher. A mãe lhe pediu que deixasse a brincadeira de lado e o pressionou a contar do que aquilo se tratava. O filho então relatou o que pareceu uma orgia promovida pelas pessoas a quem tantos pais confiavam seus filhos diariamente.

Os donos da escola, uma professora e o motorista que buscava as crianças passaram a ser investigados pelo delegado responsável, Edélcio Lemos. Os pais de outro aluno também acabaram envolvidos, todos suspeitos de abusos sexuais. O delegado chamou jornalistas, que logo compraram a pauta, e passou a questionar arduamente os envolvidos. Embora só recebesse negativas, o doutor disse que era grande a chance de eles serem culpados. Mandados de busca e apreensão foram expedidos e os policiais revistaram tanto a escola quanto suas casas. Nada foi encontrado nos cômodos nem nas fitas levadas pela polícia — havia a suspeita de que o ato sexual tivesse sido gravado.

A suposta confirmação do crime veio com o adiantamento do resultado do exame feito pelo Instituto Médico Legal no filho de uma das mães que fizera a denúncia.

> Referente ao laudo nº 6.254/94 do menor F.J.T. Chang, BO 1827/94, informamos que o resultado do exame é compatível para a prática de atos libidinosos. Dra. Eliete Pacheco, setor de sexologia, IML, sede.

Os meios de comunicação embarcaram de vez na história. A versão do delegado virou verdade. E a população respondeu de forma agressiva. A Escola Base e as casas dos acusados foram pichadas e depredadas. Eles tiveram que sair para não sofrer violência física. Uma das fotos mais famosas da época mostra o muro pichado da casa da professora e motorista que à época eram casados:

Os suspeitos foram presos. Aparentemente, a justiça estava feita.

Até que o laudo completo foi expedido pelo IML. Em sua versão final, o documento dizia que o resultado era inconclusivo, ou seja, que as lesões no menino de quatro anos poderiam ser provenientes tanto de coito anal quanto de assaduras nas nádegas.

O caso todo despencou feito um castelo de cartas.

Vendo que o inquérito do doutor Edélcio Lemos se firmava nos depoimentos de crianças de quatro anos, a Polícia Civil afastou-o do caso. Os dois novos delegados que assumiram o posto não encontraram provas. A investigação foi arquivada e os seis acusados, imediatamente soltos.

Só que era tarde demais. Os seis já tinham sido julgados pela esfera pública. Seus nomes ficaram marcados pela falsa ligação com a pedofilia. Nenhum conseguiu voltar ao mercado de trabalho. Processaram o Estado e uma dezena de meios de comunicação e ganharam as ações, mas nunca foram indenizados. Não que a quantia, por mais milionária que fosse, pudesse apagar o passado e limpar suas honras.

O pastor Bartolomeu Ramalho não tinha crimes de cunho sexual em sua ficha. Aliás, ele nunca mais havia cometido qualquer crime desde que cumprira a pena por tráfico de entorpecentes. Apesar de a faxineira Odete Venceslau ter afirmado que via Kika visitar com frequência o gabinete do pastor Bartolomeu, os dois jamais foram efetivamente vistos juntos lá dentro — muito menos envolvidos em relações físicas. Qualquer um que analisasse as falas das testemunhas com isenção veria que o contato entre eles se limitava aos apertos de mão. E havia ainda uma informação que a polícia só foi checar *depois* que Bartolomeu foi preso: cinco fiéis atestaram que o pastor tinha passado a tarde da sexta-feira, 16 de março de 2012, em seu gabinete atendendo frequentadores.

Bartolomeu Ramalho, portanto, tinha um álibi para o sequestro de Kika. Mas o que de fato provou sua inocência não foi essa coleção de fatos.

# ANTES

Parque

Levava menos de um minuto para a multidão se amontoar na saída do Álvares quando tocava o sinal do fim das aulas. Adestrados, os alunos formavam uma bifurcação: à direita, faziam fila os que precisavam embarcar em carros e vans que os levariam para suas casas em outros bairros. À esquerda, começava a peregrinação dos que moravam no Cecap e tinham o costume de voltar a pé, em bandos.

Eu pertencia a esse último grupo. Desde pequena vivi no condomínio Sergipe, um pouco distante da escola — um trajeto de vinte minutos e um quilômetro e meio. Saí alguns minutos mais tarde naquela quarta-feira. Quando o sinal tocou, às 13h15, eu pus a mochila nas costas e estava quase no portão quando vi a Elaine. Algo dentro de mim pediu que eu fosse apresentar meus sentimentos. Eu quis mostrar que ela não estava sozinha no mundo. Puxei-a para o banheiro, fiz um discurso sobre como aquilo estava sendo difícil para todos. E me surpreendi com a forma seca com que ela só chacoalhou a cabeça, disse "ahã, muito difícil" e perguntou se tinha mais alguma coisa que eu quisesse dizer. Ela estava apressada, só então eu percebi, queria se livrar logo desta trouxa que a estava segurando. Eu me irritei:

— Nossa, nem precisava ter parado, então.

— Desculpa, sério, valeu pelas palavras. — E foi embora.

Eu fui até o Sandrão. Nem sei muito bem por quê. Antes, era pra dizer que eu achava que a Elaine precisava de um cuidado especial. Mas, no caminho, remoendo a grosseria daquela sabe-tudo convencida, me vi pensando: *quando é que eu virei essa justiceira metida a psicóloga? O que eu tinha a ver com o que os outros sentiam?*

A secretária disse que o Sandrão já tinha saído. Dona Morgana, cópia do chefe, sempre tratou os alunos da escola como filhos próprios. Percebeu minha reticência e jogou conversa fora. O ovo de chocolate, o almoço de Páscoa no domingo. Comentei por cima que tinha visto a Elaine na saída. Disse que ela tinha virado uma insuportável por causa dessa história toda. Dona Morgana coçou a cabeça e pediu paciência. Falou que tinha visto a Elaine também, a menina tinha vindo à sala do diretor antes do fim da aula.

— O único problema dela é ser inteligente demais pra idade.

Na saída, passei pela pichação na parede do Álvares e segui o caminho pela rua da escola, peguei a avenida Monteiro Lobato e a Geraldo Alves Celestino, uma rua com início bastante deserto. Eu andava sem ver aonde ia, meus olhos mais virados para dentro do que para fora, e entrei no terreno onde hoje é o parque Vilanova Artigas. Ele só foi oficialmente inaugurado em 2014, mas desde aquela época eu costumava fazer o trajeto por dentro daquele grande espaço verde que tomava o quarteirão. Dava a ilusão de ar puro na urbanizada Guarulhos.

Ia pela trilha quando meus olhos dormentes se fixaram naquele pedaço de plástico brilhante entre o mato alto e os arbustos malcuidados. Pensei em *paz*. Meu cérebro ligou uma coisa à outra: aquela embalagem branca era do ovo de chocolate que nós, alunos, tínhamos ganhado. Fui até ele, peguei nas mãos. *O ovo quebrou*, eu pensei, sem entender por que um ovo de chocolate estaria jogado ali no meio, *a prefeitura precisa capinar esse mato aqui, e o dono do ovo vai ter que comer quebrado mesmo, que sem graça.*

Olhei em volta, só então me perguntando de quem seria o embrulho perdido.

Segui por ali, entre o mato, pisando em poças que me fizeram molhar o calcanhar. Me dei conta de que me distanciava do caminho e da presença de outras pessoas. As únicas que eu tinha visto eram crianças brincando no playground, mas agora eu só conseguia ouvi-las ao longe, como se pertencessem ao passado, suas silhuetas fundindo-se ao horizonte.

Primeiro, eu enxerguei o pé da Elaine. Pensei: *Coitada, ela também molhou as meias.* Depois é que meus olhos varreram o resto do corpo.

Ainda hoje, quase sete anos depois, pouco me recordo daquele momento. Não consigo assimilar a cabeça ensanguentada da minha amiga nem o corpo estirado entre as plantas, como se abraçado pela mãe natureza. Só o que me ocorre é aquele estúpido raciocínio: *A Elaine vai ter que colocar as meias para secar e comer o ovo de chocolate quebrado mesmo, pena.*

Voltei a mim quando dois policiais militares me pegaram pelo braço, os rostos desesperados, perguntando o que tinha feito eu gritar. Eu, gritando? Não tinha reparado. Eles vinham da base da PM que ficava ali perto, na frente do condomínio Tocantins. Apontei para as meias molhadas. Depois que eles me levaram, os pensamentos começaram a se encaixar. E eu quase disse: *Meu Deus, tem um maníaco matando meninas no Cecap.*

O parque Vilanova Artigas foi inaugurado oficialmente em dezembro de 2014, mas o espaço sempre foi uma área verde com pequenas colinas, trilhas e solo encharcado. Homenageia o arquiteto João Batista Vilanova Artigas, que projetou o Cecap ao lado de Paulo Mendes da Rocha e Fábio Penteado.

O parque, assim como parte do bairro, fica numa área de várzea. Por isso, é repleto de desníveis que criam valas naturais cheias de água e vegetação. Foi nesta que Elaine Campos foi encontrada à beira da morte. Até hoje, jovens do bairro chamam o ponto de "cova da menina morta".

PARTE III

# ASSASSINATOS E ESPANCAMENTO

"A vida ri-se das previsões e põe palavras onde imaginávamos silêncios, e súbitos regressos quando pensávamos que não voltaríamos a encontrar-nos."

— *A Viagem do Elefante*, José Saramago

Na noite do dia 10 de setembro de 2010, Kika foi vista pela última vez neste ponto, nos fundos do estacionamento do centro comercial do Cecap. Depois disso, só foi encontrada quando, por milagre, salvaram sua vida. O centro comercial ficou fechado durante o dia seguinte, 11 de setembro.

Hospital Geral de Guarulhos, para onde Elaine foi trazida em 4 de abril de 2012. Foi o mesmo hospital que atendeu Kika na madrugada de 11 de setembro de 2010, ocasião em que a paciente furou a fila da Emergência devido ao seu estado crítico de saúde. Segundo os médicos, se a tivessem trazido minutos mais tarde, Kika teria morrido.

# ANTES

Reconstituição

Elaine ainda respirava, mas seus sinais vitais eram preocupantes. Ela deu entrada na UTI do Hospital Geral de Guarulhos com uma fratura grave no crânio e ficou quase quatro dias em estado grave. O óbito foi anunciado na manhã do domingo de Páscoa. Os exames determinaram que Elaine havia sido golpeada repetidas vezes na têmpora com um objeto pontiagudo e pesado.

Além da cena chocante do crime, uma revelação do delegado surpreendeu ainda mais o público:

— A menina ia me ver naquele dia — anunciou, causando um *frisson* entre jornalistas. — Teria prestado um novo depoimento se não tivesse sido atacada.

A visita combinada era resposta a uma questão levantada por uma matéria do jornal *Diário da Grande São Paulo* publicada no dia anterior ao incidente, terça-feira, 3 de abril. O texto dizia que, apesar dos avanços da polícia, a prisão do pastor Bartolomeu era mal embasada, o que exigia cautela daqueles que estavam investigando. Além disso — continuava o texto —, a vinda do feriado diminuiria o ritmo dos trabalhos. Logo, o inquérito entraria em sua quarta semana sem que Kika tivesse sido encontrada. O título da reportagem era justamente a pichação na parede do colégio: Cadê Kika? Cadê justiça?

O caso passou a ser usado como gancho para falar sobre a ineficiência histórica da Polícia Civil. Em um trecho, sob a retranca *Investigações*, o jornal ouvia um especialista em segurança pública que dizia que muitos casos de desaparecimento não são resolvidos devido à defasagem entre o número de policiais e a quantidade crescente de inquéritos nas delegacias paulistas.

> "Com isso, linhas de investigação que poderiam levar à solução do caso não recebem o cuidado que deveriam. Muita coisa importante passa batido", afirma Orlando Ávila. "E as estatísticas mostram que quanto mais tempo se demora para encontrar a vítima, mais difícil de ela voltar com vida."
>
> Márcio e Felícia Campos, pais de uma das amigas mais próximas da desaparecida, corroboram o raciocínio. Segundo eles, a filha ainda não foi consultada sobre um dos episódios mais marcantes da vida de Kika que poderia ser decisivo para as investigações.
>
> Há dois anos, Elaine, filha do casal, ajudou Kika a conseguir atendimento médico após um espancamento no Shopping Park Center, centro comercial do bairro Parque Cecap. O caso de violência e *bullying* foi amplamente noticiado na época. "Agora, com a Kika sendo vítima de novo, achávamos que a polícia iria querer conversar sobre o episódio para verificar se tem relação com o desaparecimento. Mas, até agora, nem tocaram no assunto com a nossa família", diz Felícia.

O delegado Lauro Jahib telefonou irritado para a casa de Elaine. Quem atendeu foi a mãe.

— O senhor me desculpa, eu nem sabia que o assunto era aquele. Tudo o que eu fiz foi confirmar o que o jornalista me perguntou. Não usei exatamente aquelas palavras.

Se por um lado Felícia se desculpava, por outro não respondia com arrependimento, e sim com uma objetividade fria. *Se o senhor não está fazendo seu trabalho direito e a imprensa te persegue, o problema não é meu*, era o que seu tom de voz parecia indicar. Ele respondeu:

— Eu disse pra Elaine que ia conversar sobre isso depois.

Mas Felícia achava que o delegado falava aquilo somente para reafirmar a resposta que a polícia dera ao *Diário da Grande São Paulo*:

> Em nota enviada pela Secretaria de Segurança Pública, a Polícia Civil afirmou que todas as linhas de investigação estão sendo consideradas, que o efetivo de policiais é satisfatório e suficiente para a quantidade de casos de desaparecimento e que a polícia ainda não conversou com a filha do casal Campos sobre o assunto porque ainda não definiu o momento oportuno para isso.

## UMA FIGURA DIGNA DA MAIOR

Nada como uma pressão midiática.

Vendo a repercussão da matéria, o delegado decidiu combinar dia e horário com a família Campos. O famoso "caso de dois anos atrás" pautaria a conversa. Marcaram para a quarta-feira da semana seguinte, dia 11 de abril, duas e meia da tarde, depois que a menina prodígio voltasse da escola. Ela almoçaria com os pais e, depois, os três iriam à Seccional.

— Mas só daqui a uma semana mesmo? — perguntou Felícia.

O doutor Lauro disse que não tinha como se dedicar àquele assunto por enquanto. Tinha acabado de prender Bartolomeu Ramalho. Mais: estava certo de que a solução para o mistério estava ali, com o pastor, e não naquele episódio do passado de Kika.

A mãe concordou. Conversariam dali a oito dias.

Só que no dia seguinte, 4 de abril, véspera do feriado de Páscoa, Elaine telefonou para a mãe no horário da aula e disse que precisavam ir à delegacia naquela tarde mesmo. Quem escutou a conversa foi uma funcionária do Álvares de Azevedo que trabalhava na biblioteca, onde a garota se escondeu para fazer a ligação.

— Foi no último horário do turno, durante a aula livre. Eu vi que a Elaine tava se escondendo atrás das estantes e achei estranho, mas não me meti. Vi que ela tava no celular, e como a biblioteca é silenciosa, eu acabei escutando. Aí tocou o sinal, todo o mundo foi embora e mais ou menos uma hora depois a gente ficou sabendo do ataque. Eu fui correndo contar tudo pra polícia. Pra mim, tava claro que não podia ser coincidência — me contou a bibliotecária Ana Goiás.

Felícia estava sozinha em casa quando recebeu a ligação da filha. Retrucou que o delegado tinha marcado a visita só para dali a uma semana. Elaine insistiu:

— É que talvez eu possa ajudar. Se a gente for hoje, ele não vai negar, ele vai acabar recebendo a gente. Acho melhor do que esperar uma semana.

Não disse o motivo da pressa, apenas que explicaria melhor chegando em casa.

Mas Elaine nunca chegou. Moradora do condomínio Minas Gerais, ela deveria ter entrado pela porta do apartamento por volta das 13h30 e encontrado a mãe de avental, o pai recém-chegado do trabalho e a mesa posta para o almoço. Passaram-se trinta minutos sem sinal de Elaine. A mãe tentou ligar, mandou mensagem de texto, mas não obteve retorno. O celular chamava, chamava, e ninguém atendia.

Se tivessem descido ao térreo, Márcio e Felícia teriam visto a intensa movimentação de policiais na área verde bem em frente, a poucos metros do prédio.

Os pais preferiram ser otimistas. Disseram um ao outro que a filha provavelmente teria se atrasado por causa de alguma atividade após o horário de aulas. Telefonaram para a escola e ouviram a dolorosa verdade: não houvera nenhuma atividade naquele dia e Elaine tinha saído da escola pouco depois do sinal, às 13h20.

Um atraso indesejado? Perdera-se no caminho? Improvável. Elaine, além de esperta, percorria aquele trajeto a pé até a avenida Odair Santanelli todos os dias. Costumava fazê-lo em dez minutos. Um acidente? Almoço com alguma amiga? Estranho. A filha não era de se esquecer dos compromissos — ainda mais um com a polícia e que ela insistira para marcar.

A angústia dos pais terminou nos dez minutos seguintes.

Foi a síndica do condomínio Minas Gerais, uma aposentada de nome Venícia Nogueira, que tocou a campainha da família Campos e encarou o casal com olhos tão esbugalhados que faziam suas sobrancelhas tocarem a franja.

— A filha de vocês... — não conseguiu completar, nervosa demais para pensar numa deixa menos torturante.


Não fiquei para ver a chegada dos pais. Fui retirada pela polícia e esperei a chegada do SAMU numa sala da base da Polícia Militar. Agradeço por isso. Eu teria desmoronado de vez se tivesse testemunhado o momento em que os pais de Elaine se jogaram sobre o corpo dela. O Cecap perdia uma gênia. Os pais perdiam o mundo.

Conversei com sete pessoas que estiveram lá no momento, inclusive os dois policiais que me atenderam. Ninguém conseguiu me descrever a cena. Desumana demais para ser narrada, como um nome proibido que não se verbaliza por medo de trazer má sorte. O feirante Maciel de Sousa Santana gravou tudo em seu celular, mas ninguém mais pode ver o vídeo — foi retirado da internet por causa do processo que a família Campos moveu contra Maciel.

Meu relato foi ouvido naquela tarde pelo doutor Lauro Jahib e a filmagem de uma câmera de segurança ajudou a completar a história. A câmera ficava no muro onde acabava o terreno do condomínio Tocantins, na altura do número 350 da rua Geraldo Alves Celestino. As imagens, cedidas pelo síndico do Tocantins, mostram Elaine passando por ali com o passo acelerado e o olhar levantado. A seguinte descrição das imagens foi anexada ao inquérito policial:

```
13:28  Elaine entra no campo de visão da câmera. Vem caminhando no
       sentido de quem vai à rua Cristóbal Cláudio Elilo
13:29  Elaine atravessa para a calçada do lado da área verde. O rosto
       está voltado para o parque. Ela para e fica fixa no lugar. Alguma
       coisa chama sua atenção
13:29  Elaine mexe a boca conversando com alguém. Leitura labial
       inconclusiva. A pessoa com quem Elaine conversa está fora do
       campo de visão. Elaine entra no parque. Sai do campo de visão
13:40  Menina identificada como Sarah entra no campo de visão da
       câmera. Faz o mesmo caminho de Elaine, indo no sentido da rua
       Cristóbal Cláudio Elilo
13:41  Sarah avança para o parque com o olhar fixo em alguma coisa no
       chão. Sai do campo de visão
13:45  Vizinhos aparecem nas imagens. Procuram alguma coisa. Têm
       pressa. Conversam entre si e parecem nervosos
13:51  Viaturas da base da Polícia Militar passam e estacionam
```

Ninguém suspeito aparecia na câmera naquele intervalo. Desde as 13h, apenas moradores conhecidos do Tocantins tinham passado por ali.

A perícia determinou que o assassino havia desferido pelo menos dez batidas consecutivas na cabeça de Elaine. Cinco na altura da têmpora esquerda, duas no olho, três acima do supercílio. A queda agravou o quadro da fratura.

Naquela tarde mesmo, os investigadores pediram imagens de todas as câmeras no entorno do terreno. Mesmo hoje o parque Vilanova Artigas não tem grades. O agressor, portanto, poderia ter entrado por qualquer lado. As imagens foram rodadas desde as 12h e policiais procuraram atentamente por algum movimento que levantasse suspeitas.

Não precisaram procurar muito.

Uma figura digna da maior desconfiança surgiu na câmera do condomínio Alagoas às 13h10. Passou sozinha, de cabeça baixa, vestindo calça jeans folgada, casaco de moletom e capuz, as mãos metidas dentro do bolso da blusa. A qualidade da imagem era ruim. Um vulto preto era tudo o que se podia enxergar. Apenas duas pessoas se lembram de ter visto essa pessoa. Uma é a feirante Claudete Viana, que trabalha toda quarta na feira da praça Mamonas Assassinas. Ela diz que reparou na figura preta na hora de dar o troco da mexerica a uma compradora.

— Eu me lembro porque na hora pensei que aquele skatista devia estar morrendo de calor.

Dona Claudete, no entanto, não viu o rosto da pessoa e não soube dizer ao certo por que achou que o skatista fosse do sexo masculino. Explicou que "talvez por causa das roupas".

Já Daniel Novaes, na época estudante do primeiro ano do ensino médio da Escola Estadual Vereador Marcelo Setúbal — a mesma onde Kika tinha estudado antes do Álvares —, afirmou em depoimento à polícia que saiu atrasado da escola naquele dia e, sozinho, cruzou com o suspeito vindo pela rua Cristóbal Cláudio Elilo.

— Pra mim, pareceu uma mulher por causa da altura. Devia ter tipo um metro e setenta. Mas eu só reparei depois que passei por ela, ou ele.

Na segunda-feira, 9 de abril, após dezenas de tentativas frustradas, os investigadores rodaram as imagens gravadas por uma borracharia da rua Guilherme Lino dos Santos que, embora fosse em outro bairro, ficava relativamente perto do ataque. A câmera flagrou o momento em que a mesma figura de casaco e jeans desceu no sentido da cena do crime. Eram 13h02.

A qualidade da imagem era um pouco melhor, o que ajudou a identificar trejeitos descoordenados naquela silhueta escondida pelo casaco. Um andar leve e de pernas abertas ao mesmo tempo, uma mistura de feminino com masculino, como "um Frankenstein aprendendo a andar após o experimento", como descreveu Elise Rojas.* Tratava-se, evidentemente, de um artifício para deixar na dúvida qualquer um que assistisse àquela gravação. O dono da borracharia, um senhor de cinquenta anos chamado Ney Vendramin, disse que, quanto mais olhava, mais questionava o sexo da pessoa.

Ali, o doutor Lauro Jahib tomou um dos maiores tombos de sua carreira. Foi um investigador subordinado seu que resumiu o fracasso, sem imaginar o quanto irritava o chefe com a simples colocação:

— Então, pelo jeito, não foi o pastor. Não dá nem pra ter certeza se foi um homem.

---

\* "Polícia ainda não tem pistas concretas sobre assassino do Cecap." *Veja.com*, 9 de abril de 2012.

# DEPOIS

Casa de Maria João

— Eu fiquei com dó dela, sabia?
— Da Elaine?
— Não, da Pamela. Claro que da Elaine também, a Elaine acima de todas... — disse Maria João, devastada. — Uma menina tão esforçada. É de doer o coração pensar que...
Levantou-se de novo e foi ao fogão. Só que, desta vez, não havia mais chá fervendo para justificar suas escapadas. Ela, então, decidiu lavar a louça; passou sabão na esponja, ligou a torneira, ensaboou as xícaras, tudo para esconder as lágrimas. Como se lavar a louça enquanto um convidado está sentado à mesa fosse a coisa mais natural do mundo. Ela continuou com a voz embargada:
— A Felícia me olhou de uma forma naquele dia... Ela não abriu a boca, não disse uma palavra. Ela só me abraçou. Não soltou mais. E o jeito como ela respirava, sabe?, como ela deixou escapar o choro na minha frente... É mais ou menos como se ela estivesse tentando dizer que finalmente me entendia. Com a diferença de que a gente ainda não tinha ideia de onde tava a minha Kika.
— Eu fiquei sabendo que o diretor declarou luto e organizou uma homenagem às meninas. Mais uma homenagem.
— É. Aquela escola, meu Deus, que lugar mórbido aquilo virou. Eu teria cancelado aquilo, mas não, quiseram continuar. Os professores, eles ajudaram muito a Felícia e o Márcio. Os dois tavam arriando que nem saco vazio. Ah, mas eu achei tudo muito... Muito *muito*.
Conrado nada disse.

— Um desconforto, seu Conrado. Se fosse só pra minha menina, eu ia dar um jeito de fugir sem ninguém me ver. Tinham feito um... Não sei, um painel, umas fotos da Kika e da Elaine. Um monte de flor. Flores lindas, eu amo, mas gente, aquele ginásio com cara de velório.

— *Era* um velório, não era?

Maria João não estava gostando do assunto. O doutor Bardelli decidiu mudar:

— A Elaine ia naquela tarde mesmo pra delegacia. Ia falar sobre o dia do espancamento e, consequentemente, ia falar sobre a Pamela. Mas foi atacada antes que pudesse fazer isso. A senhora, ainda assim, diz que ficou com dó da Pamela?

— O senhor já conversou com ela? — Esperou a confirmação de Conrado. — Ela não se dignou a vir me pedir desculpas nenhuma vez. Nunca. Desde aquele dia, dois anos atrás. Bom, mas eu também acho que as coisas mudam muito dentro de você depois que você vai preso. Eu sei que aquilo foi uma maldade tremenda. As pessoas dizem que eu sou uma estúpida por ficar pensando naquelas meninas, mas eu olho cada uma delas, e o menino, e essa Pamela, o jeito como ela é sozinha no mundo...

*Claro que ela sente dó*, pensou Conrado. *Amai a vossos inimigos, bendizei os que vos maldizem, fazei bem aos que vos odeiam, e orai pelos que vos maltratam e vos perseguem.* Mateus 5:44. Maria João tocou em frente:

— O doutor Lauro, ele veio me dizer que tinha prensado a menina contra a parede. Ele tirou lágrima dos olhos dela, o senhor sabia? Ele veio me dizer isso com orgulho, achando que eu ia gostar, tipo vingança. Eu disse: "o senhor tem coragem de fazer isso com uma menina?".

— Bom, eu digo por mim que é impressionante a senhora pensar dessa forma depois do que essa menina fez pra sua filha. Dá pra contar nos dedos quanta gente eu conheci que faria a mesma coisa.

Maria João não respondeu mais até terminar de lavar a louça. Deixou-a secando na pia. Quando voltou à mesa, logo agarrou um pedaço de pão para desmiolar.

— Mais cruzes?

A anfitriã corou, pega num exercício muito íntimo. Veio um suspiro tão de dentro que mais pareceu seu último em vida.

— Eu é que não sou capaz de julgar os outros...

Numa tarde de terça-feira, Sandro Meireles pediu que Kika convocasse sua mãe para uma reunião na diretoria. Isso foi no início do segundo semestre de 2010, aos catorze anos da menina, pouco tempo antes de ela passar por sua primeira quase morte.

— Eu juro que eu não fiz nada, mãe, juro.

Foi assim que Kika introduziu o assunto, logo na saída da escola. Outras mães em volta ouviram e estranharam o pé atrás. Kika costumava xingar muito, apesar das broncas de Maria João, e foi o que ela fez agora. Entre os palavrões, a menina disse estar cansada daquela escola.

— É um saco, aqui todo mundo me persegue. Quero mudar desse lixo de cidade.

Maria João não gostou de ouvir aquilo. Fazia só um ano e meio que sua filha havia sido aprovada no Colégio Álvares de Azevedo com a bolsa de estudos que tanto cobiçara. Por que já queria mudar?

— Tudo bem, filha, eu acredito.

Sandrão não estava sozinho na sala da diretoria. Uma professora de matemática, conselheira da sala de Kika, acompanhava a reunião. Chamava-se Cristiane Heller, uma descendente de alemães alta, fina e com um rosto mais radical que o do ameno diretor. Café com bastante açúcar foi servido para a convidada.

— Nos vemos de novo, dona Maria João, nos vemos de novo. — Sandro entregou a xícara com café. Era todo sorrisos. — Parece que foi ontem que a gente se encontrou naquele ginásio. Lembra desse dia? Senta aí, fica à vontade.

A apresentação de Cristiane foi bem mais lacônica.

— Prazer falar com a senhora pessoalmente.

Até hoje, a professora se lembra dos olhos apreensivos de Maria João e da empatia que Sandro aparentava sentir. Cristiane tentou enxergar aquela mulher unicamente pelo lado profissional — a mãe de uma aluna com quem era necessário conversar. Mas não culpava o diretor. Na testa daquela mulher, estava escrito VIÚVA, HUMILDE E BOA CRISTÃ.

— A sua filha não fez nada, não pensa que é coisa ruim — iniciou Sandrão.

— Ufa. — Maria João sorriu.

*Vai ser pior do que eu imaginava,* pensou Cristiane.

— A senhora sabe que eu me importo com cada um dos meus filhos. Eu tenho acompanhado bastante a Kika.

— Ela gosta muito do senhor. Te chama de Sandrão. Esse apelido, eu espero que não seja um problema, senão eu...

— Não, fica tranquila, todo o mundo me chama assim. Melhor. Bom, a senhora sabe que a sua filha é uma menina muito... bonita. E boa com as palavras. Ela é bastante esperta.

Maria João corou.

— Ela foi muito bem em língua portuguesa, o senhor viu? Há alguns anos, ela quase ganhou um concurso de redação. Já falei do xadrez? Ela é esforçada quando quer. Muito obrigada. Mas...?

Cristiane tomou as rédeas da conversa, cética.

— Eu acho que seria legal se a senhora pudesse conversar com a Kika sobre os amigos dela.

— O que tem os amigos dela?

— Aí que tá: ela não tem nenhum. Ela briga bastante nas aulas.

— O que ela quer dizer... — reiniciou o diretor, mas foi interrompido pela professora de matemática.

— Não me entenda mal, dona Maria João. Sua filha tem muito potencial, a senhora falou aí do concurso de redação, do xadrez e tal. Ela tomou alguns puxões de orelha dos professores por causa do comportamento e eu, como conselheira de classe, avisei. Mas *isso* não é nada demais. O problema não é a conversinha fora de hora com os meninos ou o bilhetinho quando o professor vira de costas. É a discussão que ela tem todos os dias com as meninas. E os palavrões.

Sandrão retomou a palavra à força.

— Mas a gente sabe que isso é questão de conversar pra melhorar, coisa fácil. A senhora já passou pelo colégio, dona Maria João, deve saber como é.

— É que eu passei faz tanto tempo...

O diretor ficou ainda mais envergonhado.

— Gente, por favor, qual o problema com a minha filha? Eu não entendi.

Primeiro, Sandro amortecendo:

— É mais uma questão de inveja, sabe? Das outras meninas.

Depois, Cristiane, seca:

— A sua filha chama muita atenção e não sabe conviver com isso. São pequenos gestos do dia a dia. O comprimento do short. O decote. Tudo isso dá em discussão. Aí vem o tratamento com as outras meninas. Os xingamentos.

— Mas ela foi desrespeitosa com alguma amiguinha?

— Não só isso. A senhora ainda não entendeu o meu ponto, dona Maria João. O problema aqui não é o comportamento propriamente dito. Por mais que eu goste de uma postura rígida na minha sala, o meu receio não é com a rebeldia. É com a segurança dela.

— Como assim?

— Um dia desses, tinha uma menina de outra escola esperando sua filha aí na saída. Queria sair na mão com ela.

— Deus do céu.

— Uma menina chamada Pamela, mais velha, da escola estadual aqui perto. Falou pra sua filha encontrar com ela "no galpão abandonado da rua Estrela do Oeste". Disse que ia transformar o lugar num ringue.

— Nossa. Mas por que elas brigaram?

Cristiane jogou as mãos para o alto.

— Sua filha não disse. Eu imagino que elas tiveram algum problema na outra escola, parece que as duas já estudaram juntas. Mas sabe qual é o pior? As meninas do Álvares correram pra ver a briga assim que ficaram sabendo. Só não aconteceu nada porque eu mesma fui lá apartar. A outra menina correu e as meninas do Álvares fizeram "aaah" porque queriam que a sua filha apanhasse.

— A minha filha?

Ao perceber que Maria João estava quase chorando, Sandro se apressou:

— É só uma preocupação, viu? Mas fica tranquila porque, aqui dentro do Álvares, a Kika vai estar sempre segura.

— 146 —

— Sabe qual o meu receio, dona Maria João? — continuou Cristiane, firme. — Que outras meninas assim surjam na vida da sua filha. Ela precisa ser mais humilde, mais amigável e menos língua suja. Ela precisa aprender a conviver com as outras meninas em vez de fazer provocações silenciosas. Falo como uma mulher que educa uma cidadã, não como professora que prepara para provas e vestibulares.

Em conversa comigo, a professora Cristiane disse que se arrepende das palavras duras usadas naquela reunião. E que teria lidado com o problema de modo mais delicado se imaginasse o que estaria por vir.

Provocação silenciosa? Por ser mais bonita, mais esperta, mais simpática com os meninos? Kika deveria se considerar culpada por isso? Maria João não conseguia ver nexo naquilo. Ou se recusava a ver. Mesmo assim, puxou Kika para um canto assim que saiu da sala do diretor e repetiu o que tinha escutado. Cristiane Heller garante que não queria ter escutado a conversa, mas escutou. Relatou-a à polícia depois.

— Ela é muito piranha, essa Cris.
— *Kika*.
— Juro que essa mulher é uma chata, pergunta na sala, todo mundo odeia ela. Eu tinha certeza de que eles iam te falar disso.
— Quem é Pamela? Por que você brigou com essa menina?

Cristiane diz que a simples menção do nome fez Kika perder a voz.

— Me deixa. É só uma menina que me persegue. Essa professora fica exagerando.

Naquele dia, Maria João não ligou o nome à pessoa. Não imaginava que Pamela era justamente a mesma garota que tinha acertado a bola de vôlei no nariz de Kika no jogo em 2008. Isso só seria esclarecido três semanas após a conversa com Sandro e a professora Cristiane, numa meia-noite de sexta-feira, quando o toque do telefone fez com que Maria João acordasse em um pulo. Ao atender, não sabia quem falava. Ou melhor, quem berrava.

— A Kika tá indo pro Hospital Geral, ela tá sangrando muito, ela ficou sem respirar... Só vai pra lá. — E desligou.

# 2010

10 de setembro
A primeira tragédia

O centro comercial do Cecap sempre foi um dos principais pontos de encontro da galera do bairro, embora não fosse o único. A praça Mamonas Assassinas e a pista de skate talvez fossem até mais legais, mas a falta de limpeza, o abandono e os casos de assalto nesses lugares tinham deixado muitos pais preocupados. Aqueles meses eram de mais um estouro de criminalidade em Guarulhos — um terremoto que rompe em ciclos.

— Se você quiser sair com os seus amigos, vai num lugar que tenha segurança. — Essa tinha virado a regra número um da minha mãe naqueles dias. Meu pai apertava o lábio, *desculpa, bonitona, não tenho como discordar da sua mãe*. Era só o que ele dizia ultimamente. Estavam bem na época da separação e ele não queria criar mais conflitos do que já tinham.

O centro comercial, então, era nossa única alternativa. Ele tinha vigias nos portões e ficava bem entre os condomínios Paraná e São Paulo, o que dá a impressão de bastante movimento em volta.

Nada disso evitou o desfecho apavorante daquela noite de sexta-feira, 10 de setembro de 2010.

Era dia do encontro mensal de alguns jovens do Cecap. Não era tão costumeiro quanto soava. Fazia até alguns meses que a gente não se encontrava pra uma dessas festas improvisadas com música em caixinhas de som e bebida escondida para menores. O encontro daquela sexta-feira provavelmente não teria tanta gente também. Era época de migração de redes sociais, do Orkut para o Facebook e, por isso, o evento acabou se perdendo na transição e sofreu pela falta de participantes.

Foi um alívio para o então proprietário do centro comercial, o agora aposentado Alexandre Brioglio.

— Essa molecada combinava de vir aqui no shopping pra ficar bagunçando e fazendo coisa errada. E não tô falando só de criança de catorze anos bebendo escondido dos pais. Três vezes a gente teve que chamar a polícia, duas porque esses meninos tavam usando droga pesada e uma porque eles fizeram uma baderna tão grande que a gente não conseguia fechar o shopping no horário certo, que é onze da noite. A gente só foi fechar o portão quase uma da manhã. Um desrespeito com a gente e também com os vizinhos. Eles sempre reclamavam muito do barulho.

Brioglio se refere ao centro comercial como shopping — denominação que o local leva também no nome oficial. Mas o espaço tem características muito mais de galeria, com lojas espalhadas por duas frentes e ao ar livre. Mudou pouco até hoje. Se você contornar o centro por fora, encontrará padaria, lotérica, gráfica, supermercado, pet shop, entre outros.

Em 2010, uma loja apertada e escura chamada *O Armazém* era a preferida dos estudantes. Entre eles, corria a história de que o dono era um português ultraliberal que tinha lutado na Segunda Guerra quando jovem. Tendo testemunhado horrores inconcebíveis nas expedições pela Europa, ele teria decidido lutar silenciosamente contra o sistema. E uma das formas de fazer isso era liberando a venda oculta de bebidas alcoólicas a qualquer criança. Não tinha idade: se soubesse falar e pedir, levava a bebida de baixa qualidade que quisesse. O português se chamava Souza Neves. Faleceu em 2014. Nunca consegui saber se o passado de guerra é verídico, mas por experiência própria posso atestar que parte da história é real: bastava você estender o dinheiro e apontar para a bebida alcoólica desejada atrás do balcão que o Souza fechava com você um pacto silencioso.

Souza Neves foi o último adulto a ver Kika naquela sexta-feira. Ela fez sua terceira visita ao armazém, cinco minutos antes do fechamento, às dez da noite, e saiu de lá com mais uma garrafa de Jurupinga — a bebida de maior sucesso entre nós, menores, naquela época. Eu vi a Kika voltar para o grupinho dela escondendo com maestria a garrafa dentro da jaqueta. Era uma precaução que todos tomávamos, caso o segurança viesse nos abordar.

Eu fazia parte desse grupinho. Estávamos todos sentados no chão, encostados na parede do estacionamento dos fundos. De vez em quando,

alguém gritava "um brinde" e erguíamos os copos plásticos abastecidos
de bebida barata para comemorar a reta final da nossa vida de ensino
fundamental — naquele meio de setembro, iam começar as aulas e provas do
último trimestre do nono ano.

    O álcool começava a fazer efeito. Meus amigos do esporte — era o
nome do grupo, já que nos conhecíamos por causa do vôlei, futebol, natação,
atletismo e handebol do Álvares — começavam a falar enrolado, rir demais. Eu
parei de beber quando percebi que estava igual. Tinha vergonha de voltar para
casa e ter que justificar as coisas pra minha mãe com a língua teimando em
não me obedecer.

    As lojas fecharam às 22h. Tínhamos até as 23h para cair fora ou seríamos
despejados pelo segurança, um cara jovem e mal-humorado, que apagou as
luzes, cortou o som e ficou de braços cruzados esperando aqueles mais de
cinquenta garotos e garotas irem embora.

    — Melhor assim, no escurinho — disse a Kika, provocando "uuhs" e
"aahs".

    Lembro que, pouco antes de eu ir embora, lá pelas 22h30, a Kika deu
de se esfregar no corpo do Rodolfo. Bebida subindo. O povo riu, fingiu achar
graça, mas ficou aquele mal-estar. Por episódios como esse é que as pessoas
não pareciam simpatizar com a Kika. Aceitavam-na, gargalhavam, mas não
nutriam por ela uma relação de amizade. A Kika, naquela rodinha, virava
outra, ganhava ousadia para se exibir em cima do Rodolfo. Os dois já estavam
começando a ter alguma coisa. Lerdo como sempre, o Rodolfo zoava junto,
fazendo piadas machistas de que a Kika, no círculo fechado, parecia gostar.
Mas eu, particularmente, achava que ele ainda tinha dúvidas se deveria
avançar o sinal.

    Eu me levantava para debandar com outros grupinhos quando
percebi o olhar da Kika petrificando. Um semblante bem diferente daquele
audacioso de um segundo antes. Ela tinha visto alguma coisa lá no fundo do
estacionamento, na escuridão. A Elaine reparou também. Era a única naquele
grupo que não conseguia se sentir parte dele. Não era ficante de atleta, como
a Kika, nem praticava esportes. Ela simplesmente sobrava. Acho que deixavam
que ela permanecesse porque ficava quieta a maior parte do tempo. Não
atrapalhava, contribuía algumas vezes com colocações inteligentes, então ok.

Como única representante do grupo sem beber, a Elaine conseguiu enxergar o problema antes.

O problema era a Pamela.

Eu já tinha ouvido falar que as duas tinham se estranhado. Nunca visto, só ouvido. Adolescentes conseguem ser bem maldosos quando querem. O papo no Álvares era que a Kika estava com os dias contados para levar um tapa na orelha de uma tal de Pamela, uma menina da escola estadual perto da nossa. O engraçado é que ninguém perguntava o *porquê*, só queriam saber *quando* ia ser. Especulavam que o Rodolfo tinha dedo nisso. Assim como a Kika, ele tinha estudado até 2008 na mesma escola estadual dessa tal de Pamela. Briga por um moleque, será?

A nossa roda inteira viu a Pamela passar e seguir para as lojas fechadas da galeria. Ninguém abriu mais a boca. A Elaine quebrou o silêncio, dizendo que faltavam poucos minutos para o centro comercial fechar. Melhor ir embora. Assim, nosso grupo se separou. Eu perdi a Kika de vista e imaginei que ela já tivesse corrido para fora dos portões, fugindo da rival.

Eu só veria a Kika de novo semanas depois, na volta do hospital.

O relato da Elaine e de Caíque Nazaré — o segurança noturno jovem e mal-humorado — foram determinantes para a elaboração do boletim de ocorrência.

Elaine conta que na saída também se separou da Kika, que estava sem celular. O espaço hoje tem várias câmeras de segurança espalhadas pelos cantos, mas, em 2010, só possuía três: duas no estacionamento e uma na entrada e saída. Para piorar, essa última era a única que gravava as imagens. Foi com ela que os policiais tiveram que se contentar.

Às 22h45, o vídeo mostra Elaine saindo do centro comercial. Contudo, passado um minuto de reflexão, ela decide entrar novamente. Depois disso, a movimentação é basicamente de jovens indo embora, alguns deles sendo escoltados pelo segurança Caíque. Ele se planta naquela área para fechar os portões, feito que só cumpre às 23h08, certificando-se, com a vista, de que não sobra mais ninguém lá dentro.

Um engano de sua parte.

Não só havia seis pessoas lá ainda, como a câmera de segurança do condomínio Paraná, ao lado, flagrou a fuga de quatro delas: três garotas e um rapaz. Eles pularam a grade do centro comercial pela lateral do estacionamento. Isso foi às 23h14. A movimentação atraiu os olhos de Caíque. Ele conta que, naquele instante, pensou que o centro comercial tivesse sido assaltado. Como não andava com arma, o segurança empunhou o rádio e imediatamente avisou a central. O registro foi feito às 23h15.

Caíque começou a rondar o prédio. Relata que estava tudo muito escuro, mesmo com a luz das lâmpadas, e o vento forte daquela noite fazia fazia sons surgirem de onde menos se esperava. As placas das lojas batiam contra as fachadas, as vidraças estralavam. "Eu comecei a tremer de frio e de medo", assume o segurança, exibindo não vergonha pela covardia, mas angústia frente à gravidade do episódio que marcou sua carreira. "Acho que era a junção de tudo, os meliantes fugindo, aquele ar gelado, a sensação de alguma coisa ruim por perto. Só sei que eu do nada fiquei sem ar e senti o peito doer. Quase enfartei quando a menina bateu de frente comigo."

Ele virava a esquina, cauteloso, e de repente esbarrou num corpo que vinha em alta velocidade. Ambos quase foram ao chão. Caíque enxergou uma garota de óculos e com o rosto aflito. Ela gritou:

— A minha amiga foi atacada. Você precisa vir. Parece que ela parou de respirar, chama alguém, polícia, ambulância.

A reação do segurança foi correr junto na direção indicada. O banheiro feminino. As portas não eram trancadas durante a noite. Elaine entrou no embalo e Caíque avançou pra encontrar uma cena que o deixaria anestesiado por quase um minuto.

O piso estava praticamente pintado de vermelho. Caíque se recusou a acreditar que era sangue. Não podia ser, não naquela quantidade, não naquelas poças em zigue-zague que "pareciam uma cagada feita por algum garçom desastrado que tinha deixado uma dúzia de garrafas de vinho caírem", como descreveu. Era sangue espalhado, como se a criatura moribunda tivesse se arrastado pelo piso. O tortuoso caminho seguia pelas pias e terminava num box. De dentro dele, apenas gemidos.

— Ela tá respirando, ela tá respirando. Ajuda — gritou Elaine, acordando o segurança do coma.

Ele foi até o box e viu o corpo encurvado sobre o vaso sanitário. Era uma menina magra, o rosto quase dentro do assento. As mechas castanhas do cabelo estavam metade para fora, metade para dentro, molhadas na água da privada. A impressão que Caíque teve foi de uma pessoa que tinha acabado de vomitar, e vomitar muito, a ponto de ficar cansada e dizer *vou só deitar a cabeça aqui no vaso um segundo pra retomar o fôlego*.

— Meu Deus do céu... — Ele notou os dedos de sangue manchados até nas paredes. Sentiu-se dentro de um filme *slasher*.

Caíque teve que discar três vezes para o SAMU, porque nas duas primeiras não conseguiu digitar corretamente os números 1-9-2, de tanto que seus dedos tremiam. Elaine acionou a polícia de primeira. Estava igualmente em choque, não parava de chorar, mas foi ela quem teve a maturidade para chefiar aquela crise. Foi ela também quem tomou a iniciativa de tirar o rosto de Kika de dentro da privada e deitar a amiga no chão, deixando-a de lado. Caíque assume que quase vomitou. Descreveu a boca amorfa de Kika como "um vulcão em erupção, só que com sangue no lugar da lava". O nariz era "uma meia-lua impossível de consertar". Um estrago.

Por isso até que a própria Elaine ficaria tão surpresa, algumas semanas depois, ao ver aquele rosto reconstruído pelas cirurgias plásticas — cirurgias bancadas com dinheiro doado por professores e estudantes do Álvares.

— Ela tá viva. Ela tá respirando. — Elaine limpou o suor de sua testa, aliviada. Depois, tocou no rosto molhado e ensanguentado da amiga, no cabelo ensopado. O cérebro rápido de Elaine fez as deduções. — Caramba, era por isso que ela tava com a cabeça na privada. Eles além de tudo tentaram afogar a Kika.

A hipótese foi confirmada no Hospital Geral de Guarulhos, para onde a vítima foi levada. Maria João chegou vinte minutos depois vestindo pijama. Tinha sido avisada por Elaine. Insistiu para ver a filha, mas os médicos informaram que seria necessária uma cirurgia de emergência que deveria começar a qualquer instante. O doutor João Khouri, de plantão naquela noite, destacou a agilidade daquele atendimento como fator primordial para a recuperação de Kika.

— A amiga dela foi muito prestativa. Comunicou a polícia e o SAMU bem rápido, ajudou a Kika a se deitar no chão... enfim, ela fez tudo certo. A paciente tá fora de perigo agora, mas é difícil precisar o que teria acontecido se a situação fosse diferente. Arrisco dizer que a sua filha teria tido um quadro de hemorragia bem mais grave. A paciente chegou com a respiração mais fraca, ainda mais com a tentativa de afogamento. Essa menina, Elaine, realmente salvou uma vida hoje.

Desmanchando-se em lágrimas de gratidão, Maria João tentou novo contato com a salvadora de sua menina. Era perto da primeira hora da madrugada. Mas o celular de Elaine tinha ficado sem bateria. E ela não poderia atender, de qualquer forma. À 1h08, estava sendo convocada para identificar os agressores de Kika.

# 2010

10 de setembro
Centro de Operações da Polícia Militar

23:17 — Telefonema ao Centro de Operações da Polícia Militar (COPOM), transcrito e anexado ao inquérito.

**Soldado Ilana Tropez:** Polícia Militar, como posso ajudar?

**Elaine Campos:** Alguém precisa vir pro shopping do Cecap, agora. Atacaram a minha amiga, ela tá toda sangrando. Ela até parou de respirar por um tempo. Meu Deus, eu não sei mais o que fazer.

**Soldado Tropez:** Atacaram como?

**Elaine:** Não sei, acho que bateram a cabeça dela no chão, na parede, na... na privada. Moça, vocês precisam vir rápido ou...

**Soldado Tropez:** Quem fala?

**Elaine:** Quê? Elaine, eu me chamo Elaine, eu sou a amiga da Kika, é a que foi espancada. Não sei, acho que ela bebeu água da privada também, ela fica, tipo, cuspindo água com sangue.

**Soldado Tropez:** Qual o endereço?

**Elaine:** É no centro comercial do Cecap, vocês têm uma base aqui do lado, eu...

**Soldado Tropez:** Tudo bem, mas eu preciso do endereço.

**Elaine:** Aqui é... Que merda, como chama a avenida? Segurança, o nome aqui? Deu branco. Ah, verdade, Monteiro Lobato.

**Soldado Tropez:** Avenida Monteiro Lobato, Guarulhos, é isso? Tô mandando imediatamente. E o agressor?

**Elaine:** Acho que fugiu. Fugiram. Só vi umas meninas, eu acho que...

**Soldado Tropez:** Que meninas?

**Elaine:** Umas que, não sei o nome, umas...

**Soldado Tropez:** Como elas eram?

**Elaine:** Eu não sei, não reparei. Eram acho que três ou quatro. Um menino também. Acho que o nome de uma delas é Pamela.

**Soldado Tropez:** Pele parda?

**Elaine:** Quê? Não, é branca a Pamela, as outras eu não tenho como dizer. Moça, caramba, a minha amiga, ela tem catorze anos.

**Soldado Tropez:** Eu mandei a equipe. Espera só mais um pouco, tá? Já vão chegar pra ajudar. Fica com Deus.

# 2010

11 de setembro
7º Distrito Policial de Guarulhos

Um aviso foi disparado para todas as viaturas que se localizavam naquela região de Guarulhos. Policiais militares se dividiram entre os que partiriam para o resgate da vítima e os que começariam a corrida pelos fugitivos. Primeiras informações: um rapaz e uma garota de nome Pamela.

A busca durou uma hora. A Polícia Militar informa que seus membros tiveram a ajuda de cidadãos dos bairros para identificar os quatro elementos que fugiam em quatro bicicletas. À 0h18, o sargento Bruno Vilela anunciou pelo rádio da PM:

— Marginais encontrados aqui no São João. Três meninas e um marmanjo. Teve tiro. A gente apertou, já confessaram. Levando pro sétimo.

O 7º DP fica na estrada Guarulhos-Nazaré. Era um pouco depois da 0h30 quando os cinco policiais militares empenhados na operação apresentaram à Polícia Civil os quatro agressores de Kika, todos menores. Eram Pamela Guimarães, Guta Pimenta Santana e Viviana Luz, as três de dezesseis anos, e Alberto Silva Messias, de dezessete anos.

A partir daí, há duas versões dos acontecimentos: uma, dos policiais civis e militares; outra, dos agressores apreendidos.

A primeira é de que os quatro infratores foram vistos andando de bicicleta a toda velocidade pela rua Jamil João Zarif, bem em frente à ponte de pedestres que dá acesso ao aeroporto internacional de Cumbica. Os policiais militares suspeitaram, uma vez que procuravam exatamente quatro jovens em fuga. Deu-se início à perseguição, que não durou muito tempo, já que uma das meninas caiu da bicicleta. Os cinco PMs relataram que os elementos começaram a atacar as duas viaturas com pedras. O rapaz, Alberto, sacou então uma pistola 0.40 e a mais alta e forte do grupo, Pamela, arrancou a arma da mão do menino e disparou cinco ou seis tiros na direção dos policiais. Errou todos. Então, os policiais agiram em legítima defesa ao avançar sobre os adolescentes. Guta e Viviana chegaram ao 7º DP com hematomas nos braços e no peito. Alberto, que reagiu, ficou com um olho roxo. Pamela levou um tiro de raspão na perna e apareceu com a mão na testa, tentando estancar um sangramento.

Em versão contada dias depois para membros da ONG Viemos na Paz, que denuncia violência policial no Brasil, os quatro adolescentes afirmaram que foram descobertos na rua Jamil João Zarif e estavam já descendo das bicicletas para dar satisfação quando as duas viaturas da PM invadiram a calçada e quase os atropelaram. Relataram que ficaram com medo da arremetida e, sem pensar duas vezes, tentaram fugir, mas pararam no lugar ao ouvir tiros e um grito desesperado de Pamela. Ela entrou em choque quando viu o sangue jorrar de sua perna. "Eles atiraram em mim", uivou, e passou então a alternar entre choro e xingamentos aos policiais militares. Os outros três foram então acometidos e espancados. As agressões só pararam quando eles confessaram que sim, tinham sido os responsáveis pelo rosto ensanguentado de Kika. Eles disseram que não carregavam nenhuma pistola calibre 0.40.

— Um deles começou a chutar meu rosto e perguntar se tinha sido daquela forma que a gente tinha batido na Kika — declarou Alberto Messias à ONG.

Nenhuma apuração foi feita para esclarecer qual das duas versões é a mais próxima da verdade.

Pelo menos em um ponto ambas as versões convergem: os jovens assumiram a culpa pelo linchamento de Kika. Na confissão, eles disseram que se revezaram. Cada um ia de uma vez para dentro do box para agredir Kika. Não repararam no estrago que faziam porque estavam ocupados demais se alternando e por isso nem imaginaram que o resultado de seus ataques tinha sido aquela massa disforme em que se transformou o rosto de Kika. Apesar das confissões, nenhum deles quis tomar a culpa pelo afogamento na água do vaso sanitário.

Para não dar margem ao erro, o delegado plantonista Caio Moscovis convocou naquela mesma madrugada a testemunha-chave do caso.

Elaine chegou ao 7º DP à 0h48 com a mãe. Felícia conta que a filha fazia questão de ajudar o quanto antes, apesar do horário e da exaustão que sentia. Elaine teve a dura missão de reconhecer Pamela e seus amigos. Confirmou para o doutor Moscovis que sim, aquelas tinham sido as pessoas que ela vira no centro comercial.

— Eu vi eles saindo e se escondendo. Eu não chamei o guarda porque ele ainda tava fechando o portão da frente. Eu pensei o pior. Dei uma volta, não encontrei ninguém, chamei pela Kika, não tive resposta. Aí um minuto depois eles saíram de trás da varanda da padaria e eu só vi eles pulando a cerca, calmos, você precisava ver, parecia que eles tinham vindo comprar um pão e tavam voltando pra casa numa boa. Foi quando eu dei um giro e reparei no sangue na entrada do banheiro e encontrei a Kika naquele estado deplorável. Ela só conseguiu olhar pra minha cara e depois caiu com a cabeça no vaso sanitário. Parecia que ela nem tava respirando. Saí correndo atrás do guarda.

Quando o assunto foi o motivo do linchamento, Elaine também se mostrou útil.

— Sim, eu sou amiga da Kika. A gente nem tem muito a ver, mas é que a maioria das meninas é muito má com ela, sabe, elas não entendem a Kika. Essa Pamela é uma dessas encrenqueiras. As duas estudaram juntas na Vereador Marcelo Setúbal. A Pamela acho que tá na mesma série porque repetiu um ou dois anos. Elas têm alguma coisa, alguma inimizade da época da escola estadual. A Kika morria de medo de cruzar com essa Pamela. Ela ficou horrorizada quando viu essa menina no estacionamento hoje.

Quanto aos outros três adolescentes apreendidos, disse que só os conhecia de vista. Não sabia nada sobre uma pistola 0.40. Questionou, inclusive, a versão da PM de que Pamela teria atirado contra os policiais. E ficou chocada com o tiro de raspão que a agressora tomou.

Pamela foi tratada no mesmo hospital de Kika, o Geral de Guarulhos. Fizeram um curativo em sua perna e, durante toda a madrugada, ela foi repetidamente questionada junto de seus três cúmplices. Os crimes eram tentativa de homicídio qualificado e porte de armas.

Menores infratores, foram conduzidos para internação em diferentes unidades da Fundação Casa, instituição em que são aplicadas medidas socioeducativas para jovens. Em outras palavras, a prisão paulista para crianças e adolescentes. A internação teria período máximo de três anos e eles seriam avaliados a cada seis meses para verificar a possibilidade de cumprir o regime em semiliberdade ou liberdade assistida. Devido ao bom comportamento dos quatro e às positivas análises sobre sua capacidade de reinserção social, os prazos acabaram sendo curtos. Em novembro de 2011, Alberto, Guta e Viviana já estavam soltos e não deviam nada à justiça.

Pamela foi solta em 13 de janeiro de 2012, dois meses e três dias antes do desaparecimento de Kika.

# 2010

12 de setembro
Hospital

Nas semanas seguintes ao espancamento, Kika reagiu bem às cirurgias de reconstrução facial. Recuperou-se rápido, tinha vontade de viver. Enviou uma carta ao corpo docente e discente do Álvares de Azevedo agradecendo pelo financiamento coletivo que havia bancado as operações. Por mais grata que estivesse, porém, ela preferiu não receber ninguém no quarto do hospital. Todos entenderam. Kika, sempre tão linda, não queria ser vista com aquele monte de curativos.
    A mãe era a única visita permitida. Maria João, à época ainda inexperiente no tratamento com jornalistas, deu inúmeras declarações. No dia seguinte ao linchamento, disse nunca ter sentido "coisas tão ruins quanto as que sentia por aqueles quatro infratores",* já devidamente escrachados pela imprensa. Pediu justiça mundana e divina. Quinze dias depois, acabou perdoando. Ao jornalista Cleiton Barbosa, do portal de notícias *G1*, disse que a expiação era o melhor caminho e desejou: "Que sigam com Deus e Deus siga com eles".**
    Era nesse tom de confessionário que Maria João presentava os meios de comunicação com manchetes apetitosas. Dava informações particulares da filha e chorava quase todos os dias para as câmeras. Numa tarde, cercada

---

\* "Jovem é espancada por colegas em shopping de Guarulhos." *Estadão*, 11 de setembro de 2010.
\*\* "Mãe de adolescente linchada perdoa agressores." *G1*, 26 de setembro de 2010.

de repórteres* na fachada do hospital, falou uma das frases que mais seriam repetidas dois anos depois, já no episódio do desaparecimento de Kika:

— Vocês não têm ideia da sensação de saber que a Kika tá se recuperando. É divino. É a sensação de que a minha filha morreu, mas Jesus salvou, assim como fez com Lázaro. Que Jesus chegou ao túmulo da minha filha e disse para ela sair viva. E ela ressuscitou pra mãe dela.

* Telejornais das principais emissoras da grande São Paulo veicularam esse trecho no dia 12 de setembro de 2010.

# ANTES

Reunião

Todos esses acontecimentos de 2010 vieram à tona com o assassinato de Elaine. Destaque para o mesmo *modus operandi* nos dois casos: espancamento na cabeça. Os jornais *Visão Leste*\* e *Sentinela de Guarulhos*\*\* frisaram isso, o primeiro acrescentando que o surpreendente desenrolar do caso o elevava ao nível de "maior mistério do ano no estado de São Paulo". Para completar, Elaine tinha sido atacada quase que no caminho para a Delegacia Seccional, onde pretendia contar sobre aquela noite de dois anos antes. Havia algo naquela história que poderia ligar os crimes? Era a pergunta que muitos se faziam.

Menos o doutor Lauro Jahib.

Ele não queria dar o braço a torcer. Pessoas próximas ao delegado dizem que ele chegou a mudar de comportamento após a morte de Elaine. Ficou mais "genioso, facilmente irritável e descabidamente emotivo", de acordo com um amigo que preferiu não se identificar. Havia sido, acima de tudo, um golpe contra seu ego. Não lhe passara pela cabeça que poderia estar errado quanto às acusações contra Bartolomeu Ramalho — mesmo que não tivesse provas para sustentar sua tese.

O delegado, então, fez declarações dando a entender que o sumiço de Kika e o ataque a Elaine poderiam não ter relação.

---

\* "O maior mistério do ano". *Visão Leste*, 8 de abril de 2012.
\*\* "Polícia investiga semelhança entre homicídio e espancamento de dois anos atrás." *Sentinela de Guarulhos*, 10 de abril de 2012.

— É necessário averiguar. Pressupor esse vínculo pode ser prematuro.

Como se suas ações anteriores não tivessem nada de prematuras.

Dizendo-se "certo do que faço e de consciência tranquila", o doutor Lauro afirmou que não pediria a soltura de Bartolomeu Ramalho. O ex-pastor ficaria preso, sim, por ainda ser o principal suspeito do desaparecimento de Kika.

— E quem duvida pode ficar à vontade pra procurar as provas da inocência.

Nova onda de críticas. Lauro foi taxado de arbitrário, "reizinho mandão da Polícia Civil e vândalo da Constituição"* por inverter a prerrogativa constitucional da presunção da inocência — a que diz que qualquer sujeito é considerado inocente até que se prove o contrário.

O doutor Lauro só não contava com a interferência de seus superiores.

Seus trabalhos e suas decisões foram motivo de debate na reunião do Conselho da Polícia Civil na segunda-feira seguinte, dia 9 de abril. O delegado-geral, Rogério Abigail, chefe de todos naquele encontro, demonstrou profunda preocupação com a falta de evidências que apontassem o paradeiro de Kika. Não via provas contra Bartolomeu e ergueu as duas sobrancelhas quando ficou sabendo do álibi do ex-pastor. Não gostou da forma como o inquérito estava sendo tocado, a ponto de considerar a retirada do doutor Lauro do controle.

— Parece que a gente só tá investigando quem é o sequestrador em vez de ir atrás do paradeiro da vítima. Se esse caso tivesse a cobertura midiática e o interesse popular que tiveram casos tipo Nardoni, Pesseghini e Von Richthofen, a nossa polícia já estaria fodida — Rogério Abigail confidenciou irritado aos outros delegados presentes, conforme um deles me relatou.

Lauro Jahib foi assunto por vários minutos. Só não lhe cortaram a cabeça na hora graças às circunstâncias da prisão temporária. Lembraram que o pastor Bartolomeu Ramalho tinha sido detido em fuga, com malas

---

\* "O reizinho mandão da Polícia Civil." Editorial de Pedro Brunelleti, site da *Gazeta Urbana*, 9 de abril de 2012.

feitas no carro, o que mostrava sua pretensão em esconder dados e atrapalhar as investigações.

— E outra: o promotor e a juíza concordaram, a culpa não é só dele — disse um dos delegados. — Ele não tinha como imaginar que uma menina seria atacada logo depois da prisão.

O doutor Rogério Abigail encerrou a conversa com as seguintes orientações:

— Tem que conversar pra pedir soltura desse pastor. Já imaginou se a igreja cai em cima da secretaria perguntando por que ainda estamos mantendo encarcerado um cara que tava atrás das grades quando a segunda menina foi surrada? Olha, duvido que os dois crimes sejam coincidência. Devem ter conexão. Se não tiverem, esse Jahib é que precisa checar direito os fatos. É uma coisa, por sinal, que ele parece não fazer direito: checar. Qualquer besteira, eu tiro ele do inquérito. — E antes de mudar de assunto: — Ele precisa descobrir, por exemplo, por que o pastor tava fugindo. Tem que ver isso aí direito. Pode ser porque ele tava com medo da investigação ou porque ele ainda tá escondendo alguma coisa. Se tá escondendo, então o que é? E por quê?

# ANTES

Busca

Quando descobriu o teor da reunião do Conselho da Polícia Civil, o doutor Lauro passou a atirar para todos os lados. Podia até errar a maioria dos tiros, mas alguma hora haveria de acertar o alvo. Nunca tinha se mostrado tão orgulhoso. Recusava-se a perder o caso pelo qual tinha ficado famoso. Estava decidido a só sair dele com o sequestrador de Kika usando algemas.

Teve que assistir com amargor à soltura de Bartolomeu Ramalho. Mas não se importava mais com o ex-pastor. Agora, focava na jovem infratora — agora maior de idade — que saíra da Fundação Casa havia menos de três meses.

Ao sair em liberdade, Pamela Guimarães deixou como referência um endereço em São Miguel Paulista, onde dizia ser sua casa. O bairro da zona leste de São Paulo foi visitado no dia 10 de abril, terça-feira, por investigadores. Eles encontraram o pai viúvo de Pamela, Vanderlei Guimarães, um senhor de cinquenta anos diagnosticado com oligofrenia, deficiência mental que comprometia seu comportamento. Por isso, morava com a irmã mais velha, de sessenta anos. Ela fazia as vezes de cuidadora. Disseram que não viam Pamela desde 2010, o que os investigadores julgaram muito estranho. Então, a irmã informou que Pamela nunca havia morado em São Miguel Paulista, e sim no Jardim São João, em Guarulhos, com uma tia por parte de mãe. Eles disseram desconhecer o endereço.

— Não somos próximos desse lado da família aí.

Os investigadores voltaram de mãos vazias para a delegacia. Márcio, o pai de Elaine, tinha comparecido para mais um depoimento — e para cobrar progressos por parte da polícia. Foi ele quem, em uma conversa informal, sugeriu o próximo passo aos investigadores:

— Perguntem na escola em que ela estudou, aquela estadual no Cecap. Eles talvez não tenham registro, mas alguém deve saber.

Na manhã seguinte, os funcionários da Escola Estadual Vereador Marcelo Setúbal foram questionados, um a um, até que o professor de geografia pôde ajudar. Chamava-se Gael Do Valle. Era jovem, por volta de seus trinta anos, com tatuagens tribais e dreads no cabelo. Disse que tinha se aproximado de Pamela por causa do gosto musical em comum — amavam rap e hip hop. Ele se mostrou reticente.

— A Pamela fez alguma coisa? Cara, não vou poder ajudar, não. Eu não vejo a menina desde 2010.

Ao ser pressionado pelos investigadores, ele revelou que sabia onde Pamela morava naquela época: numa viela que saía da estrada Guarulhos-Nazaré, por volta do número 3.500. Anos depois, o professor Gael se diz arrependido por ter ajudado a polícia. Em entrevista comigo, falou que não queria ter prejudicado Pamela — em quem confiava — e que se sente um "traidor da quebrada" desde então.

O arrependimento não é de hoje. Bateu naquele dia mesmo. À noite, Gael decidiu ir à casa da tia de Pamela para checar como tinha sido a abordagem da polícia. Mas, chegando lá, viu que a porta estava aberta e não havia ninguém dentro.

# ANTES

Delegacia

Cumprindo um mandado de condução coercitiva que nunca existiu, os policiais obrigaram Pamela e Evelyn Jorge Alves a acompanhá-los à Seccional. Elas decidiram não resistir.

Evelyn era irmã da falecida Natasha Alves, mãe de Pamela. Agindo como uma tia-faz-tudo, Evelyn tornara-se responsável pela menina desde a morte de Natasha, uma vez que a saúde mental de Vanderlei, pai de Pamela, piorava a cada dia. À época da viuvez, ele chegou a agredir sem motivo a filha pequena. Disse para o assistente social que "não reconhecia aquela coisa que ficava gritando a noite toda".* O laudo psiquiátrico feito meses depois atestou a oligofrenia. Vanderlei passou a ser considerado incapaz de cuidar de uma criança.

Embora equilibrada, Evelyn também não foi das mais zelosas. Em 2006, recebeu um ofício de um juiz da infância e juventude alertando para o abandono de Pamela antes e depois das aulas. Ele cobrava atitudes para combater o mau desempenho da menina no colégio. Ela havia repetido o ano e não dava sinais de melhora. O juiz ameaçou tirar a guarda de Pamela. Em resposta, Evelyn trocou a menina de escola, como se colocá-la na Vereador Marcelo Setúbal fosse prova de comprometimento.

...................................

\* Relatório assinado pelo funcionário Lucas Girotti, da Secretaria Municipal de Assistência e Desenvolvimento Social, em visita à casa da família no bairro São Miguel Paulista em 9 de junho de 1999.

As advertências, então, passaram a vir dos novos professores, que criticavam as atitudes agressivas de Pamela. Evelyn não compareceu a uma reunião escolar sequer para discutir o problema. Ele só foi aumentando: em dois anos, Pamela recebeu o máximo de suspensões permitidas, até que, no fim de 2007, repetiu de ano pela segunda vez.

Em determinado ponto, desistiram. Ninguém mais se importou com a garota.

A partir daí, Pamela começou a fazer o que bem entendesse. Foi responsável por transgressões como a pichação do muro da escola onde estudava, a venda de drogas aos colegas de sala e a mais renomada: a perseguição a Kika.

Na quarta-feira, 11 de abril de 2012, Márcio Campos viu Pamela e Evelyn serem conduzidas até a delegacia em meio aos jornalistas de plantão, ávidos por novidades. O pai de Elaine tinha voltado por pura curiosidade e sido admitido pelos policiais compadecidos de sua dor. Ao olhar para Pamela, que vinha sem esconder o rosto, Márcio quis interpretar suas emoções, saber se a menina deixaria transparecer pelo semblante a culpa por ter matado Elaine. Mas, segundo ele, tudo o que viu foi o rosto de uma menina que parecia ter desistido da vida.

— Não digo que ela não poderia ser a assassina da minha filha. Eu bem sabia que poderia e acreditava que sim. Só que a menina me pareceu o tipo de criminosa que faria o trabalho e depois não se daria o trabalho de lavar as mãos sujas de sangue. Não estava nem aí se levaria a culpa.

Comparando o depoimento de Márcio Campos com o do professor Gael Do Valle, fica evidente o quanto Pamela havia mudado naqueles dois anos de reclusão na Fundação Casa. Gael diz que a Pamela que conheceu na sala de aula era, acima de tudo, orgulhosa e vaidosa.

— Não no sentido de aparência. Ela usava roupas rasgadas e costumava se lixar pra arrumação. Mas o nome dela, ah, isso era importante. Falava alto, se impunha. Gostava de ser a principal da escola. É até um ponto que, na minha visão, foi o grande motivo da inimizade da Kika e da Pamela: a Pamela não queria passar despercebida à sombra de uma Kika que chamava atenção pela beleza. Mesmo de idades diferentes, as duas chegaram a ser boas amigas por um tempo, sabia? Até essas questões começarem a pegar.

Que questões são essas? O professor diz não saber ao certo.

O doutor Lauro Jahib não começou atacando a testemunha por esse lado. Em sua conversa com Pamela Guimarães, preferiu primeiro pedir uma improvável confissão:

— Você é que tava usando aquele capuz, não é? A gente viu pela câmera de segurança, tem testemunha, a pessoa é uma mulher. Fala.

Pamela não falava. Perdera a aptidão para se impor como tinha feito na escola, dois anos antes. Tornara-se um boneco João Bobo que dava de ombros para as pancadas que vinham.

— Você já tem dezoito anos. Já é maior.

O delegado quis dar a entender que Pamela poderia ir para o presídio se não colaborasse. Ele fechou a porta de sua sala e Márcio Campos não conseguiu ouvir mais nada. Ele pensou em ir embora, mas resolveu ficar. Não queria perder uma possível confissão da assassina de sua filha, por mais que a conversa do delegado demorasse.

Uma hora e meia depois, o doutor Lauro saiu da sala com o rosto todo vermelho. Gritando pelo corredor, chamou Elise, a chefe dos investigadores.

— Ela confessou?

O delegado era uma agitação só.

— A menina é uma mosca-morta que se diz inocente. Dane-se ela. Eu preciso daqueles laudos técnicos do computador da Kika. É uma coisa que a gente viu e eu preciso confirmar.

Márcio veio do banheiro. Sentiu que não era desejado naquele momento, mas nenhum dos policiais teve a coragem de expulsar um homem cuja filha havia sido assassinada dias antes.

— A menina, o que é que ela disse? — perguntou Elise.

— Ligou o foda-se, essa é a verdade. Ela já admitiu um monte, que vende coca na favela, que...

— Tá, mas isso não tem a ver com a Kika.

— Porra, Elise, eu sei disso. — Ele bateu as mãos, como se aplaudisse a idiotice. — Ela diz que não fez nada com a Kika nem com a Elaine. Diz que tava na casa dela, tem álibi. O que eu quero saber é outra coisa.

O delegado perdeu a fala quando pegou na mão os laudos que tanto queria. Era uma compilação de dados extraídos do computador de Kika e analisados pelos peritos.

— Que coisa?

— A gente tava falando do espancamento, daquele dia há dois anos, e ela simplesmente falou: "Foi briga de casal".

— Que casal? Do que você tá falando, Lauro?

— Eu tô falando que ela diz que nunca quiseram saber direito o motivo de ela e os três terem metido a mão na Kika. Caramba, a gente chegou nesse assunto e ela só comentou isso. "Achei que ninguém nunca mais fosse perguntar." Aí eu falei: "Ah, é? Então explica. Por quê?". E agora ela tá dentro daquela sala falando pra quem quiser ouvir. Tá me entendendo? Ela tá cagando que todo o mundo vai descobrir.

— Mas ela e os três lincharam a Kika porque ela era bonita, isso já... Não é?

Silêncio.

— Vai lá perguntar você. Aqui, achei.

O doutor Lauro apontou para a página em suas mãos. Indicava os sites que Kika havia visitado nos meses antes de sumir.

— Era briga de casal, Elise. Romancezinho que deu em merda.

— Essa Pamela com aquele menino, aquele Rodolfo?

— Não, Elise. *Elas* eram o casal. A Kika e a Pamela. E olha aqui.

Ele mostrou o laudo.

# ANTES

Delegacia

Kika tinha visitado mais de uma dúzia de sites sobre bissexualidade. Os endereços levavam a páginas sobre como se descobrir bi, se assumir, se proteger de doenças sexualmente transmissíveis e levar uma vida fugindo do preconceito.

Os investigadores alegaram que não estranharam as visitas aos sites porque eram, à primeira vista, "atribuídas à curiosidade de uma menina", e não acharam que isso significasse uma tendência sexual.

— A letra B. Na porta, no armário. Não é de Bartolomeu — disse o doutor, para si mesmo, enquanto fazia Pamela esperar naquela sala mal ventilada. — É de bissexual. É uma manifestação sobre a própria identidade da Kika.

Pamela ainda teve muito a explicar naquele dia. Disse ao doutor Lauro — que, a partir daquele momento, sentiu-se confortável para gravar o restante da conversa — que não tinha assumido o caso com Kika antes por pura vergonha. Mas agora, recém-saída da Fundação Casa, não tinha mais o que esconder.

— Não é como se eu tivesse uma honra. E ser lésbica não é errado, cara, que nem me diziam as minhas tias. Não é. Eu aprendi isso lá dentro. Você aprende muita coisa, tá ligado? Eu era idiota antes, não agora.

Pamela e Kika tinham mantido um namoro secreto entre o final de 2009 e o ano de 2010. "Namoro" talvez não seja a palavra exata. Era mais um exercício de descoberta e prazer fácil. Na época, Kika tinha treze anos. O relacionamento das duas beirava o sadomasoquismo: já no final, brigavam feio em público, quase a ponto de se estapearem, e depois, às escondidas, se beijavam como se nada tivesse acontecido.

— A gente se encontrava num galpão, um lugar largado, sei lá se era fábrica ou empresa. Tá até hoje lá, abandonado, na rua Estrela do Oeste, no parque industrial. Quase todo fim de tarde a gente ia lá, pulava a grade e ficava dentro do galpão. Ninguém ouvia nada.

— Ninguém descobriu.

— Eu fiz de tudo pra não. Mas ela me provocava, tá ligado? Quando ela ganhou o concurso de Miss Guarulhos Juvenil, ela deu uma piscadinha do palco na minha direção, na frente de todo o mundo. A mãe dela quase me viu. Eu gelei. Apontei pra ela e falei "eu te soco". Ela ficou toda preocupada.

— Agressiva, você. Sempre teve essa tendência? Por acaso você andou "socando" a Kika de novo?

Pamela mordeu o lábio, abaixou o rosto, deu uma risadinha como quem prefere não fazer comentários.

— Vocês tiveram relações sexuais?

— Opa.

— E brigavam tanto assim na escola, mesmo quando já se relacionavam?

Pamela riu do termo "se relacionavam".

— Checa suas datas, mano. A gente começou a se pegar em 2009. Ela já tinha ido pro Álvares. A gente parou quase na metade de 2010. Maio, acho.

— Tá, mas vocês se conheceram antes, na mesma sala da escola estadual?

— É. Acho que 2008, quando repeti pela segunda vez.

— E vocês brigavam na frente dos outros por quê? Pra não levantar suspeita sobre o relacionamento secreto?

— Não, a gente se odiava pacas em público. Isso nunca foi mentira.

— Ela também tinha vergonha, a Kika?

— Sei lá. Se pá não. Eu soquei ela por causa disso.

— Como assim? Primeiro, por que vocês terminaram?

— Porque a experiência, essa parte acabou, mano. — Pamela falava o tempo todo de maneira muito lenta, muito calma. — Tava virando um negócio bizarro, tipo compromisso. Ela em outra escola, com outros amigos, não tava mais rolando de se ver sempre. Ela furou comigo duas vezes

— 173 —

no galpão e eu fiquei puta. Eu falei: "Quem essa mina acha que é pra me deixar esperando?". Tá ligado? *Quem* ela acha que é? Ela riu quando eu fui tirar satisfação. Riu, a filha da puta.

— Você socou ela porque ela riu? Seu orgulhinho?

— Cara, se esforça pra entender, sério. Ela veio com uns *papo* de querer trocar de lado, tinha um cara que ela tava começando a pegar.

— Mesmo estando com você?

— A gente não "tava", cara. A gente não tava. Era só um bagulho.

— Então por que a preocupação com ela "trocando de lado"?

— Porque aí eu tive certeza de que ela ia me deixar esperando mais vezes.

— Aí ela terminou com você porque queria fi...

— A gente só parou de se ver. Não "terminou".

— Tá bom, vocês pararam. Você sabe que cara é esse que ela começou a ver?

— Foda-se. Não sei. Deve ser aquele branquinho que tava com ela naquela noite.

— Então, aquela noite: você socou ela porque...

Longa pausa. Novamente o riso de nervoso.

— Cara, olha a merda que deu. Fiquei em cana por causa dela. Ela é uma cuzona, essa Kika.

— Você não tem vergonha? Delinquente. Sua filha da puta. Um ano naquela porra e você não aprendeu nada? Seu lixo.

Quando o teor da gravação veio a público, o doutor Lauro pediu desculpas pelas palavras usadas. Declarou que estava muito "emotivo" e "irascível" naquele interrogatório.

— Só tô falando que ela mereceu. Você perguntou e eu tô respondendo, cara, tô sendo sincera, não é o que você quer? A real é que ela tava precisando de uma porrada naquele rostinho, fazia tempo que ela tava pedindo. Ela ameaçou, cara. Ia contar só pra me foder, certeza. Ela tava daquele jeito, querendo me enfrentar. Eu tentei pegar ela umas vezes antes, todo o mundo já sabia, ela sabia, ela tava se cagando de medo. Foi do caralho ver ela toda apavorada. Ela não ia fugir de mim daquele jeito... Sair com aquele filhinho de papai e achar que ia me deixar pra trás, me humilhar, como se eu fosse o papel higiênico que ela limpou o cu e deixou pra trás? E ainda ficar fodendo a minha vida com aquele joguinho de falar ou não sobre o que a gente tinha feito... Ela com aquela cara de filha da puta que eu queria tanto meter uma bica...

A gravação é interrompida aí. A Secretaria de Segurança Pública, que permitiu acesso ao material, diz que desconhece o motivo da pausa. "Possivelmente problema técnico", diz a justificativa.

No fim daquela quarta-feira, os jornalistas que haviam resistido do lado de fora acompanharam a saída de Pamela Guimarães e sua tia da Seccional. Avançaram para fazer perguntas. E viram muito bem que o rosto de Pamela estava marcado por um hematoma na testa.

Lacônico, o doutor Lauro Jahib declarou que a garota havia negado envolvimento no sumiço de Kika e no homicídio de Elaine, mas frisou que Pamela não tinha álibi. A polícia faria estudos para atestar se a silhueta assassina das câmeras de segurança poderia ser atribuída a Pamela. O delegado só não admitiu que dificilmente conseguiria alguma coisa desse estudo. Especialistas já tinham adiantado que a qualidade inferior da imagem condenava qualquer conclusão. Pela imagem, nunca saberiam se se tratava de um homem, uma mulher ou mesmo um disfarçando-se do outro.

Pamela acabou sendo mais uma naquela lista de suspeitos que não parava de crescer.

E havia ainda mais uma para levar sua cota de tomates naquele show de denúncias e humilhações.

# DEPOIS

Casa de Maria João

— Ele veio até a minha casa, o doutor Lauro, me contar o que tinha feito com a menina. Ele achou que eu ficaria feliz. Feliz, imagina? Aquilo foi... foi agressão, quase tortura, meu Deus do céu.

Maria João não sabia se deveria compartilhar aquelas informações com Conrado Bardelli. Por mais que desaprovasse as atitudes do doutor Lauro, não queria prejudicá-lo. Ele tinha se esforçado para encontrar Kika.

Conrado mostrou estar ciente de tudo:

— Existe um processo de agressão aberto na Corregedoria contra o doutor Lauro. Ele tá pagando por isso e vai ser investigado. Agressões desse tipo são muito sérias. Infelizmente, são também muito comuns. A senhora não tem mesmo que se sentir feliz.

— Como é que eu ia? Gente, fazer uma menina chorar. Não é normal. Ela pode até ter pecado como pecou, mas... Mas o objetivo não era saber se ela era culpada? Então, e ela não confessou nada, nada. Não serviu pra coisa nenhuma, aqueles socos e coisas horríveis do delegado.

— Confessar ela não confessou, mas até aí era a palavra da Pamela. — Bardelli gostava de se fazer de advogado do diabo. — Por exemplo: ela disse, dois anos atrás, que só tinha "agredido um pouco" a sua filha naquela noite, e não desfigurado o rosto dela. A senhora confia na palavra da Pamela?

— Mas como é que a gente vai julgar alguém sem ter nada contra?

— A senhora chegou a ver as imagens da câmera de segurança? Viu a menina de capuz?

Aquilo gerou um instante de desconforto. Maria João não gostava de pensar nessas imagens.

— Eu vi. Um negócio todo granulado. Não dá pra saber quem é quem.

— Pois é. Não dá pra ver nem a cor de pele da pessoa. Era um dia meio frio, gente de blusa...

— Ah, o senhor também viu as imagens?

— Vi. A senhora tem um lavabo que eu possa usar?

— Claro, ali.

Foi uma quebra estratégica. Conrado era bom de *timing*. Ao voltar para a cozinha, encontrou Maria João de pé, as mãos enfiadas no bolso do avental, os olhos de quem tem culpa para esconder.

— Eu sei que o senhor vai me perguntar sobre a relação das duas. Sobre a minha filha ser...

— A senhora sabe que não tem nada de errado, né? As pessoas nascem de uma forma e são assim pra vida toda. Esconder é pior.

— Eu fui ensinada desde pequena, me diziam que era pecado.

— Os tempos mudam. A senhora não tem que pensar nisso com tristeza.

— O que dói — ela voltou a falar baixo, com medo de ser ouvida — o que dói, seu Conrado, é ela não ter confiado em mim. Ela se relacionando com outra menina? Eu nunca imaginei que a minha filha fosse tão, tão...

— Dona Maria João.

— Eu sei. Eu aceitaria ela de qualquer jeito, ela é a *minha filha*. Por isso que eu não... eu fico chateada que ela... Sabe, o que custava? Uma consideração por mim. Única coisa egoísta que eu pediria. Eu sou mãe, eu morreria por ela, é claro que eu ia entender, eu ia ajudar.

— Exatamente por isso. A Kika não queria ajuda. Não queria misericórdia.

— Ela não confiou em mim. — Mágoa na hesitação. — Bom, eu fiz o meu papel. Eu levei ela com as freiras quando ela quis.

— Viu? A senhora ajudou, mesmo sem saber. Quando ela precisou de ajuda espiritual, ela foi atrás da senhora.

— É. Pensando bem, agora que a gente sabe de tudo, eu fico me perguntando se a minha Kika veio pedir pra ir na Igreja Católica comigo pra se limpar. Pra pedir absolvição daquela coisa feia.

# ANTES

Condomínio Bahia

Bartolomeu Ramalho foi solto na terça-feira, dia 10 de abril, mas sua filha não voltou para casa com ele, ao menos não de imediato. Pai e professores tinham combinado que seria melhor para Melina continuar na casa da professora Rosana, sem frequentar as aulas, até que os jornalistas deixassem de perseguir a família.

O ex-pastor não deu declarações no dia em que ganhou de volta a liberdade. As fotos nos jornais e as imagens gravadas pelas equipes de TV mostravam um homem depressivo que precisou da ajuda de uma mulher para se locomover até a entrada do prédio onde morava, o condomínio Bahia. Essa mulher era a doutora Lola, psicóloga de outros tempos e, agora, sua única amiga.

Na quinta-feira, Bartolomeu concordou em dar entrevista a um telejornal vespertino, desde que tivesse a chance de se pronunciar sem interrupções. Recebeu a equipe em sua casa e falou ao vivo com o âncora. Culpou a mídia, culpou as pessoas, "tão prontas a julgar o outro sem nem ter prova", e culpou especialmente a polícia.

— Eles me acusaram de uma coisa que eu nunca fiz, uma coisa que eu nem, eu nunca imaginaria fazer na vida. Eles exploraram o meu passado humilde. Eu sei que eu nem sempre fui um homem de Deus, mas eles pegaram essa parte da minha vida pra dizer quem eu sou. É uma mentira. A gente vive o que é, não o que foi. A doutora Lola, ela que me acompanhou, sabe dizer quem eu sou. Eu tenho os meus defeitos, todo o mundo tem uma coisa do passado, um arrependimento, mas a gente não é julgado por essas coisinhas. A gente não é humilhado por essas coisinhas. Eu fui. Eu fui xingado, humilhado, agredido por gente que achava que eu tinha feito alguma coisa com aquela menina. Uma menina que eu só conheci na casa de Deus. Eu levei uma chinelada na cabeça. Jogaram ovo e tomate em mim. As pessoas nem me perguntaram o que eu tinha a dizer. Nem me perguntaram.

O ex-pastor tinha razão em muito do que dizia. Tinha, de fato, sido julgado sem direito à defesa. Incitou a compaixão de telespectadores que o tinham julgado antes e que começaram a mandar mensagens de perdão e de autocrítica.

Mas Bartolomeu Ramalho não era tão santo quanto aparentava.

Naquele momento mesmo guardava para si um segredo que não imaginou que viria à tona no dia seguinte. Um segredo que ele considerava tão vergonhoso para seu sobrenome que teria preferido permanecer preso a contar a verdade.

# ANTES

Escola

Estávamos no intervalo entre aulas na sexta-feira, 13 de abril, quase um mês depois do sumiço da Kika e nove dias após o ataque à Elaine. As aulas só haviam voltado dois dias antes, quarta-feira, dia 11. O Sandrão tinha instaurado luto até aquele dia. Eu, de qualquer forma, não teria vindo antes. Meu trauma não permitiria.

    Na verdade, voltar às aulas soava tão inadequado quanto uma difamação à morta. Tinha gosto de alguma coisa que você sabe que não deve comer, tipo carne humana. Eu discordei do diretor e de todos os professores, não achava que deveríamos pôr os pés no Álvares antes do meio de abril. As paredes estavam manchadas de alguma coisa que não saía, havia um silêncio torturante de alunos que gritavam por dentro. Me fez criar aversão à escola onde eu tinha construído tantas boas memórias. O Álvares não era mais seguro: fato. E os alunos sabiam disso. Naquela sexta-feira, mais da metade das carteiras tinha ficado vazia. Parecia o último dia de aula.

    Enfim. Lá estávamos nós, os sobreviventes, simulando papéis de alunos nada abalados, fingindo que não líamos nenhuma daquelas matérias de página inteira dizendo que a Kika era bissexual e que esse era o segredo por trás de seu espancamento dois anos antes. As pessoas também fingiam não olhar para mim como se eu estivesse prestes a ter uma crise de agorafobia. Elas pensavam que um hospital psiquiátrico seria um lugar mais adequado para mim. A menina que viu a morte de perto. Não bastava o rosto ensanguentado da Elaine me observando durante a noite, eu tinha também que virar a nova aberração da escola. Passei a me esconder.

Talvez eu estivesse mesmo desenvolvendo um quadro de agorafobia.

Nos quinze minutos de intervalo, veio aquela urgência de fugir das pessoas. Fui com uma amiga pro pátio da frente, praticamente vazio. De lá, dava pra ver a rua por cima do muro. Estávamos imersas num silêncio constrangedor quando vi um homem de preto parado do outro lado da calçada. Eu já o tinha visto antes, só não lembrava onde. Um homem sério, alto, cabelo raspado, olhos escondidos pelos óculos escuros, apesar do dia nublado.

Minha amiga viu minha expressão e perguntou o que tinha acontecido. Devia estar com receio de que eu realmente tivesse algum transtorno psiquiátrico. Lá da rua, o homem sorriu. Fez um sinal de positivo com o polegar de uma forma que me assustou. Com o sorriso de lábios finos, doentio, ele me fazia uma pergunta de vida ou morte, *você já sabe de tudo, não sabe? Quer mesmo continuar, apesar do terror que vem pela frente?*

Eu desviei o olhar. Disse que estávamos sendo observadas. A minha amiga achou melhor entrar. Eu hesitei. Estava curiosa. Queria entender por que aquele homem queria se comunicar comigo. Olhei de novo e vi que ele começou a falar ao celular, a vista o tempo todo em mim.

O sinal tocou. Tomei um susto.

Eu voltaria a ver aquele homem uma hora depois. Estávamos na troca de aulas. A próxima seria biologia, no laboratório. Andávamos atrasadas pelos corredores do Álvares quando trombamos com três homens, um deles sendo o alto de óculos escuros. Deixei meu material cair. Deixei de propósito. Eu queria ouvir o que eles tinham a dizer pra dona Morgana, secretária do Sandrão, que os estava recebendo com um rosto de consternação.

Meu observador não tirou os olhos de mim enquanto eu pegava o material do chão. Espiei o crachá que ele deixava pendurado no bolso da calça. Lucas Groppi, investigador de polícia.

— ... porque ela não veio, ela não vem desde... Bom, desde que aconteceu aquilo com o pai dela — dizia Morgana.

— Informaram pra gente que a vice-diretora é que tá ajudando.

— Isso, a professora Rosana. Ela está na sala de aula, mas...

— Ela não pode vir aqui?

— Ela... A aula já começou, mas se é importante, eu acredito que ela possa abrir uma exceção. Eu preciso avisar o diretor.

— Então avisa. E traz a mulher aqui, tá?

Morgana saiu e deixou os homens esperando junto ao bebedouro. O que conversou com a Morgana olhou desinteressado para mim e minha amiga. Perguntou, já sabendo a resposta:

— A Melina veio hoje?

Respondemos que não com a cabeça e fomos embora.

Sentei-me na cadeira do laboratório com a sensação de que chegava a um necrotério. Tudo gelado, eu arrepiada. O cheiro de clorofórmio usado em aulas colaborou. Olhei para minha amiga e vi expressão semelhante. Estávamos as duas ligando os pontos, completando o pensamento uma da outra. Veio a resposta assombrosa, embora óbvia. Começamos a cochichar ao mesmo tempo, *eles estão atrás dela, eles descobriram, ela sempre foi estranha, o jeito que ela falou comigo aquele dia no ônibus, disse que queria que a Kika não voltasse, que a Kika tinha que aprender uma lição, falando das roupas que ela usava, que era do Diabo...*

— Algum problema aí atrás, meninas? Querem compartilhar o papo com a gente?

O professor Celso interrompeu a aula para nos dar essa lição de moral irônica. Era o mesmo professor que tinha acompanhado o passeio no dia em que Kika desapareceu. Na minha opinião, o Celso tinha virado um idiota desde então. Bruto, bem menos empático. Talvez ele pensasse que tinha parcela de culpa, já que o estudo do meio era invenção de sua disciplina. Que seja. Ele deveria ter maturidade para entender que não era só ele que sofria e que de nada adiantava descontar nos outros.

Foi por vingança que eu verbalizei em voz alta aquilo que tínhamos concluído:

— Eu só tava dizendo que não era com o pastor que a Kika tinha um caso. Era com a Melina mesmo.

Causei *frisson* e fui mandada para a diretoria. Que se dane. Eu já tinha virado a aberração da escola, não tinha?

# ANTES

Aterro

A sorte de Melina foi que a revelação estourou justamente no mesmo dia em que o amuleto da Kika foi encontrado no lixo.

No início da tarde, enquanto a filha de Bartolomeu era levada à Seccional, dois investigadores foram a um terreno no limite de Guarulhos com Itaquaquecetuba atrás de uma evidência que, apesar do pouco valor, dava vida à garota desaparecida. Não significava literalmente que Kika ainda respirava. Mas foi um raio de esperança.

O fio dessa história foi puxado de manhã por agentes do Ibama e da Guarda Civil Metropolitana de Guarulhos. Eles realizaram uma operação para desmontar aterros sanitários ilegais na faixa leste do município — uma tarefa com que estavam acostumados. Lixo e entulho rendem dinheiro ilegal aos montes em cidades onde falta infraestrutura.

O aterro onde baixaram já havia saído até em reportagens de TV. Guarda e Ibama interditaram o aterro, apreenderam três caminhões com entulho e multaram os motoristas. O dono não foi encontrado. Os agentes então se prepararam para ir embora. Sabiam que uma ação assim não tinha nada de corretiva; acabava sendo apenas um susto para os donos dos aterros — pelo menos, até eles tomarem coragem para voltar a seus negócios altamente lucrativos, fechando o *loop* do crime ambiental.

Mas a operação daquele dia teve um revés imprevisível.

— Já que vocês estão aqui, eu vou mostrar. Olha só.

Quem disse isso foi Dilson Nascimento Silva, morador de rua e catador de lixo. Ele era apenas um dos vários que passavam dias inteiros procurando qualquer coisa de valor naquela montanha de sujeira, como pombas atrás de migalhas. Os catadores estavam na ativa quando a Guarda chegou. Como catar lixo não é crime, Dilson e seus colegas foram apenas afastados do terreno. Ganharam um trocado para o café de um agente bondoso. Provavelmente esperariam os agentes virarem as costas para voltarem à tarefa de todos os dias.

Mas Dilson não voltou. Precisou ser levado ao DP. Tinha encontrado um item no lixo que fez os guardas municipais ligarem para a Seccional.

— Moço, eu preciso ir mesmo praquele lugar horrível? Eu já fui honesto de falar o que eu achei. Me deixa ficar aqui.

Mas não teve acordo.


Por volta desse mesmo horário, Melina Ramalho testava os nervos do doutor Lauro Jahib. Recusou-se a assumir qualquer relacionamento com Kika, a quem se referiu como "suja" e "pervertida" durante o depoimento.

— Deus pune os que pecam.

*Ela vai morrer, mas não vai assumir*, pensou Lauro Jahib. *Pode ter sido só um beijinho de nada, mas ela não vai assumir.*

— Foi curiosidade? Alguma atração? Isso é normal, a Kika é bonita. — Ele se fez de compreensivo, num dos poucos momentos em que não ergueu a voz. — Você pode me contar, sabia? Vai continuar sendo uma menina comum.

Nada saiu. Ele alternou para um tom mais austero.

— Você sabe onde ela tá? A gente faz acordos. Se você colaborar, não tem erro. Ninguém nem precisa saber o que vocês duas fizeram.

Só que a natureza de Melina era do isolamento. Do silêncio, da cara fechada. O delegado se recordou da primeira conversa com a garota e da forma como ela trancou o maxilar, desafiando qualquer um a fazê-la abrir. Foi aí que o doutor Lauro percebeu que nunca conseguiria uma confissão de Melina. Ele sabia que não. Para ela, assumir o lesbianismo — ou a bissexualidade ou a orientação que fosse — seria negar sua própria impressão digital.

Não existia Melina se não existisse castidade.

O delegado pensou em como devolver na mesma moeda. "Não quer falar? Não fala. Mas também não vai sair daquela sala", ele comentou para a equipe, deixando ordens claras para que não liberassem a menina. As contas dela com a polícia ainda não tinham sido pagas. A tática era vencer pelo cansaço. Ela que ficasse plantada enquanto resolviam outras diligências.

Uma dessas diligências foi a chegada de Dilson.

— Eu não queria vir. Não precisava. Eles me fizeram vir.

— Eu agradeço pelo senhor ter aparecido — disse Lauro, como se não ouvisse o morador de rua. — Só quero saber como aconteceu.

— É muito fácil achar coisa brilhante, sabe, doutor, coisa brilhante você vê de longe no meio do lixo. Eu vi, o idiota do Pulga viu também, mas eu cheguei primeiro, eu peguei na mão. Ainda bem, porque eu sei que o Pulga, ele não ia falar nada pra ninguém, não. Ele nem sabia quem era a Kika.

— Foi isso o que o senhor achou?

Dilson trazia entre os dedos um amuleto prata com aspecto de enferrujado. Ele se abria e revelava uma velha foto colada — o retrato de um homem abraçando uma criança pequena, uma menina. Só a criança sorria.

— Vira, doutor — instruiu o catador, sorrindo. — No começo, eu também não entendi.

No verso, cravado em letras caprichosas, o nome da dona:

— Algum caminhão que trouxe, doutor. Eu só achei. O que eu ganho com isso?

185 -

Ganhou uma refeição de uma padaria ali perto. Elise foi quem pagou.

— Isso não significa que a menina tá viva — disse ela na volta, ao encontrar o delegado.

— Eu sei. Mas significa que alguém jogou o amuleto fora, que tem alguém por trás disso. Mesmo efeito do colar. Se a Kika tivesse tropeçado, batido a cabeça e caído morta, isso não apareceria num aterro.

— Por que jogar no lixo um negócio desses? — Elise Rojas ficou fascinada por aquele artefato. — Uma peça prateada com uma foto. Se era pra se livrar, por que não derreter e vender? Pelo menos dava um dinheirinho.

O delegado deu de ombros.

— Talvez o sequestrador esteja jogando fora tudo o que ela tinha. E tinha que ser no lixo.

— Isso é um mau sinal. Se o cara joga fora as coisas dela, é porque ela... bom... — E deixou a sugestão morrer, esperando matar também o azar.

— Calma, uma marcha de cada vez. Não atropela as coisas. — *Eu já tenho feito isso demais*, ele pareceu dizer na longa pausa. — Quem sabe só jogaram fora por causa desse homem na foto.

Um homem e uma menina se abraçando. Só ela sorrindo.

— Bom, acho que não resta muita dúvida de quem ele seja.

— O pai da Kika. Parece que sim.

Elise procurou mais hipóteses.

— Conflito com o pai morto, será? Algum inimigo daquela época? Quando foi que ele morreu mesmo? 2001? — Elise saiu andando pela sala, procurando os papéis do inquérito. — Tô viajando, doutor?

O delegado riu e xingou a chefe dos investigadores.

— Nem vem. A gente já tem rolo demais com relações conturbadas entre pai e filha.

# ANTES

Delegacia

Lauro Jahib só voltou a conversar com Melina à noite, seis horas depois de tê-la deixado de molho. Durante esse tempo, a professora Rosana chegou a dormir na cadeira. Ela é que acompanhava a menor no depoimento — Bartolomeu, ao saber da notícia, disse que não poderia comparecer. Não atendeu telefone, não saiu de casa. Parecia que Melina era órfã.

— Um absurdo o que eles tavam fazendo com a Melina — diz Rosana. — Dava pra ver que era de propósito. Se nem os repórteres que estavam lá fora aguentavam mais, imagina a coitada.

Quando foi colocada de frente com o doutor Lauro novamente, Melina já não tinha mais energia para manter a barreira impenetrável de antes. O fim do depoimento foi marcado por seu silêncio exaurido — que, aos ouvidos do delegado, soou como uma anuência constante.

— Você assume que tinha um caso com a Kika?

— ... eu...

— Vocês duas se encontravam na sala do seu pai, dentro da igreja, durante os cultos? Tiveram relações sexuais?

— ...

— A Kika ameaçou contar?

— ...

— Parece que o assunto é um problema muito grave pra você. Um tabu.

— ... eu nunca fiz nada. Eu não sou pecadora igual a ela. Ela é que fazia. Ela foi pro inferno.

— *Foi?* Você já mandou ela pra lá?

— ...

— Engraçado como as pessoas falam da Kika no passado. — Silêncio. — A Kika fez isso com outra menina antes, sabia? Chantagem. Ela ameaçou contar sobre um relacionamento que as duas tiveram, Melina. Naquele ano, deu em espancamento. E você, respondeu de alguma forma?

— ...

— Você por acaso usou um moletom com capuz no dia 4 agora, Melina? É você nesta foto aqui?

O doutor Lauro exibiu uma folha de papel com a silhueta vista nas câmeras de segurança. Melina analisou aquela figura por muito tempo. Pela primeira e última vez manifestou um rastro de agitação. Foi como se a epifania viajasse pela ponta de sua língua, aprontasse as palavras, mas voltasse para dentro antes de deixar vestígio de sua vinda. O delegado detectou isso e tentou de tudo, mas foi incapaz de extrair.

— Eu levei a Melina embora era mais de meia-noite — finaliza Rosana. — Foi insuportável. Aquele homem era diabólico.

Durante todo o final de semana, jornais especularam qual seria a conclusão da Polícia Civil. O caso completaria um mês na segunda-feira seguinte, prazo para que o inquérito fosse concluído ou prolongado. A coluna do jornalista especializado em polícia Edson Mendes, publicada na *Gazeta Urbana* do domingo, 15 de abril, trazia informações de "fontes próximas ao delegado". Elas afirmavam que o doutor Lauro agora estava certo sobre a culpa de Melina Ramalho. Assim como qualquer outro meio de comunicação, aquele não trazia o nome de Melina por princípio jornalístico. Menores são protegidos em casos assim.

A incapacidade da menina de negar seu envolvimento nos crimes é o motivo que leva o delegado a considerá-la a principal suspeita. Com popularidade em baixa após a prisão de Bartolomeu Ramalho, Lauro Jahib percebe que um bom modo de recuperar sua boa fama é dando uma resposta rápida e satisfatória à sociedade. Ele cogita apontar a menor como a responsável no fechamento do inquérito.

Jahib chegou a consultar, no sábado, o promotor Carlos Gurian para saber como o Ministério Público reagiria a essa decisão. Em resposta, recebeu pedidos de cautela por parte do promotor, que afirmou que o inquérito ainda não levanta provas suficientes contra a acusada. Mais: não fosse a prisão errônea de Bartolomeu Ramalho, o delegado até conseguiria impor sua vontade.

Gurian também se disse preocupado com a falta de pistas sobre o paradeiro da menina Kika. O delegado precisa concluir, por exemplo, se ela está viva ou morta. Se morta, onde está o cadáver; se viva, onde é mantida em cativeiro. Terá que lidar com o problema dos álibis, já que relatos indicam que a atual suspeita esteve sob a vista de professores e colegas durante a excursão escolar. A sociedade ainda espera uma explicação sobre como Kika foi parar no casebre da residência vizinha.

Na segunda-feira, após um mês do desaparecimento de Francisca Silveira do Carmo, a polícia anunciou que o inquérito estava sendo prorrogado por mais um mês, ou quanto tempo mais fosse necessário. Ninguém era considerado culpado ainda.

# ANTES

Obsessão

A partir daí, os ânimos só foram esquentando.

Os dias passaram e a falta de novidade do caso serviu para aumentar o estresse na Seccional e nas rodas de conversa pela cidade. Por onde você andasse escutaria a descrença e a irritação na voz das pessoas. Kika já era dada como morta por consenso. Ninguém acreditava que a polícia avançaria para além daqueles suspeitos já conhecidos, e nada havia de concreto contra eles.

O defensor público Milton Gilvanete, braço direito de Maria João durante aquele período, postou em seu Twitter:

A reputação de Lauro Jahib virou uma foto amarelada, envelhecida. De delegado precipitado, passou a funcionário público incompetente. Tentou ignorar a cobrança desmedida, mas era impossível ignorar as mensagens nas redes sociais e pichações como aquela no muro do Colégio Álvares de Azevedo. *Cadê Kika? Cadê Justiça?*

Na busca por qualquer resultado, o doutor Lauro pressionou sua equipe. Trabalharam em cima de Melina. Questionaram novamente todos os colegas de sala a fim de saber se ela não tinha dado uma escapada durante a excursão, ou se ela havia saído da casa da professora Rosana no dia do ataque a Elaine.

— Eu saí de manhã naquele dia, como sempre — respondeu Rosana, em seu segundo depoimento. — Deixei a Melina com a empregada em casa. A empregada ficou o tempo todo na cozinha e não viu a Melina sair.

— Mas a sua casa é térrea. A garota pode ter fugido pela janela do quarto.

— Nossa, sério, doutor? O senhor acha mesmo?

A última notícia do mês sobre o caso foi do dia 30 de abril, véspera de feriado. O delegado contou ao *Guarulhos Agora*\* que havia participado de uma reunião com o promotor e garantiu avanços.

"As pistas vão surgir, uma hora ou outra", disse o delegado. [...] "É diferente de um caso de homicídio, em que nada muda em relação ao morto. Se a polícia não consegue provas concretas, o inquérito vai se estendendo pra sessenta dias, depois noventa, cento e vinte, até arquivar. No caso de desaparecimento, podemos ser mais esperançosos, porque a vítima pode ainda estar viva. Eu estou crente de que a Kika está viva, sim, e possivelmente nas mãos de alguém. Uma hora, esse alguém vai deixar passar alguma coisa."

O jornalista Haroldo Silva, que fez essa entrevista e cobriu o caso, diz que o temperamento de Lauro Jahib tinha mudado muito desde o início do inquérito.

— Nesse dia, o delegado tava me dando entrevista na sala dele, falando sobre as expectativas, os fracassos, e de repente ele começou a chorar. Chorar de verdade, de soluçar e molhar o colarinho da camisa. Ele pediu desculpas, tomou uma garrafa inteira de água e me implorou para não incluir aquilo na matéria.

A Kika tinha virado uma obsessão para Lauro Jahib.

---

\* "Polícia acredita que Kika está viva." *Guarulhos Agora*, 30 de abril de 2012.

# ANTES

Botas

No dia 4 de maio, sexta-feira, uma senhora chamada Zileide Nunes visitou o 5º DP de Guarulhos e pediu para falar com quem quer que fosse responsável pelo caso do desaparecimento de Kika.

— Eu tenho uma coisa pra dizer, ah, se eu tenho — tinha um sotaque nordestino carregado, segundo o atendente.

Ela foi orientada a seguir para a Seccional, Setor de Homicídios. Lauro pediu que um de seus subalternos falasse com ela. A tarefa ficou para o investigador Vinícius Cony, que gravou a conversa.

Dona Zileide se apresentou como uma empregada doméstica recém-demitida...

— ... e pronta pra colocar a boca no trombone.
— É alguma coisa sobre a menina desaparecida?
— Ô, se é.
— A senhora conheceu a menina?
— Mais ou menos, mas eu sei quem foi que pegou ela. Foi um menino tão lindo, coitado, eu amava ele. Ele não tem culpa de ser filho daqueles dois.
— A senhora parece que veio por revanche. — Vinícius foi muito sincero. Duvidou que aquela senhora tivesse algo de útil para dizer.
— Tipo vingança? — Zileide ficou ofendida. — O senhor sabe quanto tempo eu passei naquela casa? Aquela família, o quanto eu cuidei dela. Dei o sangue. O café da manhã pontualmente às cinco e quinze na mesa. Não atrasei um dia, ó, um dia. O seu Gregório, ele não gosta de atraso. Mas quer saber de uma coisa? Eu não gosto é de desrespeito.

Aquela bruxa, me dizendo que queria me demitir faz anos, que só faltava oportunid...

— Quem é Gregório?

— O senhor não ouviu o que eu disse? É o meu patrão. *Era*.

— Gregório quem? Quero saber o que tem a ver com a menina desaparecida.

— Gregório Assunção. "A Família Assunção" — pronunciou como um slogan. — Os *perfeitinho*. Fazem de tudo pra parecer, sabia? Quero ver a cara daquela insuportável quando todo mundo ficar sabendo que o filhinho dela sequestrou uma menina.

— Como se chama o filho dela?

— O Rodolfinho. Um coitado na mão deles. Mas bobo ele não é. Engana os dois direitinho.

— Rodolfo Assunção? Sei. Ele estudou com a Kika.

— Sei lá se estudou com ela.

— Eu tava afirmando, não perguntando.

— Ele dava uns *malho* nessa Kika aí, ô se dava. Iam os dois pra casa e ficavam *trancado* no quarto dele, escondido daqueles dois pais *idiota*.

— E por que a senhora diz que ele...

— Que ele pegou a menina? Por causa da bota.

— Que bota?

— O menino tinha uma bota, dessas marrons, que os *rico* usa pra caminhar. A mãe mandou comprar faz um ano. Saiu se achando pros *vizinho*. Dizia que o menino ia viajar pra Austrália. Uns *lugar* com montanha.

— O que isso tem a ver?

— Não disseram no jornal que o criminoso, o sequestrador usou bota?

Veio num estalo. As botas sujas de lama que Geraldo Torquato havia entregado ao doutor Lauro no final de seu depoimento. "Eu achei. Tavam jogadas num canto do meu terreno", dissera Geraldo à época.

— Tá, mas o que garante que a bota do sequestrador é do Rodolfo? — Vinícius perguntou.

— Filho, a bota do Rodolfo sumiu. Eu mexi no guarda-roupa do menino todo santo dia nos últimos quinze anos. A bota, ela sumiu faz tipo um mês. Eu nem tinha ligado uma coisa com outra coisa. Perguntei pra ela, pra dona Megera, ela me deu um come de rabo, mandou eu ficar no meu lugar. Aí um tempo atrás eu parei, olhei pra mim mesma no espelho e disse: "Sua burra, não disseram que a polícia achou a bota do homem? E o Rodolfo tinha uma bota? E essa bota sumiu? E o Rodolfo conhecia a menina?".

— Por que a senhora demorou tanto pra procurar a gente?

— E eu sou mulher de trair os *outro*? Só quando me esfaqueiam pelas costa.

Quando ficou sabendo de tudo isso, o doutor Lauro Jahib pediu uma nova entrevista com Rodolfo Assunção e seus pais. Compareceram à delegacia três dias depois, segunda-feira. A mãe, Silvana, se exaltou ao ouvir do que se tratava o assunto. *Delegado, delegado, delegado.* O marido, Gregório, mandou-a calar a boca — com essas palavras — e se dirigiu com firmeza ao doutor Lauro.

— Não vou dar uma de educado, melhor ser direto. É o seguinte: o senhor com certeza compreende a nossa situação. Demitimos a empregada por justa causa, incompetência dela, e ela quer se vingar.

— Então o senhor me diz que não tem bota nenhuma?

— Não tem, nunca teve.

— O seu filho nunca viajou para a Nova Zelândia e praticou... como é que chama?

— Hiking — respondeu o próprio Rodolfo. E petrificou, como se tivesse apertado o botão da cadeira elétrica sem querer.

Lauro riu.

— Obrigado, Rodolfo.

— Ele foi à Nova Zelândia sim e pode ter feito algum esporte lá, mas...

— Eu imprimi essas fotos que o seu filho postou no Facebook. Ele nas montanhas. Ele no ônibus com outros turistas. O tempo todo usando essas marronzinhas nos pés.

As botas encontradas na chácara de Geraldo estavam agora no chão, ao lado da mesa. Um dos policiais tinha passado um pano para tirar a lama, mas elas continuavam cobertas de poeira. Lauro colocou-as sobre a mesa e estendeu as fotos em cima.

— Vai, olha o senhor mesmo. Das fotos pra original. Convenhamos: é a mesma bota.

— Coincidência. Obviamente a marca fez mais de um par.

— Quer que eu teste no pé do seu filho? Cinderela?

— Tudo bem, ele fez hiking, comprou a bota lá, mas nem trouxe pro Brasil.

— Ah, não?

— Mala cheia. O senhor já viu como é essa molecada indo pra intercâmbio? Pegam um frio e um calor que a gente não sente por aqui. Melhor comprar toda a roupa lá.

O delegado anotou, chacoalhando a cabeça, *claro, claro*. Em seguida:

— O senhor sabe quais são as consequências de mentir num caso desses?

— Claro que sei. Nenhuma. Mentir num inquérito policial não é crime previsto em lei.

— O senhor é bem informado.

— Sou advogado.

— Certo. Então vamos esperar chegar à justiça pra ver se o senhor mente em tribunal.

— O senhor fica cismando que a gente mente. Essa história da bota, ela não passa de uma grande coincidência. Uma história fabricada por uma coitada que não tem onde cair morta.

Todas essas informações foram incluídas no inquérito policial.

# ANTES

Chácara

Na quarta-feira, 9 de maio, chegou ao conhecimento do doutor Lauro que Geraldo Torquato mandara demolir a casa da chácara — inclusive o depósito onde Kika havia sido prisioneira. Virou tudo um terreno baldio. Geraldo não precisava dar explicação a ninguém; o lote, afinal, já tinha passado por perícia muito antes.

Ainda assim, o empresário respondeu de prontidão ao telefonema do doutor Lauro. Com a mesma simpatia forçada de antes, ele confirmou a demolição.

— Ah, uma chácara no campo não tem nada a ver comigo. Nada. Eu disse isso pro senhor naquele dia, tá lembrado? Eu acho que todo esse infeliz episódio serviu pra me convencer a desapegar de vez. Meus falecidos pais que me perdoem. E eu não sei que tipo de criminoso passou pelo meu terreno, né? Melhor passar a borracha em tudo de uma vez.

— Como vai a namorada?

— Noiva. Vai muito bem.

— Vão casar? Achei ela tão... novinha pra casar. Até estranhei naquele dia.

Geraldo hesitou. Então, começou a rir.

— O senhor. Não perde a oportunidade. É o desespero batendo na porta? Eu tenho lido os jornais. Boa sorte.

# ANTES

Depressão

As imagens das câmeras de segurança da rua Cristóbal Cláudio Elilo foram exaustivamente analisadas. A polícia não teve êxito em identificar a menina de capuz, se é que era uma menina. O doutor Lauro não se conformava. Ele socava a perna em momentos de descontrole e resmungava que era "o maior azarado do mundo". Essa frase virou seu lema. Gastava aos ares, junto com dúzias de palavrões.

— Ele se transformou num cara que se irritava com qualquer coisa — me disse um membro da polícia que não quis se identificar. — Na época, achávamos que o doutor se dizia azarado porque uma câmera com qualidade um pouquinho melhor seria capaz de identificar a pessoa. Mas é só o que eu acho, porque o doutor já não contava mais nada pros outros. Virou um túmulo.

Apenas um homem que aparecia nas câmeras de segurança não tinha sido identificado ainda. Era um senhor de cachecol que passou duas vezes pela rua olhando para o terreno onde hoje é o parque Vilanova Artigas.

— Nunca vi este homem na minha vida — respondeu o síndico do condomínio Espírito Santo, famoso por saber da vida de todo o mundo do bairro.

Uma emissora de TV produziu uma reportagem para falar da nova "descoberta" — termo que o telejornal usou somente para requentar a notícia que não tinha nada de grande valor. Usaram a imagem do homem e reproduziram uma fala do delegado pedindo que ele se apresentasse.

— Este senhor tem que se explicar. Por que estava passando na hora do crime? Por que não parava de olhar pro parque? Ele viu alguma coisa? Acobertou alguém?

A verdade o delegado sabia muito bem: o pedestre não tinha a menor obrigação de justificar nada. Era apenas um homem passando e olhando para o lado. E daí que usava um cachecol escondendo parte do rosto? E daí que nunca tinha sido visto por lá?

Lauro Jahib estava pescando botas. E ficava feliz a cada novo exemplar, achando que elas poderiam substituir peixes.

De certa forma, Maria João era culpada. Alimentava a ansiedade do delegado. Ligava quase que diariamente ao Setor de Homicídios. Nem sempre era atendida. Havia dias em que o delegado a deixava esperando na linha e ia fazer outra coisa. Em outras ocasiões, aquelas em que tinha novidades, ele atendia a mãe carente e lhe contava tudo em detalhes. Acabaram virando confidentes: um, desesperado por ajudar e ser notado; a outra, ávida por uma razão para sobreviver à depressão.

A ansiedade de duas pessoas mantinha Kika viva.

Maria João chorou ao pegar em suas mãos o amuleto prateado encontrado no aterro.

— Ela sempre mantinha isso na carteira, ela e o pai, minha Kika e o meu Manuel. É o único jeito de fazer a Kika se lembrar dele, falando sobre esse amuleto. Eles se amavam tanto, tanto... Como dói. Eu fico me perguntando se eles estão juntos agora...

— Juntos? — perguntou o delegado.

— Os dois. Com Jesus, lá em cima.

Nesse dia, dispensada pelo delegado, Maria João saiu falando pela delegacia para quem quisesse ouvir. Os policiais começaram a duvidar de sua sanidade.

— Tem dia que eu não aguento de solidão. Eu subo pro quarto da minha Kika. Eu deito na cama dela. Eu fico olhando esse bilhete, tentando adivinhar quem era ele, esse homem que ela pensava tanto.

A mãe se referia ao bilhete que a polícia tinha apreendido e que Maria João pegara de volta:

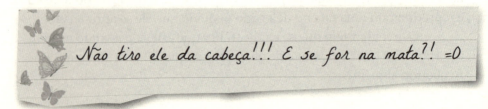

# ANTES

Alcoólatra

No domingo seguinte, 13 de maio, o toque do celular acordou o doutor Lauro e sua esposa. Quem ligava era um escrivão de plantão no fim de semana.

— Desculpa interferir na folga, doutor. Eu tava falando com o Cesão de Mogi, sabe quem é? Ele disse que tem uma pessoa que talvez a gente queira ver. Foi parar lá no DP deles.

Bem cedo naquela manhã, uma chamada ao 190 havia levado dois policiais militares a um bar numa área rural de Mogi das Cruzes. A denúncia era de uma mulher de trinta anos, recém-divorciada, dizendo que havia um homem investindo contra ela. O que os policiais encontraram dentro do bar imundo foi mais do que um simples *investimento*. Eram cenas de abuso sexual e com mais de uma vítima. O suspeito, que tinha virado a noite bebendo, estava às seis da manhã agarrado a uma jovem de quinze anos. Ambos bêbados. A diferença era que o álcool nas veias dele provocava agressividade; nas veias dela, uma tendência ao desmaio.

O homem foi imediatamente detido e levado ao distrito policial. O dono do bar explicou que aquela situação era recorrente, mas nenhum homem tirava satisfação com o sujeito porque todos sabiam que ele andava armado e constantemente ébrio, combinação que resultava em violência fácil. Ninguém queria arranjar briga com ele.

O doutor Lauro ficou surpreso ao ver que o homem detido na cela do DP era Lúcio Pineda, o fazendeiro em cuja propriedade Kika tinha desaparecido. No momento em que Lauro chegou ao DP, Lúcio dormia.

Roncava sua embriaguez. A comerciante de trinta anos que havia ligado para a polícia estava esperando o boletim de ocorrência ficar pronto. Chamava-se Hosane Passos. Ela disse que já tinha visto o abusador antes, mas nunca havia sido atacada por ele.

— É verdade, ele *sempre* tá bêbado. Não parece, mas tá. Vinte e quatro horas por dia. É um alcoólatra. A diferença é que ele faz isso geralmente com menina nova. Desta vez, veio se engraçar comigo. Eu não deixo mas é nunca.

— Então ele já abusou de outras mulheres antes?

— Ele? Mínimo de uma por semana, meu doce.

# ANTES

Dois meses

Outra manhã em que o doutor Lauro foi acordado pelo toque do celular foi a do dia 16 de maio, quarta-feira.

— O senhor pode falar? — uma voz feminina, doce demais para uma manhã tão escura e gelada.

— Maria João?

— É. O senhor me desculpa interromper o sono. Seu e da sua esposa.

— Aconteceu alguma coisa?

— Não, não. Eu fiquei aqui pensando, ligo ou não ligo pro doutor? Tô acordada desde as quatro. Fiquei com o celular na mão e quando vi já tava ligando. Mas agora... eu acho que não deveria ter feito isso.

— Tudo bem.

Em outros tempos, com outras pessoas, o doutor Lauro teria explodido de raiva. Mas Maria João não era mais como qualquer pessoa.

— O que a senhora quer?

— O senhor é muito bondoso. Eu liguei porque o senhor não me liga há um tempo, uma semana, acho. O senhor não tem a menor obrigação, até parece, eu sei muito bem que o senhor fica todo cheio das coisas com aquele monte de papéis. Mas é que eu fico o dia todo ao lado do telefone. Eu fico esperando, sabe, doutor Lauro? Eu fico esperando o dia em que ele vai tocar e eu vou ouvir uma *grande notícia*. É tão estranho, é tão... angustiante. Eu não aguento, não. Eu disse pra mim mesma que eu precisava ligar senão ia explodir. — Uma pausa. — Tô falando demais. Que boba. Hoje faz dois meses, não sei se o senhor lembra.

— Lembro. Não tem um dia que eu não conte.

O doutor podia jurar que os olhos de Maria João estavam molhados. O oceano novamente, entre idas e vindas.

— A senhora procurou aquele psicólogo?

— Procurei.

Ela mentia mal até pelo celular.

— Por favor, não pensa em nenhuma loucura, dona Maria João. Tá bom?

— Loucura?

— Eu imagino o que a senhora tá passando. A tristeza. Os pensamentos ruins.

Ela respondeu com firmeza:

— O senhor tá enganado. Eu só aceito morrer depois de descobrir o que aconteceu com a minha filha. Eu não vou deixar as coisas assim. Eu faço o que for preciso. Até com as minhas próprias mãos.

— Procura o psicólogo. Por mim. Por favor.

— Tudo bem. Pelo senhor. O senhor não vai abandonar minha menina, vai?

— Nunca.

Sessenta dias de investigação. Outro prolongamento do prazo do inquérito foi pedido, e o doutor Gurian, promotor, demonstrou grande dose de incerteza em relação a tudo o que vinha acontecendo. Não foi diferente com o juiz de direito. Ele relutou muito e acabou concordando com a extensão do prazo somente por causa dos eventos recentes. Disse na decisão que "alguns eventos, apesar de inconclusivos, podem orientar o inquérito caso sejam bem investigados" — fatos como o alcoolismo de Lúcio (que botava em xeque seu depoimento original), as botas de couro Nobuck (supostamente de Rodolfo) e a demolição da chácara de Geraldo Torquato.

# ANTES

Bullying

Tínhamos virado farsantes profissionais.

Quarta-feira, sessenta dias do desaparecimento. Fingíamos com maestria não lembrar a data. Até a Melina voltou às aulas com a maior discrição, o rosto monótono de quem nunca foi arduamente questionada pela polícia, o comportamento correto de uma santa que nunca beijou, que dirá outra menina. Se um visitante viesse conhecer o Álvares naquelas semanas, garantiria que nada tinha acontecido naquela escola.

A única voz dissonante era do Edu Ramoña, eterno apaixonado pela Kika. Ele escrevia poemas para ela durante a aula. Levantava a mão e fazia comentários sobre a menina que nada tinham a ver com as disciplinas. Era uma pedra no sapato que os professores faziam de tudo para expulsar. Os alunos começaram a responder com *bullying*. Toda vez que o Edu falava, faziam "shh", não importava o que ele dissesse. Ele não tinha voz, não podia ter voz. No box de um banheiro masculino, alguém tinha desenhado uma pamonha se masturbando sobre o cadáver de uma menina. Os faxineiros tentaram apagar, mas a tinta não saía.

— Não, tudo bem. Eu já sei que essas pessoas são chorume, são a escória da humanidade — ele falava para o umbigo, simulando indiferença. — Antes a perseguição era com a Kika. Claro que eles precisavam de um novo alvo.

O Edu levou cartazes com fotos da Kika naquele dia 16 e os pendurou no ginásio sem perguntar se poderia. Queria copiar as homenagens de antes. O professor de educação física, Fábio Kamara, pediu que

Eduardo retirasse aquilo para as aulas de futebol de salão. Fábio diz que pediu com todo o tato. Mesmo assim, Eduardo não só negou como abriu um berreiro, dizendo que não deveriam se esquecer da Kika. Colocou-se no caminho dos cartazes. Fábio perdeu a paciência e mandou o aluno rebelde para a sala do diretor.

Dali a alguns minutos, o próprio Sandrão apareceu no ginásio. E foi a vez dele de encontrar tato para pedir que o jogo fosse interrompido.

— É só mudar o local da aula. Não pode ser?

Como resposta, o diretor recebeu um discurso que já ouvira de outros professores.

— Sandro, não dá pra ficar parando as aulas todo mês pra lembrar que...

— Eu sei. É só mais por enquanto. O machucado ainda tá recente.

— Eles têm que aprender que os machucados cicatrizam.

— Eu e você, a gente sabe disso. Mas é diferente quando você tem dezesseis anos.

— Você por acaso ouviu o que estão dizendo desse moleque por aí?

— O mundo inteiro já foi no banheiro masculino ver o desenho no box. Fábio, por favor, é só mais tempo. Só isso.

— Mais tempo pra quê? Você acha que a menina vai aparecer? Nem a mãe dela tem esperança mais.

Os sussurros pelo colégio: *A Kika morreu. Ela pertence ao passado. Siga em frente. Esqueça.*

— Ela não volta, Sandro — completou Fábio, antes de dar as costas. — É duríssimo assumir isso. Mas cara, chega. Chega. Ela se foi.

Fábio estava errado. Fábio e aquele colégio inteiro. No domingo seguinte, todos eles ficaram embasbacados pela notícia. A Kika estava viva. E a Kika voltou.

# O DIA

20/05/2012
Casa na Vila Barros

A transcrição do telefonema feito no domingo, dia 20 de maio, foi anexada ao inquérito.

13:34 — Telefonema ao Centro de Operações da Polícia Militar (COPOM)

**Cabo Veridiana Silva:** Polícia Militar, cabo Veridiana falando, como posso ajudar?

**Simone:** Moça, é o seguinte: alguém precisa vir aqui o quanto antes pra calar a boca dessa mulher.

**Cabo:** Senhora?

**Simone:** Tá uma gritaria, uma louca gritando desde cedo, parece que tá aqui na minha porta. Em pleno domingo essa baixaria.

**Cabo:** Qual é o nome da senhora?

**Simone:** Pra que meu nome?

**Cabo:** É padrão.

**Simone:** É Simone. Simone Andrade.

**Cabo:** Então reclamação de barulho?

**Simone:** Mulher gritando sem parar, insuportável, insuportável.

**Cabo:** É a vizinha da senhora que está gritando?

**Simone:** Eu não sei qual casa. Se fosse pra sair na rua e ir descobrir, eu não ligava pra polícia.

**Cabo:** Me fala a sua rua.

**Simone:** Rua Carlos Korkischko. K-O-R-K-I-S-C-H-K-O. Vila Barros. Pelo amor de Deus, manda alguém pra cá.

**Cabo:** A senhora disse que a mulher está gritando desde cedo?

**Simone:** É pirralhada que fica fazendo churrasco com droga e bebida. Proibi o meu filho de ir num desses. E aí fazem na minha rua.

**Cabo:** Já vou estar informando uma equipe para comparecer ao local.

**Simone:** Isso, querida. Eu vou lá quando eles chegarem. Quero ver. Tchau.

A segunda ligação foi feita pela mesma denunciante, Simone Andrade.

**14:37** — Telefonema ao Centro de Operações da Polícia Militar (COPOM)

**Soldado Lucas Liovani:** Polícia Militar. Qual é a sua emergência?

**Simone:** Gente, cadê vocês que não chegam na minha rua? Eu liguei aí faz mais de uma hora. Cadê a menina que falou comigo? Estou achando que ela não anotou a minha denúncia.

**Soldado:** Qual é a sua denúncia?

**Simone:** Uma louca que não cala a boca na minha rua. É o fim do mundo. A gente liga pra Polícia Militar pra receber ajuda e ninguém aparece.

**Soldado:** Seu nome?

**Simone:** De novo meu nome? Meu Deus. É Simone Andrade, olha aí no seu sistema.

**Soldado:** Um minuto.

**Simone:** Você vai mesmo me deixar esperando? Eu moro na rua Carlos Korkischko, uma rua residencial, onde as pessoas gostam de paz no domingo. É só mandar um raio de um policial pra cá.

**Soldado:** Eu estava verificando. A viatura já está a caminho.

A viatura chegou à rua Carlos Korkischko às 15h05. Simone Andrade estava no portão de casa chacoalhando as mãos. Os dois policiais militares desceram do carro — um com ascendência árabe, mais novo, e outro acima do peso, mais velho. A denunciante, de roupão, bateu no ouvido e disse:

— Estão ouvindo? Olha o absurdo. Essa gritaria desde de manhã.

O sargento Nestor Moreira pediu as informações para Simone. Seu companheiro, o cabo José Henrique Ibraim, começou a ir de um lado para o outro da rua. Ele conseguia ouvir os gritos, mas eles pareciam afastados. Concluiu que provavelmente não deveriam vir daquela rua. Talvez da rua de trás, o que significava que Simone estaria escutando tudo pelo quintal.

O cabo Ibraim provou-se certo. Ele e o sargento Moreira se dirigiram à rua Fonte Boa, via paralela cujas casas davam de fundos para a rua Carlos Korkischko, e começaram a procurar qual residência seria muro com muro com a de dona Simone.

— Acho que essa. Uma vez meu ex-marido veio aí porque a bola do nosso filho tinha caído na casa de trás.

A casa em questão era talvez o sobrado mais bonito da rua. Bem cuidado, de paredes amarelas e varanda no andar de cima, provavelmente onde ficava a suíte principal. Havia um pequeno jardim na entrada e um carro estacionado. O grito, apesar de mais baixo naquele ponto, definitivamente vinha lá de dentro.

— Festinha no porão — apostou o sargento Moreira, bem na hora em que o vizinho, um senhor de setenta anos, saía de casa.

Era o tabelião Horácio Lutz, de rosto grave.

— Então alguém veio ver essa gritaria?

— Desde quando o senhor tá ouvindo?

— Ah, faz tempo...

— E por que não ligou pro 190? Quando for assim, tem que ligar.

— Mas eu sei que não adianta. Numa dessas, a gente até se indispõe com os vizinhos. A gente não sabe do que as pessoas são capazes.

— Quem mora aqui já pareceu perigoso pro senhor? — Moreira indagou.

— Ah, não, nada disso, é um pai de família, homem muito educado. De vez em quando falo com ele. Mudou praí faz quanto, uns dois, três anos? Veio depois de se separar. Os filhos vêm visitar às vezes. Faz tempo que eu não vejo eles.

Durante a conversa, o cabo Ibraim tocava em vão a campainha da casa amarela. Se havia alguém lá dentro, devia ser apenas a dona daqueles gritos.

Foi um momento em que o cabo e o sargento precisaram se reunir para debater o que fariam. Ambos sabiam muito bem que entrar naquela casa sem permissão do proprietário seria contra a lei. Por outro lado, aquele grito poderia ser indício de perigo, o que justificaria uma transgressão.

Ibraim percebeu que o portão da frente estava destrancado. Empurrou-o e deu um passo para dentro.

— Olha ali, sargento. A porta de entrada também tá só encostada. Estranho.

Logo pensaram que poderia ser um assalto que tinha dado errado e deixara uma vítima. Ou uma refém.

— Alguém aí dentro? — perguntou o sargento Moreira em voz alta.

Ninguém respondeu. Entraram sem pensar duas vezes, armas em punho. Atravessaram o jardim, passaram pelo carro — um Honda Civic prata — e pararam no batente da porta principal. Deram uma boa olhada no que os esperava lá dentro. O primeiro cômodo era uma sala ampla com sofás, televisão, mesa de jantar e uma cozinha integrada ao fundo. O que logo saltava aos olhos era o bom gosto dos móveis e a arrumação.

Lá dentro, os gritos eram mais fortes, mais distintos.

— Por... favor... ajuda... favor...

Quem quer que estivesse dizendo aquilo havia se condicionado a repetir aquelas mesmas palavras por horas até que fosse ouvida. Dava pra sentir o cansaço no timbre.

Moreira e Ibraim empunharam armas e avançaram para a cozinha. Depois dela, havia um corredor que levava a uma despensa, uma lavanderia, um banheiro apertado e uma porta para os fundos.

— Acha que a gente tem que chamar reforço? — indagou o cabo.

— Talvez. É. Chama.

Moreira avançou enquanto Ibraim acionava a central. A porta dos fundos estava destrancada, com a chave no trinco. Abriram e passaram para um quintal estreito, sujo e sem cor, com os pisos de pedra quebrados e telhas que tampavam a entrada do sol. Um enorme contraste com o restante da casa.

Havia uma edícula no fundo do quintal. Os gritos ficavam mais altos. Vinham de lá.

— Aj... ajuda...
— A gente tá chegando, aguenta aí.

De repente, silêncio. A moça que gritava fez-se de morta.

A edícula — um cubículo espremido no muro de trás da propriedade — tinha apenas uma porta de metal e uma janela bloqueada por pedaços de papelão. Lá dentro, um breu capaz de fazer qualquer um duvidar que existisse luz solar do lado de fora. Ibraim acendeu a lanterna de seu celular. Um cheiro azedo subia, mistura de suor com coisa estragada. Eles enxergaram uma única mesa de madeira encostada na parede, servindo de suporte a dúzias de potes de plástico. Moreira pegou alguns na mão e descobriu dentro deles pão suficiente para alimentar um time de futebol. Os potes do fundo continham uma sopa fria cor de ferrugem. Contribuíam para o fedor.

— Tá uma sauna aqui dentro — comentou Ibraim, baixinho. Moreira respondeu colocando o dedo nos lábios. *Quieto*.

A portinhola no canto poderia muito bem passar despercebida se os policiais não estivessem procurando algo parecido. Olhando de longe, naquela escuridão, lembrava um quadro de força. Ibraim segurou a luz e Moreira tentou a trava. Trancada. Moreira voltou, buscou a chave da porta do quintal e a experimentou na fechadura. Não funcionou.

— Vamo ter que arrombar — cochichou Moreira.

Pelo rádio, ficaram sabendo que o reforço estava a caminho. Moreira saiu para o sol e pediu ambulância também. Talvez precisassem. Enquanto isso, Ibraim dava mais uma volta na edícula, analisando tudo. Até descobrir uma chave sob o tapete da entrada.

Essa funcionou.

A portinhola rangeu para dentro e revelou uma escada em caracol que descia para uma escuridão ainda mais densa, quase tangível, uma cortina de teatro que esconde toda uma cena por trás. Moreira, ofegante com seus mais de cem quilos, fez questão de descer primeiro e pediu baixinho que Ibraim esperasse lá em cima. Seu pé tocou o primeiro degrau. Um rangido. E uma voz fraca, desesperada, gemeu lá de baixo:

— Por favor, não... Eu não quis irritar... Eu só quero comida, eu tô com fome...

— Moça, a gente veio te salvar.

— Não, não, por favor... É só comida... Por favor...

O "não, por favor" se repetiu ininterruptamente pelos minutos seguintes. Moreira desceu a curta escada enferrujada, sentindo que aquele era o momento mais importante de sua carreira. Apoiou-se nas paredes de tinta gasta, pisou no chão de ladrilhos velhos, um chão molhado — ele suspeitou que fosse urina. O cheiro era insuportável. Não havia janelas.

— Calma, eu tô aqui. Eu vou ajudar você, viu? Eu vou ajudar você, moça — ele disse para tentar calar os insistentes "não, por favor, não, por favor".

A luz que Moreira acendeu fez a menina dar um pulo de susto. Ela se recolheu no canto do recinto. Chorava. Fengofobia: medo desmedido de luz e claridade. Sua pele era uma mistura de manchas negras com hematomas vermelhos. Os cabelos e a pele tinham cascas. Parecia uma possuída de filmes de terror.

Então, naquele mórbido quadro de luz e sombras, Moreira distinguiu o rosto da menina.

Seu coração parou.

— Puta que o pariu, você é a Kika.

— Não, só me deixa aqui, por favor, ele vai me bater...

Kika foi retirada das trevas e trazida para o sol. Dar à luz: o ato de nascer, vir ao mundo. Kika nascia de novo.

Ibraim a envolveu no casaco que levava consigo — ela vestia apenas sutiã e uma calcinha com sangue. Ao toque do policial, Kika arregalou os olhos e parou de respirar. Era a menina mais vulnerável e amedrontada do mundo ao lado daquele homem. De qualquer homem. O cabo pediu calma, mas não soube o que fazer para tranquilizá-la. A menina voltou a chorar e ele sentiu imensa vergonha.

— Desculpa... — ele disse, um nó na garganta.

Por sorte, o SAMU chegou com uma enfermeira.

— Parece um depósito, tipo um porão sem uso, as lâmpadas todas queimadas — Ibraim contou ao motorista da ambulância.

Kika recebeu os primeiros cuidados médicos ali mesmo, na parte de trás da ambulância. Tinha cortes pelo corpo, hematomas, luxação no braço. Comeu desesperadamente o lanche pronto que lhe deram e recebeu um abraço apertado da enfermeira. A mulher não conseguiu segurar a emoção e chorou junto com a resgatada.

— Graças a Deus você tá viva. Existe esperança neste mundo.

Kika continuava repetindo baixinho: *não, por favor, não, por favor...*

Esta foto viralizou nas redes sociais na tarde daquele domingo, 20 de maio de 2012. Ela foi usada para divulgar que Kika tinha sido encontrada e estava viva. Muitos descobriram sobre o desfecho do caso primeiro por meio dessa foto, depois pelos sites e jornais.

Os ataques decorrentes do caso Kika e o medo de que mais algum jovem pudesse desaparecer trouxeram sensação de insegurança aos moradores do Cecap. Naquele período, grades, câmeras e arames farpados foram colocados em condomínios que antes tinham apenas muros e vigias como proteção.

PARTE IV

# PROVAS DA AUTORIA

Então tiraram a pedra. Jesus olhou para o céu e disse:
— Pai, eu te agradeço porque me ouviste. Eu sei que sempre me ouves; mas eu estou dizendo isso por causa de toda esta gente que está aqui, para que eles creiam que tu me enviaste.
Depois de dizer isso, gritou:
— Lázaro, venha para fora!
E o morto saiu.

— João 11:41-44

# O DIA

Casa na Vila Barros

A descoberta de Francisca Silveira do Carmo ganhou as capas dos principais sites de notícia do Brasil, interrompeu programações das emissoras de TV e virou manchete dos impressos no dia seguinte. O depósito na "Casa dos Horrores"\* seria descrito como "um cenário digno de filmes de terror: escuro, claustrofóbico e imundo".\*\* As pessoas queriam entender como o milagre do retorno de Kika tinha acontecido e quais torturas pavorosas ela havia enfrentado até ser salva.

Apesar de tudo isso, o que deixou o público mais surpreso foi a identidade do sequestrador.

Depois de comer o lanche, Kika disse que estava com dor de barriga e enjoada e ainda com mais fome. Ela pediu o pão dos potes de plástico na edícula, os restos de comida no lixo do vizinho, qualquer coisa que pudesse pôr na boca e mastigar. Os policiais entenderam que Kika gritara desde as primeiras horas do dia porque ainda não havia comido. Ou melhor, não havia sido alimentada. A pessoa que a mantinha prisioneira tinha saído da casa, pelo que parecia, para não voltar mais.

---

\* O jornal *Guarulhos Agora* foi o primeiro a utilizar esse nome dado pelo próprio sargento Nestor Moreira, como noticiado na matéria "Kika volta para casa", do dia 20/05/2012. Depois, outras publicações começaram a usar o apelido até se tornar banal.
\*\* "'Tudo sujo e escuro', diz delegado sobre cativeiro." Portal *R7*, 21 de maio de 2012.

Moreira e Ibraim deixaram a menina sob os cuidados da enfermeira e decidiram investigar, aproveitando que outros policiais já estavam no caminho. Os dois entraram novamente pela porta principal e deram uma boa olhada na sala vazia.

— Lá em cima. Que acha?

Eles sabiam que não deveriam ter tomado o rumo das escadas. Aquela casa era uma cena de crime. Precisava de perícia. A intromissão dos policiais militares podia atrapalhar os trabalhos futuros. Mas, no Brasil, a regra quase nunca é seguida. Sargento e cabo declararam depois que estavam sendo precavidos — "não queríamos que alguém naquela casa escapasse". Admitem, porém, que agiram principalmente por causa da curiosidade.

Subiram as escadas coladas na parede. De um lado do segundo piso, encontraram um escritório com pilhas de papel bem arrumadas e um quartinho de hóspedes cheio de brinquedos e roupas infantis. Do outro lado, havia um banheiro e um corredor que levava a uma porta fechada, brilhante de tanto verniz. A suíte principal.

— Sargento, reparou nisso?

A pergunta foi retórica; era impossível não ter reparado no vaso espatifado no chão. Devia ter despencado da mesinha de canto no corredor.

— Tinha uma mancha de dedos sujos de sangue na parede, bem em cima da mesinha — relatou o sargento Moreira, mais tarde naquele dia. — A gente deduziu que alguém tinha saído apressado daquela porta com as mãos sujas ou machucadas. Essa pessoa esbarrou na mesa e derrubou o vaso. Eu e o cabo Ibraim, a gente se entreolhou e falou: "bom, então tem alguma coisa atrás dessa porta".

Giraram a maçaneta e entraram. O sargento Moreira pensou pela segunda vez naquela tarde: *Este é o dia mais importante da minha carreira.*

O homem deitado na cama dormia profundamente. As cobertas estavam puxadas até o peito. O abajur emitia a única fonte de luz naquele quarto de cortinas cerradas. Um quarto frio. E um homem frio.

— Óbito aqui, sargento — afirmou Ibraim.

Moreira deixou a pistola calibre 0.40 cair quando se aproximou da cama. Teve vergonha do descuido, mas é que não esperava encontrar uma cena como aquela.

Não tinha sido uma morte tranquila, no meio do sono, como a cena sugeria. Bastou puxar as cobertas para ver a brutalidade do assassinato. Várias incisões no peito, no abdome e no pescoço sugeriam uma sequência de facadas aleatórias, porém desferidas por um pulso decidido a matar. Cortes nas mãos também davam a entender que o moribundo brigara pela vida, mas perdera a luta.

Quando o doutor Lauro foi informado de tudo isso, largou o que estava fazendo e correu para a casa da Vila Barros. Ele precisava ver com os próprios olhos. Chegou perguntando por Kika e os policiais militares comunicaram que ela já havia sido levada ao hospital. Lauro agradeceu e subiu as escadas. Passou pelo vaso quebrado, viu a mancha de sangue na parede e entrou no quarto, sequer desejando boa tarde aos policiais no caminho.

Sentiu tontura com o que viu. Levou a mão à testa suada.

— Tava na nossa cara. O tempo todo.

Era ele mesmo. Sandro Meireles, diretor do Colégio Álvares de Azevedo.

# DEPOIS

Casa de Maria João

— Eles queriam me fazer perguntas antes mesmo de eu ver a Kika. Aí eu virei pro doutor Lauro: "jura que o senhor vai fazer isso comigo?". Acho que ele pôs a mão na consciência. Ele deu um jeito de me levar pro hospital pra eu ver a minha menina. Ela tava toda magra, machucada. Tinha gritado porque fazia um dia inteiro, olha isso, seu Conrado, *um dia inteiro sem comer*. Aquele monstro dava pão pra ela antes de ir trabalhar e sopa de madrugada. Ela dormia de manhã e à tarde. Era o horário que ele não ficava lá. Eu simplesmente não acreditei... Aquele homem tão bom com a gente... Um maníaco. *Ninguém* acreditou.

Bardelli coçou a barba.

— A polícia até que acreditou, dona Maria João. O doutor Lauro tinha considerado todo o mundo, claro. Incluindo o Sandro.

— Até ele? Jura?

— Especialmente nesses últimos dias de investigação, por causa do Lúcio, o alcoólatra dono do Moinho do Café. Ele tinha dito antes pra polícia que tinha passado a tarde do desaparecimento ao lado do Sandro. Mas depois que descobriram que o cara passa vinte e quatro horas por dia bêbado, desconfiaram que a palavra dele podia não valer tanto.

Maria João suspirou. Deixou as mãos caírem no colo, curvou os ombros, os olhos abatidos.

— Deveriam ter desconfiado antes... Como é que não suspeitaram que o homem vivia alucinado? Como é que pegam o depoimento dele?

— A polícia é formada por homens, dona Maria João. A polícia falha. Mas eu repito: eles tavam de olho no Sandro. Poderia não ser o suspeito número um, mas tinham colocado um investigador à paisana só pra ficar de olho no diretor. O investigador se chama Groppi, eu mesmo conversei com ele.

— E ele disse o quê?

— Que ficava de plantão em frente ao Álvares de Azevedo e começou a seguir o Sandro. Ele achava estranho que o diretor se trancava em casa toda vez e quase não saía, nem pra ver os filhos direito. Tem outra coisa. A secretária do diretor, dona Morgana, confirmou que a Elaine tinha ido falar com ele naquele dia, antes de ser atacada.

— A Elaine, coitada. Ela falou alguma coisa que ele não gostou, será?

— A polícia ainda tá investigando. Talvez ela tenha feito uma descoberta e falou que ia pra polícia. O delegado acha que o Sandro pode ter se sentido ameaçado e... A senhora já sabe o que aconteceu depois.

Maria João sentiu um calafrio. Os olhos vislumbraram Elaine sendo espancada até o coma por um homem com quase o triplo da sua idade.

— E pensar que ele punha aquelas mãos... *imundas* na minha menina. Que ele abusava dela. Ela ainda acorda durante a noite esperneando, gritando. Eu preciso ir pro quarto dela pra ela dormir. E já faz oito dias que ela voltou, seu Conrado. Agora... — ela fungou — agora eu fico pensando se algum dia ela vai voltar ao normal.

Assoou o nariz num guardanapo. Ao olhar de novo para Conrado, revelou um traço de selvageria.

— Olha, eu considero o doutor Lauro um amigo. Ele foi a pessoa que mais me ajudou nesses meses. Mas eu... Eu não quero parecer mal-agradecida, entende? Mas eu duvido que fossem chegar na minha Kika se a vizinha não tivesse escutado ela gritar. Alguém precisou fazer *aquilo*... precisaram *matar* o monstro e deixar a minha menina passando fome pra descobrirem ela lá. Agora que ela voltou e contou tudo o que aconteceu, é muito fácil dizer que era óbvio. É muito fácil fazer o caminho ao contrário. Isso, pra mim, não é investigação.

# ABUSADAS

Jornais

Fotos abraçando meninas no dia das mulheres. Reuniões a portas fechadas com Elaine. A bolsa de estudos concedida a Kika, em tese, por mérito próprio.

E um porão onde a menina era feita de escrava sexual.

Evidências da culpa de Sandro vieram como um terremoto. As pessoas se perguntaram como não tinham visto os indícios antes, vítimas que haviam duvidado dos alertas de abalo sísmico e sofriam as consequências agora. E como um terremoto nunca vem sozinho, logo um *tsunami* de relatos acusando Sandro Meireles inundou o Cecap.

Meninas de catorze a dezenove anos, alunas e ex-alunas do Álvares de Azevedo, resolveram dar um passo à frente e contar histórias de assédio. A polícia segurou a informação, mas uma série de reportagens trouxe depoimentos de nada menos que dez meninas. Elas preferiram esconder os rostos.

— Ele adorava mexer no meu cabelo. Era uma coisa que ele fazia depois de me elogiar. Ele dizia alguma coisa legal e mexia nos meus ombros, tipo, pra fazer massagem, falando que ele preferia as loiras. Eu não sabia o que fazer. Eu só deixava, mas ficava incomodada.

— Era normal pegar ele olhando a gente de cima a baixo. Ele fazia no automático, acho que nem percebia que tava sendo grosseiro. Mas me dava vergonha, nojo. Ele podia ser um diretor superlegal, só que nessas horas eu sentia que eu era um pedaço de carne e ele, um animal.

— Na própria festa junina eu vi o Sandrão comentando com um monitor, tipo: "nossa, elas estão muito gostosas". Eu achei que tinha entendido errado, mas hoje eu sei que ouvi aquilo mesmo. Só que eu pensei: *Bom, deve ser coisa de homem. E longe de mim querer falar alguma coisa do Sandrão. Ele já tinha me ajudado muito, dando bolsa pra mim e pro meu irmão.*

— Ele adorava abraçar e dar beijo na bochecha, aqueles beijos molhados. Fazia isso com todas. Eu sempre evitei ir pras aulas de reforço porque sabia que ele ia estar lá e ia acabar forçando esse contato físico. Ao mesmo tempo, eu amava as aulas dele, amava. Depois que ele virou diretor, ele continuou sendo muito gente boa quando a classe precisava de alguma coisa. Comecei a achar que só eu pensava essas coisas bizarras.

— Na época em que ele ainda dava aula de física, eu simplesmente aboli a saia. Nunca contei pra ninguém, pras minhas amigas, pra minha mãe, pra ninguém. Eu achava que as pessoas iam dizer que eu tava ficando neurótica. Mas é que eu sempre sentava na primeira fileira e tenho certeza de que ele ficava olhando pras minhas pernas. Eu não conseguia prestar atenção na aula de tanto constrangimento, só resolvi ficar quieta porque todo o resto simplesmente amava o Sandrão.

Quem comemorou foram os internautas que no início das investigações haviam denunciado o diretor por sua irresponsabilidade. A mesma página de Facebook *Cecap para os Cecapianos* postou:

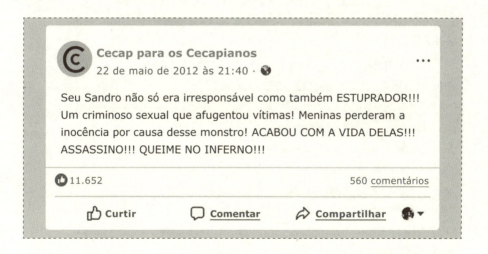

As manifestações de ódio eram tantas que, àquela altura, as pessoas já nem queriam mais saber da Kika. Queriam saber do herói que tinha salvado a princesa da torre e matado o dragão.

221 –

# DEPOIS

Casa de Maria João

— Eu me lembrei de Lázaro, saindo da pedra, voltando dos mortos. Nem ele teve *dois* renascimentos.

Conrado riu. Maria João abriu um sorriso também, mas fechou-o em seguida. Rir de um assunto bíblico era sacrilégio.

— A felicidade de ter a sua filha de volta duas vezes. Aquilo que a senhora me disse quando eu cheguei.

— É inexplicável. A minha menina sorriu tanto quando me viu. Ela quase levantou da cama do hospital. A enfermeira teve que segurar ela, podia ser perigoso.

— Na Bíblia, Lázaro volta porque Jesus pede a Deus. E o Jesus da Kika? A senhora não ficou curiosa pra saber quem é?

— Todo o mundo ficou.

Nada mais disse. Mordeu o lábio.

Conrado balançou a cabeça. Sentia que estava chegando aonde queria. Era hora do clímax.

— Bom, depois do hospital a senhora foi interrogada?

— Na verdade, foi o contrário. Delegacia depois hospital. O doutor Lauro disse que eu não conseguiria ver a minha filha naquele momento porque ela estava sedada, e ele praticamente me intimou a ir pra delegacia na hora. Não tive escolha. — Maria João se levantou da cadeira. Passeou até a sala, até a escada, saiu do campo de visão de Conrado. Mesmo sem vê-la, ele soube que ela estava olhando para o quarto no andar de cima.

— Ele pediu mil desculpas por fazer aquelas perguntas, mas eu sabia que ele precisava. Eu disse que tudo bem. Umas perguntas fortes.

Maria João voltou à cozinha e encontrou Conrado Bardelli remexendo em uma gaveta. Ele não fez a menor questão de esconder o atrevimento. Apenas sorriu. *Ops, fui pego*. Fechou a gaveta novamente.

— E o que mais o delegado te disse depois daquele dia, dona Maria João?
— Mais nada. Ele só... O que o senhor tava procurando?
— Nada. Vendo se achava uma daquelas escovas pra recolher o farelo dos biscoitos.
— É na gaveta de baixo, essa aí é das... dos talheres.

Ela mesma foi buscar o acessório e não permitiu que Conrado fizesse a limpeza.

— Pode ficar sentadinho. Isso, não se preocupa. E eu não falei mais nada com o delegado. Porque, logo depois, o senhor sabe, o autor apareceu.

# INFERNO

Hospital

Por que uma pessoa faria o bem de livrar Kika de seu sequestrador, mas não de resgatá-la do cativeiro? Por que a deixaria passar fome até ser encontrada? Por que não avisar a polícia sobre Sandro Meireles? Por que matá-lo a sangue-frio durante o sono? E por que correr esse risco?

Todas essas perguntas ainda permeavam o caso Kika, mesmo depois do resgate. Lauro Jahib chegou a soltar a seguinte frase durante uma coletiva de imprensa:

— Se essa pessoa tivesse se apresentado no momento da morte do diretor, poderia até alegar legítima defesa, a gente ia entender, porque, dadas as circunstâncias... bem...

A manchete da segunda-feira:

## QUEM MATOU O SEQUESTRADOR?[*]

As dúvidas talvez pudessem ser respondidas pela própria vítima.

A psiquiatra pediu que o doutor Lauro esperasse pelo menos dois dias para conversar com Kika. O doutor Lauro esperou um dia e meio.

---

[*] "Quem matou o sequestrador?" *Diário da Grande São Paulo*, 21/05/2012.

Na segunda-feira à noite, ele aproveitou a chegada do jantar e deslizou para dentro do quarto de hospital. Kika era uma marionete jogada na cama, os tubos de acesso às veias como fios que movimentavam seus braços. Na poltrona ao lado, Maria João acariciava a cabeça da filha enquanto conversava com a médica. Ao ver o recém-chegado, interrompeu a fala e abriu o sorriso de quem encontra um velho conhecido:

— Doutor Lauro. O senhor vai finalmente conhecer a minha pequena.

Na opinião de Lauro Jahib, foi ao mesmo tempo "gratificante e estranho" apertar a mão da garota de quem tanto ouvira falar nos meses anteriores, mas que nunca tinha encontrado pessoalmente. Era como conhecer um ídolo famoso.

— Você. — A voz de Kika era tão fraca quanto seu corpo. — Minha mãe falou muito de você. Que você e os outros me salvaram.

— Eu fico muito feliz em te ver assim. Bem. Falando, comendo. — Eles trocaram os mais sinceros sorrisos. — Tudo bem se a gente...? Eu precisava conversar.

— Mas acabou.

— Eu sei. Vai ser rápido, eu juro. Não precisa ficar com medo. Ou vergonha.

Era justamente o que Kika tinha: medo, vergonha. Pânico. Ela então pareceu se dar conta de que conversava com outra pessoa — com um homem. E a partir daí, o papo desandou.

— Você vai falar sobre ele...

— Infelizmente, sim. Mas tá tudo bem. É só uma conv...

— Não faz isso, por favor...

Kika chacoalhou a cabeça. Os batimentos subiram. O rosto dela se contorceu.

— Eu não quero. Eu não quero.

— Doutor, melhor o senhor ir embora — a médica intercedeu.

— Não precisa ter medo de mim — Lauro insistiu. — Eu não vou fazer nada, poxa.

— Eu não quero.

— Doutor Lauro, sai agora. Já. Por favor.

Kika era refém do trauma. Berrou o medo involuntário e a médica precisou dar ordens por cima dos gemidos. O delegado saiu enxotado.

✶ ✶ ✶

— Eu não sei o que aconteceu, doutor Lauro.

Dona Maria João já usara todo o seu vocabulário para pedir desculpas.

— Eu entendo a situação dela.

— O senhor entende? A médica diz que tem a ver com homens, só com homens. Eu... Eu não sei o que fazer. Meu Deus, eu não tenho ideia de como vai ser daqui pra frente.

— Calma, respira. Ela acabou de voltar, tudo vai se resolver. É questão de tempo. Eu só precisava *realmente* falar com a Kika o quanto antes. Se ela deixar, claro.

Veio um ímpeto de proteção, tão instintivo quanto o próprio sentimento de maternidade. O doutor Lauro viu as palavras se formarem na boca de Maria João, não ouse chegar perto da minha filha!, ela até ensaiou mostrar os dentes. Mas a razão calou a agressividade e amenizou o tratamento. A mãe engoliu em seco e, olhando para o chão, falou:

— O senhor pode voltar quando quiser, por favor.

— Eu precisava da sua autorização porque...

— Eu sei, eu imaginava. Eu autorizo. — Ela pegou a mão do delegado. — Desde que tudo isso começou, eu passei a confiar em pouquíssimas pessoas, doutor Lauro. O senhor é uma delas. Eu *sei* o quanto o senhor sofreu do meu lado. Eu confio no senhor.

O doutor Lauro não soube o que dizer. Pensou na ocasião em que chorara na frente do jornalista. De repente, sentiu-se triste por ter sido expulso daquele quarto de hospital.

— Bom, se a senhora autoriza, então eu volto depois.


Ele voltou na manhã seguinte com um plano B. Resolveu não entrar e instruiu Elise Rojas a tocar a conversa. A médica da manhã, doutora Paula Toledo, foi reticente, mas acabou aceitando porque a própria Maria João tinha deixado avisado que os policiais apareceriam.

— Ela passou a noite com a Kika e saiu agora há pouco. Liberou que vocês conversassem com ela sozinha.

— Imagino que a Maria João tenha preferido ir embora mesmo. O assunto... Enfim, não vai ser fácil.

— Claro que não. Por isso que todos nós nos opusemos a essa conversa assim, tão apressada. Eu só tô concordando porque vai ser com você, uma mulher. Essa reação da Kika é normal e a gente tem que respeitar. Dois meses sendo abusada. O senhor, delegado, nunca vai ter ideia do que é isso. A Kika vem tendo reações extremas com homens por perto. Agrediu um técnico.

Elise de fato foi recebida sem agressões e sem choro. Ainda assim, Kika demorou a confiar.

— Ele não vem, o homem de antes — Elise garantiu. — Fica tranquila.

— Desculpa. — Kika mal sabia pelo que estava se desculpando. Estava confusa. Nunca tinha visto aquelas pessoas antes, e agora vivia rodeada por elas. — A minha mãe, ela disse que você também ajudou.

— Eu e todo o mundo da polícia.

Lauro, que ouvia pela fresta da porta, sorriu. Sentia evaporar toda a tensão daqueles meses de investigação malsucedida.

Mas Elise precisou falar sobre as coisas ruins. Foi uma conversa dura, segundo a chefe dos investigadores, "daquelas que fazem a gente se emocionar junto com a vítima". Durou três horas, interrompidas ocasionalmente pela entrada de profissionais da enfermagem — elas estavam preocupadas com os efeitos daquele assunto na saúde da menina. Receavam um surto. E tinham razão para pensar isso, já que Kika não conseguia conter as lágrimas. Seus batimentos oscilavam como ações numa bolsa de valores.

A garota confessou ter mantido encontros secretos com Sandro Meireles. Tudo começou com indiretas do diretor.

— Ele não parava de ficar dizendo que eu chamava atenção, que não era à toa que eu ia concorrer ao Miss Guarulhos Juvenil.

— Isso logo que você entrou no Álvares, em 2009?

— Isso. Ele me chamava pra sala dele, ficava me dizendo que era o maior dó uma menina que nem eu ficar naquela escola estadual que eu estudava antes. Que foi por isso que ele decidiu me salvar. Ele falou que eu nem fui bem na prova da bolsa, mas que ele me aprovou só pra poder me ver.

Elise diz que Kika não parava de amassar o lençol entre os dedos. Tática para vencer o constrangimento.

— Nessas primeiras vezes, ainda era meio que na amizade, na conversa. Ele chamava de "orientação". Às vezes, ele passava a mão em mim, pedia desculpas, mas eu... Ai, sei lá, eu não sabia o que dizer. Ainda mais porque ele me apoiou muito, em tudo: ele me deu a vaga na escola, me ajudou a treinar pro Miss Guarulhos Juvenil...

— Sei.

— Aí teve aquele dia no centro comercial, a... surra. — Olhos nos nós do lençol. — Ele me chamou na sala dele depois que eu voltei do hospital e disse: "Fica bem paradinha". Aí ele olhou pra mim e falou tipo: "Não é que eles reconstruíram bem o seu rosto? Ufa". Eu sabia que ele era estranho comigo, mas ao mesmo tempo ele era muito... sei lá, legal. Fofo. Um cara que se preocupava com a minha vida, sabe? Eu disse que ele era muito bonzinho, aí ele respondeu que eu poderia contar com ele pra tudo. Até pra discutir sobre meninos.

— E você discutiu sobre meninos com ele?

— Não. No começo, eu... eu tava com uma menina. A Pamela. A que me bateu. Todo mundo já sabe... — ela escondeu o rosto atrás das mechas de cabelo. — A Pamela, uma hora, chegou a suspeitar que eu tava vendo outra pessoa...

— O Sandro sabia da Pamela?

— Foi justamente esse assunto da Pamela que fez ele querer dar o próximo passo.

— Como assim?

— Ele foi a única pessoa pra quem eu contei que tava... que tava beijando outra menina. Eu disse que tava confusa. — Os dedos ficaram brancos, sem circulação, de tanto que ela amassava o lençol. — Eu não sabia o que eu queria, se preferia meninos ou...

— Eu entendi.

— Aí ele me pegou pelas costas e disse que ia me ajudar a escolher. "A mulher que prefere mulher nunca experimentou um bom homem", ele falou assim.

— E você aceitou isso? — Elise escondeu a revolta.

— Não. Mais ou menos. Ele riu, eu ri junto. Ele falou tipo piada, sabe, então eu deixei passar. Mas esse dia abriu tipo uma porta que tava fechada antes. Ele começou a ser mais... ousado. Cada dia mais ousado.

— Por que você não contou pra ninguém? Hein?

Seus dedos e o lençol eram uma coisa só. Ela apertava, apertava. Kika não abriu a boca.

— Você gostava dele, Kika?

De novo, o silêncio. Elise tocou-lhe o braço, um consolo. Entendeu o recado.

— E quando vocês partiram pro... pro físico?

— Acho que foi ano passado. Fim do ano passado, antes das férias. Ele disse que não ia aguentar ficar sem me ver nos meses de dezembro e janeiro inteiros. Eu fiquei vermelha e disse que sentia a mesma coisa. Aí ele perguntou se eu não queria conhecer a casa dele. Ele disse que morava sozinho e que a gente ia ter todo o espaço que a gente quisesse. Foi a primeira vez que eu pus os pés naquela casa maldita.

Foi um caminho sem volta. No início do ano letivo de 2012, Sandrão pediu que os encontros fossem mais frequentes. Passaram a se ver durante as noites em que Maria João tinha aula de costura.

— Na casa dele?

— Na sala de aula também, à tarde, depois que o colégio ficava vazio.

— Caramba.

— Eu sou uma idiota, eu sei, uma anta, uma...

— Não é isso. A culpa não é sua.

— As irmãs, elas disseram que em casos assim a culpa é da mulher também. A culpa era minha. Eu *nunca* poderia ter aceitado que ele...

O rosto era um pimentão. *Bip-bip-bip*, os batimentos gritavam da máquina.

— *A culpa não é sua.*

— Eu nunca imaginei que ele fosse fazer aquilo, *nunca*, eu juro. Porque ele continuou sendo legal comigo e eu só quis ser legal com ele, retribuir com o que ele tava pedindo. E eu... eu gostava porque... — O rosto de quem se esconderia debaixo do lençol, se pudesse. — Ele era um cara mais velho, ele era bonito, maduro, um charme que as meninas sempre falavam. E não é como se ele tivesse uma esposa, ele tava divorciado.

— Você diz que nunca imaginou que ele seria agressivo...

— Nunca. Foram só algumas vezes que ele se descontrolou.

— Mas então ele se descontrolou? Quando? Como?

— Quando eu tirava a roupa. Algumas vezes, três ou quatro, acho. Ele me agarrou pelo braço, arrancou a roupa, pediu, *mandou* que eu ficasse de costas.

Ela agora mordeu o lençol, limpou os olhos na camisola.

— Eu gostava da adrenalina. Gostava de ser secreto. De ver ele passeando pela escola, sorrindo meio de lado, um recado só pra mim, sem que ninguém entendesse nada. Eu só fui pensar que poderia ter perigo agora, mais ou menos em fevereiro.

— O que aconteceu?

Ela suspirou fundo, muito fundo, o corpo tremendo.

— Foi num dia em que eu tava menstruada. Ele pediu pra eu... usar a boca. Eu não tava a fim. Perguntei o que ele faria se eu dissesse não. Ele só chacoalhou a cabeça.


O sexo virou chantagem.

— Toda vez que eu negava alguma coisa, ele praticamente me ameaçava.

— Ameaçava te bater?

— Não, não chegou a esse ponto. Ele ameaçava baixar as minhas notas, dizer pra minha mãe que eu tava me comportando mal. Tudo mentira, mentira pra me obrigar.

— Que cretino.

— Ele já tinha chamado a minha mãe na escola uma vez pra falar sobre a minha rivalidade com a Pamela, ele e a professora de matemática. Ele começou a dizer que poderia chamar de novo e reclamar de mim se eu continuasse sendo desobediente com ele.

— E você ainda assim manteve segredo?

— Eu não sabia o que fazer, você tem que acreditar em mim. Eu não queria que *ninguém* ficasse sabendo. Senão, iam me taxar de, sei lá, ninfomaníaca, "a interesseira que chegou ao ponto de pegar *o diretor*". Uma coisa é pegar o Rodolfo. Outra é pegar um adulto que todo o mundo conhece. Não tinha mais graça. Eu tava perdida e com vergonha. Foi quando a Melina me convidou pra ir na igreja com ela.

— E você foi?

— E eu fui.

*E o que mais?*, traduzia o silêncio de Elise.

— E a Melina me disse que eu parecia muito preocupada, que eu podia me abrir com ela. A Melina nunca tinha sido assim, eu achei bizarro, mas ela foi um anjo e eu... Aquilo me tocou. A gente começou a sair no meio dos cultos pra conversar.

— E você contou pra ela sobre o Sandro?

— Não, meu Deus, eu não ia contar pra ninguém. Eu não ia deixar ninguém descobrir, eu tinha vergonha demais disso. Iam me achar uma aberração.

— A Melina não usou palavras muito diferentes disso pra te descrever.

Kika escondeu o rosto com as mãos.

— Eu disse pra ela que tava saindo com um homem mais velho, só isso. "Mas eu nem sei se é isso o que eu quero", eu falei. Ela ficava passando a mão no meu cabelo. Ela se transformava quando ficava sozinha comigo. Pro bem e pro mal. Meio alterada, nossa, ela suava, suava, você precisava ver. Completamente outra. Ela me dava atenção, me ouvia. A gente se aproximou...

Pausa.

— E o Sandro? Ficou sabendo de você e da...?

Olhos esbugalhados de Kika.

— Não, de jeito nenhum. Ele não podia ficar sabendo. Ele era ciumento. Eu tive que manter distância do Rodolfo, e ai de mim se eu visse algum amigo homem. Eu não podia ver ninguém, na verdade.

— Ele nunca soube da Melina, então?

— Ele ficou sabendo só agora, pelos jornais. Ele chegou um dia no depósito e eu soube que ele tinha descoberto. A cara dele... Você não imagina. O jeito que ele me olhou, como se eu fosse uma cadela que tivesse destruído alguma coisa... Ele me pegou *pelo cabelo*. Me jogou pelos lados, me bateu contra a parede, socou minha barriga, ele...

— Kika. Tudo bem. Respira.

*Bip-bip-bip*. Soluços. Uma lembrança viva. "A cara dele" parecia estar ali presente, naquela hora, encarando Kika, ameaçando linchá-la.

— Eu nunca vi ele tão irritado. Ele disse que eu era uma puta, uma sapatão puta que merecia morrer.

— Deixa. — Elise abraçou Kika e escondeu o próprio choro. — Calma. Esse escroto tá morto, no inferno.

Os batimentos foram normalizando. Kika se encostou novamente na cama. Elise secou o rosto discretamente.

— Você disse então que na época do namoro o Sandro não sabia sobre a Melina...

— Ele não ficou sabendo. Mas tenho certeza de que ele *percebeu* que eu tava vendo outra pessoa. E ele percebeu que eu não queria mais ficar com ele.

Elise prendeu a respiração.

— Ele percebeu como?

— Impossível não perceber. Eu tava, tipo, inventando todas as desculpas pra não encontrar mais com ele, implorando pra não ter que fazer mais o que ele pedia. "Só um beijinho hoje?", ele vinha me perguntar e, tipo, eu sorria e fingia que tava cansada por causa das aulas. Ele *percebeu*. Ele me olhou de um jeito que eu...

A médica apareceu, viu o estado de Kika e pediu que a conversa fosse encerrada. Kika agradeceu com o olhar. Elise insistiu.

— Eu só quero saber quando foi isso. Quando ele começou a demonstrar que sabia que você tava com outra pessoa.

— Foi agora, algumas semanas antes de... daquilo.

— E você já tava decidida a terminar o relacionamento?

— Sim, porque ele tava começando a ficar, sei lá, agressivo. Eu fiquei pensando como ele ia reagir. Eu sabia que ele podia contar pra minha mãe, mas eu meio que já tava querendo contar. Eu comecei a ir pra Igreja Católica com ela e...

— Você não ficou com medo de ele fazer alguma coisa?

— Não alguma coisa *comigo*. Ele nunca tinha levantado a mão pra mim, só na hora de... de tirar a roupa, como eu contei.

— Entendi.

— Ele nunca tinha sido violento *de verdade*.

— Isso tudo *era* ser violento de verdade, Kika. Violência vai muito além de levantar a mão durante um desentendimento ou brincar de vítima e agressor na hora do sexo.

Lá estavam os dedos no lençol de novo.

— Tá, mas eu não achei que ele fosse me bater *fora* do sexo. Então eu até ensaiei o que dizer pra ele. Que, apesar dos meses juntos, mais de um ano de encontros escondidos, na verdade, que a gente não ia dar certo porque eu era aluna e ele era diretor. Eu ia ser sincera, mas carinhosa. Eu ia dizer que achava ele um cara muito legal. Ele realmente sempre foi muito legal. Tava tudo na ponta da língua. Aí ele marcou um encontro comigo e eu vi que era a oportunidade de dizer tudo o que eu queria.

— Encontro onde? Quando?

— Durante o intervalo no sítio da excursão.

— A gente se encontrou do outro lado do lago pra que ninguém da turma visse a gente. Ele tava muito tranquilo. Eu perguntei se ele tava bem. Ele disse que tinha um presente pra mim.

— Foi nessa hora que o Eduardo te encontrou?

Kika hesitou, as engrenagens rodando em sua mente. Aos poucos, concordou com a cabeça.

— Nossa, eu tinha até esquecido. Foi isso. O Edu veio e o... o Sandro foi se esconder.

— O Eduardo disse que a sua mão tava machucada.

— É porque o Sandro já tinha começado.

— Começado o quê?

— A ser... violento. De um jeito que ele nunca tinha sido.

— Ele arrancou seu colar?

— Aham. Porque eu me recusei a andar com ele. Ele ficava me dizendo: "Mas você precisa vir comigo pra eu te mostrar o presente".

— No sítio mesmo?

— Eu não sei, eu disse que não iria com ele. Eu disse: "Olha, já deu o que tinha que dar". Aí eu comecei com o meu discurso todo ensaiadinho. Ele ficou, tipo, olhando pros lados, não olhava no meu olho. Eu nem sabia se ele tava me escutando. Aí...

Os batimentos cardíacos explodindo.

— O que ele fez com você?

Ela só afastou a franja. No topo da testa, a cicatriz parecia um zíper esperando para ser aberto, como se a pele de Kika fosse uma fantasia.

— Meu Deus.

— Eu nem senti. Eu só coloquei a mão na testa e notei que tava quente, tava sangrando. Aí ele me pegou pelo pescoço, tapou a minha boca e mandou eu ficar com a mão em cima do machucado pra não pingar sangue. Eu fiquei em choque, você não tem noção. Eu acho que ele me bateu no peito também, eu não me lembro. Eu tentei arranhar ele. Ele ficava tampando meu nariz, um pano, acho. Eu tenho uma vaga memória disso. Não sei de onde ele tirou esse pano. Eu me lembro de ter tentado me agarrar numa árvore, mas ele não me soltava.

— Eu não sei o que dizer... Eu sinto muito.

A médica ficou horrorizada que Elise ainda insistia em fazer perguntas.

— A paciente vai ter um retrocesso no quadro, eu não posso permitir que...

Elise não desvencilhou seus olhos dos de Kika.

— Domingo agora, Kika. Do que você se lembra?

Kika, então, voltou a tremer:

— Vozes. Deviam ser dos policiais. — Ela disse isso fugindo com o olhar. — Não me lembro de mais nada. Eu só sei que depois eles vieram, os policiais, eles tocaram em mim, eu... Foi só. Antes e depois é um borrão.

A médica expulsou Elise da sala. Kika foi medicada por uma enfermeira.


Na cafeteria do hospital. A médica:

— Vocês dois *nunca* mais façam isso. Chega a ser criminoso o modo como abordaram a paciente.

— Inquérito policial, doutora. Não fizemos isso porque queremos.

— O senhor fala isso porque é homem, doutor Lauro. O senhor tem sorte que nunca vai passar pelo que essa menina passou. O senhor não consegue nem *imaginar*. Fique feliz por isso.

Lauro emudeceu. Elise perguntou quais eram as consequências psicológicas daquilo.

— A pessoa que abusava dela era a mesma que a alimentava. A sequela que isso deixa... Ela pensou que fosse morrer de fome. Imaginem isso, o desespero. Ela não tinha ideia de onde tava. E se o cativeiro ficasse no meio da mata, num sítio igual àquele onde a Kika foi pega? Ela morreria gritando. Ela comeu pela última vez no sábado de manhã e foi descoberta no domingo. Essa menina chegou destruída neste hospital. Psicologicamente destruída. A gente vê vários quadros de perda de memória em casos assim. Eu peço o mínimo de compreensão.

— Ela vai recuperar essa memória um dia?

— Talvez. Pode demorar.

— Bom, mas eu preciso saber se ela viu ou ouviu quem salvou ela.

— Ela já disse que não se lembra, que é um borrão. O senhor vai ter que esperar. Lamento.

Para a satisfação do doutor Lauro, não foi necessário esperar muito. No dia seguinte, 23 de maio, quarta-feira, um rapaz de pele bem clara e olheiras profundas entrou na Delegacia Seccional de Guarulhos e assumiu a culpa pelo assassinato de Sandro Meireles.

Quando viu quem era, o doutor Lauro pensou até que fosse brincadeira.

# HERÓI

Delegacia

— Tô falando sério. Fui eu. Pode me prender.

Essa frase foi ouvida por todos que esperavam na entrada da Seccional.

— Meu nome é Eduardo. Eu sei que o que eu fiz é errado, mas mais errado ainda foi o que *ele* fez. Eu não quero fugir. Eu sou o assassino e vim me responsabilizar.

Só então o escrivão o reconheceu.

— Você é o Edu...?

— O Edu Pamonha. Sou eu, sim.

O garoto chegou pouco depois das oito da manhã. Ele foi sozinho; fugiu da aula e não contou nada aos pais.

As primeiras informações foram publicadas numa notícia das dez e vinte da manhã na página local do site de notícias *G1*. Para preservar a identidade do menor, o jornal não trouxe o nome de Eduardo.

## Amigo de Kika confessa ter matado sequestrador

Garoto contou à polícia que desconfiou do comportamento do diretor e que investigou por conta própria

Por, G1 — Guarulhos
23/05/2012 10h20 Atualizado há 35 minutos

Sobre o motivo do ato heroico, o texto dizia:

> **[O garoto]** relatou à **polícia** que seguiu o diretor durante alguns dias porque estava desconfiado. "O menino chegou se defendendo, falando que só de observar a casa do diretor tinha suspeitado que a **Kika** poderia estar lá dentro", disse o delegado do caso, **Lauro Jahib**. Ele deve dar uma **entrevista coletiva** ainda hoje com mais detalhes.
>
> Outras testemunhas que estavam na delegacia contaram ao **G1** que o **jovem** dizia "não conseguir mais guardar segredo". "Pro atendente mesmo ele admitiu que **matou** o diretor durante a noite porque tinha medo de enfrentar o homem acordado, e que fugiu correndo depois de perceber o que tinha feito. Mas não se arrepende", afirmou **Oscar Miglioni**, autônomo que estava na delegacia para registrar um boletim de ocorrência de **furto**.

Como não havia flagrante, Eduardo Ramoña foi liberado no mesmo dia. Responderia em liberdade. Ele saiu da Seccional às 18h30. A imagem que abriu os telejornais daquela noite mostrava um rapaz cansado, porém orgulhoso, passando no meio de repórteres. O público em volta gritou seu nome e puxou uma salva de palmas. Ainda assim, Eduardo não levantou o rosto. Não conversou com ninguém, não se deixou levar pela fama de herói.

Só no momento em que entrou no carro dos pais é que Eduardo exibiu pelo vidro um sorriso de vitória.

# DEPOIS

Casa de Maria João

— A senhora conversou com o menino, o Eduardo?

À mesa da cozinha, prostrada naquela cadeira, Maria João parecia tão exausta quanto Kika na cama de hospital durante o depoimento a Elise Rojas.

— Não. Fiquei sabendo que ele queria conversar comigo, mas eu preferi não ir até a casa dele.

— Por quê?

Maria João abriu um sorriso que nada tinha de alegre.

— Ai, seu Conrado... Ele ia querer que eu agradecesse pelo que ele fez.

— E a senhora não quer agradecer?

A anfitriã desviou o olhar.

O sol já tinha se posto. A cozinha mal iluminada estava de vez entregue ao escuro. Mas os dois, envoltos pelo assunto, mal perceberam. A escuridão dava ares de confessionário à conversa. Com a diferença de que Bardelli dificilmente faria o papel de um padre. Poderia soar como um, confortar como um, mas não estava ali para perdoar.

— A última coisa que eu queria era agradecer um adolescente por ter assassinado um homem. Independente do motivo. — Maria João foi acender o interruptor. A lâmpada fraca fez cócegas na penumbra. — Um menino, uma criança. Eu tenho dó dele. Eu fico triste por pensar que ele se viu obrigado a isso. E o diretor...

A frase morreu.

— A senhora tem dó dele também? Sério? Do homem que...

— Não, não, de jeito nenhum. Eu já disse que considero ele um monstro. Mas é um... Eu não sei. Eu prefiro imaginar que aquele homem morreu do jeito que eu conheci lá atrás. Só.

Ela se sentou de frente para Bardelli. Olhou dele para o relógio pendurado na parede — uma mensagem clara de que queria dar a conversa por encerrada.

— Bom, isso é tudo o que eu tenho a dizer. Eu não sei se deixei o senhor entediado, se eu falei o que o senhor queria...

— Foi ótimo. — E ela ficou aliviada ao ouvir isso. — Obrigado por me receber. Eu tomei demais o tempo da senhora, não é?

— Eu é que saí falando. Olha só, mais de três horas de papo. Que coisa. Eu não sou de falar muito, mas o senhor... Ah. Parece que tem alguma coisa que faz a gente desembestar.

Conrado Bardelli riu e ela o acompanhou com um riso doce.

— Bom, o senhor me desculpa se eu não perguntei nada sobre o senhor, foi até mal-educado da minha parte, mas é que...

— A minha história não é nem de perto tão interessante quanto a sua. Eu sou só amigo de um amigo do doutor Lauro, recebi um telefonema pedindo para conversar com umas pessoas e vim ajudar. Só isso.

— Pessoas? O senhor conversou com mais gente além de mim?

— Conversei com todos.

— Todos? Verdade, o senhor tinha dito. — Um sorriso desconfortável. Maria João abaixou a cabeça e começou a brincar com outra cruz de miolo de pão. — Eu espero que com eles o senhor tenha conseguido mais coisa... Eu disse pro senhor que eu não sou interessante.

— Eu precisava falar com a senhora, tirar minhas próprias conclusões. Quer saber quais são elas?

Maria João não levantou o rosto.

— Eu acho melhor guardar pro senhor. É uma coisa tão pessoal.

Conrado se pôs de pé, deu um beijo na bochecha de Maria João e fez menção de partir.

— Eu abro a porta.

— Não tem necessidade. Eu sei o caminho, pode deixar. A senhora tá cansada.

— Obrigada.

Ele já estava se distanciando quando preferiu voltar.

— É meio incômodo tocar nesse assunto, mas eu não sei como abordar de outra forma.

— Que assunto?

— A senhora sabe mesmo por que eu vim?

Ela se levantou. Voltou à pia, ao fogão, qualquer um de seus esconderijos. Ficou de costas.

— O senhor mesmo disse que veio para dar uma olhada em mim.

— E sabe por quê?

— O doutor Lauro. Ele pediu.

— Acho melhor ser sincero porque sei que a última coisa que a senhora precisa é de falsidade, ainda mais depois de ter sofrido tanto. O doutor Lauro tem sérias dúvidas sobre a versão que o garoto contou, o Eduardo. Acham que ele tá mentindo.

— É? Ele foi tão heroico.

— Pois é, heroico. Essa coisa de não contar pra ninguém... Disseram que não faz bem o tipo dele.

Maria João estava roendo as unhas. Limpou o dedo no avental, deixou cair cruzes no chão. Recolheu-as, uma a uma, e perguntou, agachada:

— Então ele não matou o diretor e salvou minha filha?

— O doutor Lauro acha que não.

— E o senhor?

— Eu tenho *certeza* que não.

Maria João fingiu que não ouviu, continuou a depositar as cruzes de miolo de pão no bolso do avental.

— Eu faço questão de ser honesto com as pessoas de quem eu gosto. Dona Maria João, *eu já sei*.

Ela se desequilibrou e caiu de joelhos. Amassou as cruzes. Sabia que o clímax estava próximo. Trazia também uma sensação de alívio. Essa, sim, era a *grande notícia*.

— O senhor sabe?

— Eu e uma equipe da perícia visitamos a casa do diretor ontem, dona Maria João. A gente encontrou a faca do crime enterrada num pedaço de grama na lateral da casa. É uma faca do mesmo jogo de facas que a senhora tem aqui na sua gaveta. Eu acabei de checar.

Maria João permaneceu em silêncio. Nem as mãos ela mexia agora; era uma estátua de gesso ajoelhada naquele piso gelado.
— Boa noite pra senhora.
E Conrado Bardelli sumiu em direção à porta da frente.

# DEPOIS

Casa de Maria João

As mãos de Maria João tremiam enquanto ela enxugava a louça. Suava de nervoso. Num descuido, deixou a xícara úmida escorregar de seus dedos e se espatifar na pia. A mulher ficou olhando para os cacos sem reagir. Pensava em outros cacos — os cacos de dentro.

Eram 19h30. Kika devia estar dormindo, um dos raros momentos em que conseguia pregar o olho. Mas Maria João, alterada, não pensou na recuperação da filha. Subiu as escadas, deu dois toques de leve na porta e entrou.

— Kika?

Tocou no ombro machucado da menina. Havia tantas marcas roxas que sua pele parecia um pijama de bolinhas.

— Kika? Acorda.

— Mãe? — respondeu ainda sem abrir os olhos.

— Filha, olha pra mim. — Uma máscara de angústia. — Minha pequena... Minha filha linda. Eu preciso que você fale comigo. Eu preciso saber.

Um sinal de surpresa no rosto da menina.

— Mãe, por que você tá falando assim? A médica, a psiquiatra...

— Eu sei o que elas disseram, mas, filha... Olha pra mim. Aquele dia. O que você lembra?

— Mãe, por favor...

— Filha, sou eu. Pode ser sincera. Você consegue lembrar? Por favor.

Kika começou a se mexer na cama, como se formigas tivessem surgido sob o lençol. Gemeu, quis interromper aquela conversa, mas a firmeza com que Maria João repetiu "por favor" a fez abrir os olhos.

— Os... os policiais descendo... eu tava assustada... eu vi que eram dois homens, eu achei que...

— Antes disso...

Hesitação.

— Eu... Eu não me lembro direito. Eu só sei que ele não apareceu mais, ele deveria ter aparecido pra me dar o pão com...

— No momento que eles resgataram você, Kika, os policiais. Hein? O que você viu em volta? Filha, *por favor*, fala. Do que você se lembra?

Então, Kika abraçou a mãe e deixou que seus mundos desabassem.

— Mãe, eu te amo. Eu sei. Eu sei que foi você. Você me salvou.

Uma tempestade no rosto de Maria João. Kika prosseguiu:

— Eu vi no seu olho. E eu ouvi a sua voz, eu admito que eu ouvi, lá de dentro. Eu quis gritar por você, eu sabia que você tava por lá, mas eu não tinha certeza. *Mãe, você me salvou.* Eu te amo tanto, tanto.

Impedida de continuar por causa da emoção, Maria João beijou a menina na testa.

— Eu também te amo muito, filha. Minha filha, linda, linda.

Maria João acariciou a cria e disse que era melhor voltar ao sono. Kika agradeceu, o rosto grudando de tão úmido. A mãe desejou boa noite e saiu do quarto, fechando lentamente a porta atrás de si.

E desatou a chorar, ela também.

— Perdoa, meu Deus. Perdoa — murmurou de olhos fechados, as mãos voltadas ao céu.

Claro que não esperava resposta de Deus. Por isso é que deu um pulo quando ouviu uma voz dirigir-lhe a palavra. Mas não de cima — de baixo. A voz de Conrado Bardelli.

— Eu imagino que seja melhor a senhora tomar mais um pouco de chá. Ele ainda deve estar quente na panela.

Maria João quase despencou lá de cima das escadas.

— O senhor... O senhor disse que ia embora.

— Desculpa, eu menti. É que eu precisava testar. Ouvir pra ter certeza.

— Ter certeza do quê?

— Ter certeza de que a senhora tá odiando toda essa injustiça. Eu precisei ficar, dona Maria João, porque eu *sei* que uma mãe sempre sabe.

— 243 —

E, mesmo sabendo, ela nunca vai falar algo que prejudique seu filho. Eu precisava então dar um jeito de te flagrar.

Ela pareceu engolir espinhos.

— Eu ouvi o que a senhora disse pra Kika. A senhora sabe muito bem que a sua filha não poderia ter ouvido a sua voz no dia do resgate *porque a senhora não esteve lá*. Pelo menos não até anteontem, quando a senhora mesma foi lá esconder a faca debaixo da terra para assumir uma culpa que não tem. E agora a senhora esperava que a sua filha contasse tudo, que fosse sincera pelo menos *com a senhora*, mãe dela, já que a senhora tá se sacrificando por ela. A senhora esperava uma recíproca.

— O senhor não sabe o que tá dizendo...

— Sei tão bem quanto a senhora. Sei que a senhora suspeitou da verdade. Que esse desaparecimento foi uma grande farsa, assim como aquele espancamento de dois anos atrás. E que a Kika matou duas pessoas.

Maria João caiu sentada no último degrau da escada.

— O senhor não tem como saber...

— O Sandro foi o primeiro a suspeitar de que a sua filha não tinha sido espancada da forma como dizia. E ele sabia do gênio da Kika, o de alguém que faria coisas absurdas pra chegar aonde quer. Precisa de um exemplo? Ela ameaçou contar pra todo o mundo sobre a homossexualidade da Pamela só porque ela mesma não queria ser descoberta como bissexual. Usou chantagem pra pôr medo na namorada e se safar. Uma menina que sempre quis ser o centro das atenções, a Kika. Com meninas e meninos, meninos que a Kika considerava *dela*. Todos dizem que ela nunca teve amigas de verdade. Nunca ligou pros outros além do contato carnal. Isso é só um dos vários traços de transtorno de personalidade antissocial, dona Maria João. Uma pessoa egoísta, vazia. Psicopata.

— Que mentira. O senhor não conhece a minha filha. A minha filha não é uma pessoa má ou...

— Bom, mimada ela sempre foi. Dramática. Com talento pra planejar tudo da forma como ela quer que seja, por mais que tenha que pisar na cabeça dos outros. Isso quem diz são os psiquiatras.

— Mas a minha Kika, meu Deus, ela não fez nada por mal. Ela foi vítima.

— Havia na voz de Maria João o desespero para encontrar argumentos.

— Vítima de quem? Da Pamela? Tudo bem, a Pamela realmente reuniu os amigos para dar uma surra na Kika depois que começou a ser chantageada.

— Não foi só isso, foi um... Um banho de sangue que...

— Não, não. A Pamela jura que foi só isso *sim*: uma briga leve, alguns socos e alguns tapas. Ela e os outros nunca souberam explicar como conseguiram deixar a Kika naquele estado. *Deformada*. E agora eu entendo por quê. A sua filha teve a malícia de pensar em tudo, num plano doentio pra aproveitar essa briga e simular um verdadeiro espancamento. Um espancamento brutal, assassino — e falso, com direito a tentativa forjada de afogamento na água da privada. Exige sangue-frio, dona Maria João, mas a senhora sabe muito bem que a Kika tem esse sangue-frio e nunca deixaria a Pamela sair por cima. Mesmo que pra isso a Kika precisasse... subir o tom, fazer algo que ninguém imaginaria que ela seria capaz: desfigurar o próprio rosto. Acabou mandando Pamela para trás das grades.

Maria João parou de chorar. De alguma forma, ouvir aquelas palavras horríveis a tranquilizava.

— A minha filha, eu já disse, ela não é má pessoa.

— Exatamente o que a Elaine dizia da Kika. A Elaine era inteligente. A Elaine *sabia*, claro, só pecou pelo otimismo. Ela e o Sandro mantiveram uma extensa conversa em que falavam sobre a tendência da Kika ao egoísmo e à falta de empatia. Em uma troca de e-mails, o Sandro pediu pra Elaine ficar de olho na amiga, sabia? Tipo uma guardiã. E a Elaine dizia que a culpa daquele, digamos, "desvio de personalidade" era o *bullying* que a Kika sofria. A Elaine tinha dó da Kika. Dói saber que morreu pelas mãos dela.

— *Não*.

— A senhora *sabe* que é verdade, por mais que seja difícil assumir que *a sua filha* é uma assassina, que *uma menina de dezesseis anos* seria capaz disso. Ela foi. *Ela é*. A Kika precisava calar as duas pessoas que suspeitavam da verdade sobre aquele linchamento que acabou com a vida da Pamela. Precisava dar um jeito de cumprir a tarefa e sair impune. Como? De novo, a mesma estratégia do espancamento: fingindo-se de vítima. Eu ainda não sei onde a sua filha se escondeu nesses dois meses, não sei com o que sobreviveu. Mas isso a polícia já tá levantando. Eu aposto que a senhora reparou em algumas coisas que te fizeram suspeitar. Ela deve ter levado dinheiro em espécie, por exemplo. A senhora deu por falta de alguma quantia?

A ausência de resposta soou como consentimento.

— A Elaine conversou pessoalmente com o diretor pouco antes de ser assassinada. Sobre o quê? Não sei. Posso arriscar? Imagino que eles tenham conversado sobre a possibilidade de a Kika ter orquestrado o próprio sequestro. O que a Elaine ia contar ao doutor Lauro? Ela não parava de repetir que a polícia precisava investigar sobre "as meninas". Aí olha que curioso: um jornal deu uma notícia sobre isso bem naquela semana. Penso eu que a Kika, no esconderijo, via todas as notícias sobre as investigações do seu desaparecimento. Jornais, revistas, TV, ela com certeza queria ter uma ideia do que a polícia pensava, em que pé estavam. Agora imagine: um dia, ela lê que a mãe da Elaine, Felícia, comenta com um jornalista que a polícia ainda não perguntou pra Elaine sobre o tal episódio do espancamento. A Kika fica desesperada, claro. Ela *sabe* que a Elaine também suspeita da verdade e teme que a Elaine vá contar sobre a farsa do espancamento pro delegado. Então, a sua filha põe um moletom com capuz e vai fazer o serviço que precisa. É arriscado, mas ela não tem opção. E ela tem uma vantagem: já conhece muito bem o caminho da Elaine e os esconderijos pelo Cecap. Ela viveu a vida toda aqui.

— Ela... Ela...

— A senhora a reconheceu pela câmera de segurança, não reconheceu? E provavelmente não conseguiu acreditar.

Conrado subiu a escada enquanto continuava falando:

— No dia do desaparecimento, o Eduardo encontrou a Kika com a mão machucada durante o intervalo. Ela disse pra chefe dos investigadores que era porque o Sandro, seu suposto abusador, tinha ferido a mão dela, mas eu acho que ela deve ter se machucado enquanto tentava estourar o colar do pescoço, pista que ela queria deixar pra trás pra dar a ideia de sequestro e violência. Teve também o detalhe da bota do Rodolfo, que foi usada para fazer as pegadas no terreno. A empregada jurou que as botas sumiram e disse que o Rodolfo costumava levar a Kika pra casa dele pra eles namorarem trancados no quarto. Muito fácil pra Kika roubar as botas em uma dessas visitas e plantar uma pista falsa.

Já no topo da escada, Conrado se sentou no degrau ao lado de Maria João e encostou a mão no seu ombro.

— Eu detesto fazer isso com a senhora. Eu criei uma simpatia muito grande.

— Ela é a minha filha. A mi-minha pequena. — Esganiçando. — A menina que eu criei sozinha, eu dei meu sangue.

— Ela matou duas pessoas, dona Maria João. Imagina como estão as famílias dos dois. A Felícia e o Márcio...

— Não tem prova. Se eu entregar a minha filha...

— A polícia já tem fortes indícios e tá no caminho pra provar. Eu vim antes pra antecipar o processo. Tentar uma confissão.

— Pelo amor de Deus, não me obriga a fazer isso.

— Dona Maria João, é questão de tempo. Eles já descobriram que aqueles potes de plástico foram todos plantados. A edícula tava coberta de pó, menos aqueles potes, o que significa que eles foram colocados lá faz pouco tempo. Tem mais. Os pedaços de pele encontrados debaixo das unhas da Kika estão sendo analisados. Se tudo correr do jeito que imagino, o laudo vai mostrar que *ela mesma* se agrediu, e não outra pessoa. O exame vaginal encontrou resíduos de plástico no interior da Kika. Seja lá o que ela tenha usado pra se violentar e simular os constantes estupros, foi algum objeto, e não um homem. Só não sabem ainda como a Kika conseguiu se trancar naquele depósito, mas os investigadores devem encontrar a solução pra isso logo. Além disso, uma menina com o porte da sua filha foi filmada por câmeras de segurança passando pelo bairro no dia da morte do Sandro. Dona Maria João, a polícia quase não tem mais dúvida.

— O doutor Lauro, ele tá do nosso lado.

— Vou resumir o caso que estão erguendo, o doutor Lauro inclusive: que a sua filha ficou dois meses fugida, se escondendo e preparando o corpo pra parecer com o de uma garota mantida em cativeiro. Emagreceu, se agrediu, se cortou e se violentou. E então, na madrugada do dia anterior ao resgate, ela invadiu a casa do Sandro Meireles e o esfaqueou na própria cama. Depois, foi pra edícula, montou aquela cena que os policiais encontraram, se trancou no porão e começou a gritar por ajuda. Ela planejou tudo desde novembro do ano passado, quando o próprio Sandro contou que suspeitava do espancamento e sugeriu para a Kika que ela procurasse um psicólogo ou psiquiatra. E eu tenho uma suspeita forte de que o bilhete que a polícia encontrou tinha a ver com isso. "Eu não tiro ele da cabeça! E se for na mata?!". Ele? Acharam que fosse um homem. E se a Kika estivesse se referindo ao plano? *E se o plano começasse na mata? Na mata do sítio?* Era perfeito pra depois culpar o Sandro, que acompanhava os alunos naquela excursão.

Pausa.

— A senhora, como mãe, suspeitou disso tudo. A senhora quis safar sua filha. Por isso, decidiu enterrar a faca ontem pra fazer com que todos pensassem que *a senhora* invadiu aquela casa e matou o Sandro durante o sono. Queria mostrar que fez justiça com as próprias mãos.

A palidez doentia no rosto dela anunciava uma batalha perdida. Ela repetiu:

— O senhor não vai me obrigar, vai?

— Claro que não. Vou pedir. Tenho enorme respeito pela senhora e, sinceramente, me odeio por fazê-la passar por isso. Mas foi a melhor solução. E eu... *nós* sabemos que esse não pode ser o final. O Sandro, a Elaine... Eu faço um apelo. A você e à Kika, que, sem dúvida, tá ouvindo tudo isso atrás da porta. Por favor.

Conrado só não esperava que a porta se abrisse e Kika saltasse para cima dele com uma tesoura empunhada.


Bardelli não gosta de recordar os detalhes da luta que se sucedeu. Demonstra vergonha e abalo difíceis de superar. Ao longo de minha conversa com o detetive, toco no assunto três vezes, insistindo, e ainda assim consigo captar apenas trechos do ocorrido.

— Olha, eu não sou atlético, não sou desses que procuram perigo, não tenho o menor perfil de quem se mete em brigas, entendeu? — ele desembucha, enfim. — O que você quer saber? O que eu senti naquela hora em que ela saiu do quarto com a tesoura apontada pro meu rosto? Os jornalistas não cansavam de me perguntar isso. A verdade é: não sei. Não me lembro. Eu só levantei o braço, no reflexo pra defender a minha cabeça. Ela enfiou a tesoura aqui. — Conrado Bardelli indica o antebraço. Conforme continua falando, começa a desabotoar o punho da camisa. — O sangue escorreu até aqui, ó, até meu cotovelo, e começou a gotejar no chão. Foi muito rápido. Eu perdi o equilíbrio e despenquei. Caí deslizando pela escada. A partir daí, foi mais confuso ainda. Mas no fim deu tudo certo.

Meu desafio com Conrado Bardelli foi descobrir o que aconteceu nesse ínterim, até "no fim dar tudo certo". Relatos dos policiais militares que atenderam a ocorrência me ajudaram a reconstruir a cena. Certo é que depois de atacar Conrado com a tesoura e jogá-lo degraus abaixo, Kika continuou a persegui-lo.

— Ela gritava: "daqui você não sai vivo" — admite o detetive, sem graça.

— Havia uma marca funda cravada no piso de madeira, bem no pé da escada — conta o cabo da Polícia Militar Ramon Gonçalves, que preservou a cena.

Isso leva a crer que Kika tentou perfurar o corpo de Conrado logo que ele atingiu o chão. As marcas de sangue nesse local e no carpete adjacente indicam que o detetive se esquivou para o lado, correndo em direção à cozinha. Vizinhos ouviram gritos de Maria João. Ela exclamava: "Filha, para". Porém, ela mesma assumiu ao delegado que não chegou a intervir na luta diante de seus olhos.

Na cozinha, os pingos de sangue trilhavam até a pia. Os pés descalços de Kika pisaram sobre as gotas e ela chegou a escorregar num ponto. Mas nada a fez parar.

— Aquilo me perseguindo não era uma menina. Não era — comenta Bardelli, abrindo os botões do punho. — Os olhos... Ela não piscava. Eram que nem dois poços de água parada. Não sei se dá pra entender. Estavam... *sujos*. Uma sujeira que você via lá no fundo.

Pergunto sobre o puxador de gaveta ensanguentado. Bardelli chacoalha a cabeça.

— Sim, eu toquei nele. Acho que pensei em pegar uma faca pra me defender. Não me lembro direito. Na verdade, foi só o tempo de eu alcançar o fogão e...

... e jogar a panela com tampa e tudo.

Sem fogo, a água do chá já não fervia mais. Mas a tampa fechada tinha conservado um pouco do calor. Foi essa água com forte cheiro de gengibre que atingiu Kika no rosto e no peito, fazendo-a recuar mais pelo susto do que pela dor. Ela gritou e deixou a tesoura cair. Nesse momento, os policiais militares que estavam de plantão no fim da rua receberam um telefonema do celular do detetive.

— O doutor Bardelli não parava de tossir, ele falou assim: "Vem logo, vem logo". Ele mordeu a língua, porque antes duvidava que fosse precisar da gente — diz o cabo Gonçalves, vangloriando-se de seu papel de salvador. — A gente correu pra casa e já foi entrando na cozinha. A menina tava com a mão no rosto por causa da água e ele ficava repetindo "Eu não queria nada disso, nada disso", enquanto tossia sem parar. Teve um ataque de asma. Ele usou a bombinha e pediu um pano pra colocar no braço cheio de sangue. Tava todo assustado. Eu depois falei pra ele: "A menina é louca, não tinha como prever o que ela ia fazer". A mãe dela, coitada, tava lá em cima da escada, sentada, chorando tanto que a gente via pingando no degrau, ao lado do sangue que tinha escorrido do braço do doutor Bardelli.

Kika recorreu pela última vez ao velho truque: o de se fazer de vítima. Caiu no chão e chorou mais alto do que sua mãe. Tentou culpar Conrado. Disse que ele a havia agarrado e agredido, aproveitando-se da garota traumatizada que se tornara.

— Mãe, fala pra eles, mãe. Fala.

Mas Maria João era só soluços. Não articulou uma palavra.

Quando os policiais saíram com a menina na viatura, Conrado sentou-se na escada e chorou ao lado de Maria João. Ela nunca mais quis vê-lo, apesar dos inúmeros convites desde aquele dia em 2012. O detetive detesta pensar que sua última memória de Maria João Silveira do Carmo é esta: da mulher miserável na escada.

Quase sete anos depois, Conrado refere-se àquele 28 de maio de 2012 como a data de sua primeira "quase morte".

— A gente falou o tempo todo da menina que passou perto da morte e voltou, duas vezes, renasceu. Naquele dia, eu é que passei por isso. Ganhei na loteria.

Ele termina de arregaçar as mangas da camisa social e me exibe a cicatriz de quinze centímetros no braço direito. O sorriso contradiz a timidez de antes. É o sorriso de um menino que conquistou o mais invejável dos prêmios.

# VERDADEIRO HERÓI

Kika havia se disfarçado, fugido sozinha, cruzado duas cidades, se escondido num local muito próximo do núcleo onde todos a procuravam e — desafiando todas as chances — conseguido se manter oculta até aquele sábado, o dia que julgara estar pronta para aparecer. Mesmo perto, tinha se mantido longe de todas as suspeitas. Só inspirou desconfiança no dia de seu retorno.

Por mais que os jornais tenham rotulado o doutor Lauro Jahib como "precipitado" e "passível de grandes erros", ele foi o único a questionar a verdade construída a partir daquele homérico retorno de Kika, a garota emergida do porão escuro que copiava o clichê do cativeiro de qualquer filme de Hollywood sobre sequestros.

— Você percebeu como ela foge dos detalhes? — confidenciou a Elise Rojas. — Como ela fica pensando em tudo antes de dizer?

— Doutor, olha a situação dela.

Lauro disse que claro, não discutiria isso. Mas, na cabeça dele, o problema era que Kika se esquivava de simples elucidações. Por exemplo: como tinha sido levada para o depósito na chácara de Geraldo Torquato? Puxada ou carregada no colo? E as pegadas? Ela tinha chorado em seu depoimento no hospital justamente na hora de explicar essas partes. Má sorte dos investigadores ou estratégia por parte dela?

Havia mais perguntas não respondidas: por que não tinha gritado? Ela se referira a um pano colocado sobre seu nariz. Tinha cheiro do quê? Se ela estava quase desmaiando, como conseguira se segurar na árvore?

E tudo isso tinha acontecido naquele intervalo de meia hora? Não era um tempo muito curto? E depois, como tinha sido transportada para a casa do diretor? No carro dele? No porta-malas? E os machucados no corpo do Sandro? Primeiro, Kika disse que tinha revidado quando ele tentou estuprá-la. Depois, deu a entender que se enganou e que tinha aceitado o abuso sem levantar um dedo.

— Aonde você tá querendo chegar, Lauro? — Elise deixava o "doutor" de lado quando o assunto era delicado.

— Eu só tô dizendo que, independente do que aconteceu, a menina te pegou pelo lado emocional. Você e todas as pessoas dessa cidade.

— Vai me dizer que suspeita dela? Por causa desses detalhes?

— A gente nunca teve pista concreta de onde ela tava, percebeu? Só um monte de suspeitos prontinhos pra gente investigar. E dois assassinatos, sendo um deles cometido pelo que parece ser uma menina misteriosa escondendo o rosto com um capuz. Estranho.

Elise não se convenceu naquele momento. Mas entendeu o lado do delegado.

— Foi por isso que você ficou irritado com a baixa qualidade daquela imagem da câmera de segurança, não foi? Você achava que poderia identificar a Kika ali.

Mas o que desmascarou Kika não foi a câmera de segurança nem qualquer outra prova material anexada ao inquérito. Foi uma informação que, até então, havia passado despercebida aos ouvidos dos investigadores: uma inconsistência relacionada ao hábito de uma freira.

As crenças do doutor Lauro eram fortes. Ele sabia, no entanto, que não conseguiria tirar as investigações do piloto automático. Sentiu-se pressionado pela opinião pública e supôs que seria linchado se levantasse dúvidas sobre a inocência de Kika àquela altura sem provas contundentes. Corria o risco de ser retirado do caso pelo delegado-geral, Rogério Abigail — ele tinha se mostrado bastante contente com a feliz reviravolta do caso Kika.

Lauro resolveu consultar um amigo do Departamento de Homicídios e de Proteção à Pessoa (DHPP), repartição da Polícia Civil sediada em São

Paulo específica para investigação de crimes contra a vida e desaparecimentos. O amigo, delegado de nome Wilson Validus, era um homem de quase dois metros de altura e ombros largos que fez questão de ir até o doutor Lauro, na Seccional, e lhe disse:

— Olha, eu tenho um amigo de fora que pode te ajudar. O cara é foda. Trabalha como detetive particular e...

— Detetive particular? Você quer que eu confie num *detetive particular*?

— Deixa o preconceito de lado, na boa. Conheço o cara há anos. Começou ajudando com investigações internas no estado e hoje dá uma força pra própria Polícia Civil, por mais que muita gente não vá com a cara dele. Eu tô te falando: ele é brilhante e discreto. Faria o trabalho sem levantar poeira. Se eu pedir, ele começa hoje mesmo.

Conrado Bardelli recebeu o telefonema do doutor Wilson Validus naquela mesma tarde de quarta-feira, 23 de maio de 2012.

Uma vez com as informações em mãos, Bardelli dedicou cem por cento do tempo ao caso, começando pela leitura do processo. Feita a lição de casa, ligou ao doutor Lauro e perguntou:

— O senhor pediu uma avaliação psiquiátrica da Kika?

— Pedi. Ela já começou com o atendimento. A psiquiatra ainda não tem conclusões.

— Li nos depoimentos várias pessoas dizendo que ela é mimada, não tem amigos, tende a ser manipuladora. Bem interessante.

— Exato. Já dei a palavra pra psiquiatra. Ela diz que vai fazer exames pra saber se pode se tratar de perfil antissocial.

— E a Kika, pelo que vi, não é autista, síndrome de Asperger, não tem transtornos claros. A mãe ainda não me recebeu, tô tentando entrevista com ela. Foi descrita aqui como superprotetora.

— Ela é. Mas é uma... uma boa pessoa. Real.

Lauro Jahib sentiu dor de estômago ao pensar em Maria João sendo interrogada por aquele detetive particular forasteiro. A afeição chegou a tal ponto que Lauro se sentia emocionalmente ligado a ela, um anjo da guarda responsável por seu bem-estar. E rigoroso policial civil como era, ele ainda não confiava cem por cento naquele detetive particular. Não até que o tal Bardelli mostrasse resultados.

Conrado Bardelli fez questão de visitar as testemunhas principais. Cada fala contribuiu para dar forma à jornada do herói, termo que ele usa para me explicar como via o ciclo dos acontecimentos, desde a fuga de Kika até seu retorno após o suposto sequestro. Faltava só identificar o conflito que havia levado à partida de Odisseu. Esse conflito veio à luz quando o detetive foi visitar Pamela Guimarães.

Lauro havia dito que não havia necessidade de ver a garota.

— É só uma delinquente.

— Delinquente que teve um relacionamento amoroso com a Kika. Deve ter algo a dizer.

Ela teve. Foram necessárias mais de duas horas para Conrado convencê-la de que estava lá para colher informações com imparcialidade. Pamela lhe garantiu confiança sob a promessa de que o detetive não a interromperia durante o relato. E então desatou a falar. Falou da atração e da raiva que sentia por Kika, um binômio destrutivo e antagônico que acabou virando puro ódio quando Kika escolheu desprezar sua amante e passar para a próxima — ou próximo.

— Ela me chantageou na minha cara. Por exemplo: disse que ia dizer pra todo mundo que eu era lésbica se eu não pagasse as coisas pra ela, a filha da puta. E eu revidei, cara, eu revidei. Era exatamente o que essa escrota tava esperando que eu fizesse.

— Como assim?

Pausa.

— Você disse que confia em mim.

— E você confia em mim. Certo?

Pamela mordeu a parte interna da bochecha.

— Ela armou pra cima da gente. É isso que eu acho.

— Por quê? E desde quando você...?

— Desde pouco depois. Desde que fui presa eu comecei a pensar em tudo o que tinha acontecido.

— Armou como?

— Ela esperou eu agir, cacete. Quando eu fui em cana, eu disse que não achava que tivesse batido tanto naquela vaca, tipo, não a ponto de deixar ela toda quebrada daquele jeito. E eu falava "mano, eu juro, nem eu, nem nenhum deles, a gente não afogou ela na privada". Mas eu tava, sei lá, cega de ódio. E além de tudo eu era pirralha ainda, tava bêbada, drogada. Quem é que ia acreditar na gente? Nem eu acreditava direito na gente.

— E hoje?

— Hoje eu tenho certeza, mano, que eu *não* afoguei ela. Nem ninguém.

— Você assume que bateu na Kika, mas não com a intensidade suficiente pra...

— Nem de perto, nossa. Eu saí daquele banheiro e ela tava com o lábio inchado e um pouco de sangue no nariz, não com a boca em carne viva, porra.

— Ela encenou aquilo?

— Pra me foder, claro. E conseguiu. Me mandou pro inferno, onde ninguém mais ia ouvir a minha versão da história.

Bardelli também mergulhou no perfil de Elaine e Sandro. Falou com as famílias e pediu para ver o computador do diretor morto.

— Tá com a perícia — respondeu o delegado.

— Pede um resultado urgente. Ou só a senha do e-mail dele. Eu tive uma ideia. Os pais da Elaine disseram que ela sempre trocava e-mails com o diretor.

A senha veio na sexta-feira, 25 de maio. Delegado, investigadores e Bardelli se reuniram à tarde para acessar o endereço eletrônico profissional de Sandro Meireles. Na caixa de e-mails, descobriram uma extensa troca de mensagens com Elaine. Mais de cinquenta interações entre março de 2011 e abril de 2012 — ou seja, desde bem antes do desaparecimento de Kika até quase a data da morte de Elaine.

A primeira mensagem partiu de Sandro, no dia 9 de março de 2011. Título do e-mail: CONVERSA.

Oi Elaine! Tudo bem? 😊 Como vai o ano letivo? (Moleza pra vc, eu imagino!)

Gostou ontem da festa do dia das mulheres? Espero que sim!

Falei com seus pais e eles me permitiram tocar num assunto um pouco delicado.

Mas calma, não é nada grave!!! E não é bem sobre vc.

É só que eu percebo que vc é a melhor amiga da Kika e eu tenho algumas questões sobre o comportamento dela.

Fiquei feliz que ela se recuperou bem daquele episódio horrível no centro comercial. Eu estava esperando tudo isso ficar pra trás e o novo ano começar pra discutir uma coisa com vc.

Vc pode vir aqui na minha sala depois da aula da sexta, dia 11/03?

Só adiantando pra vc entender: é que naquela noite do espancamento, eu fui buscar a minha filha no centro comercial (acho que vc estava com ela, não? Ela comentou. Enfim, ela acabou bebendo um pouco além da conta, a mãe dela queria matar por ela ter bebido escondido, aquele estresse rsrs, então achei melhor interferir e ir buscar a minha filha senão a coisa ia esquentar na família).

Enfim, antes de levar a minha filha de volta pra casa, eu tive uma conversa com ela no carro, na rua lateral ali do centro comercial, e sem querer eu vi uma coisa pela grade que me deixou meio em dúvida. Queria saber a sua opinião.

Desculpe tocar nesse assunto. Imagino que deva ser difícil pra vc. É só uma dúvida mesmo e depois a gente enterra isso rsrs.

Bom, se o papo for em um horário ruim, é só me avisar, ok?

Até! 😊

Sandrão

    Elaine respondeu no mesmo dia de maneira igualmente educada. E pediu, no final do texto:

Pode só matar a minha curiosidade? O que exatamente você pretende discutir? Alguma coisa a ver com a Pamela?

Não tem problema tocar nesse assunto. Sei da gravidade dele e do quanto é necessário discutir.

Bj!

Elaine

    No dia seguinte, e-mail do diretor:

Diretoria agitadíssima, mas assim que é bom! Pode deixar que qualquer coisa eu grito pra vc vir nos salvar, Elaine rsrs.

Entendo a sua curiosidade. Eu fui bem misterioso, admito rsrs.

O que aconteceu foi o seguinte: quando a gente estava no carro, eu vi pelas grades o momento em que a Pamela e os amigos saíram do banheiro.

Na hora eles não correram pra fugir, como a polícia supôs, e eles não pareciam assim tão agitados, entendeu? As mãos estavam limpas (sem sangue). Se você me perguntasse, eu nunca diria que eles tinham feito aquilo com a Kika segundos antes.

Lembro de ter ficado muito surpreso no dia seguinte quando me contaram o que tinha acontecido. Falei: "Caramba, quanto sangue frio".

E eu conheço a Pamela. Eu fui professor dela numa escola municipal do Jardim São João quando ela tinha nove, dez anos. As pessoas mudam muito na adolescência, claro, mas eu sempre ouvia alguma coisa dela porque eu fazia questão de acompanhar. Ela tinha fama de orgulhosa e encrenqueira, isso vem desde que ela era pequena, mas as brigas nunca chegaram a esse ponto, espancamento, sabe?

E tenho ouvido reclamações da Kika por parte dos professores. Eu só queria entender tudo pra poder tomar as melhores decisões com todo o mundo. É aí que vc entra com as suas impressões rsrs.

Conversamos melhor amanhã. Obrigado por entender.

Até! 😊

Sandrão

– 257 –

O fluxo de e-mails começou após esse encontro do dia 11 de março de 2011. Nas mensagens, havia referências ao que eles discutiam pessoalmente. Por exemplo: em interação de abril de 2011, o diretor se referia a "esse egoísmo no comportamento da Kika que a gente discutiu e que talvez tenha a ver com algum transtorno psicológico", enquanto Elaine respondeu dizendo que tal egoísmo "pode ter a ver com todo o *bullying* que ela sofre todo santo dia":

> Eu só acho que ninguém entende o que ela sente, por isso a sensação de ela ser estranha. Ela perdeu o pai muito cedo, a mãe fica em cima dela o tempo todo, ela tem sérias dúvidas sobre a própria sexualidade (é o que ela me conta nas poucas vezes em que se abre comigo) e sofre MUITA perseguição por ser bonita. Aquele Miss Guarulhos Juvenil é um castigo na vida dela. Na sala, é um absurdo o que ela tem que enfrentar. E ela aguenta tudo quieta. Meu medo é isso explodir.

Na resposta, o diretor pediu que Elaine o encontrasse mais uma vez em sua sala em uma data futura. O e-mail seguinte é de uma semana depois. Nele, fica subentendido que a nova conversa presencial dos dois havia atingido um ponto crítico, polêmico. Elaine começava escrevendo:

> Eu fiquei pensando naquilo que você disse na sua sala. Estou chocada. Tenho minhas dúvidas. Não é como se a Kika desse sinais durante as aulas. Mas eu vou continuar próxima dela pra entender, claro. Acho que seria muito ruim pra ela se a gente se precipitasse e começasse a perguntar essas coisas mais sérias. Ela ia acabar reagindo muito mal. Pior, talvez, do que daquela vez em que ela foi espancada. Ou eu acho que foi espancada... Não sei. Chocada.

— Caramba, eles suspeitavam — disse o delegado. — Eles suspeitavam e tentaram fazer alguma coisa.

— Mas não fizeram a coisa certa — Bardelli afirmou, com peso na voz. — Olha estas mensagens.

Era uma sequência delas, começando no dia 23 de novembro de 2011. Sandro escreveu:

---

Oi Elaine! Tudo ok?

Só pra vc saber: eu vou aproveitar que o ano está acabando pra bater aquele papo com a Kika, só eu e ela. Acho que é a melhor decisão.

Já percebi que não adianta conversar com a mãe dela de novo. Como te falei nos outros e-mails, a Maria João reagiu mal quando toquei no assunto, ela não parece entender muito bem. Ou não quer entender, não sei.

Eu vejo o lado dela. Ela é muito próxima da filha, deve ser muito difícil encarar esse lado mais... obscuro. É uma pena, porque ela acaba não percebendo que a filha precisa de ajuda.

Então vou ser sincero com a Kika. Vou dizer que ficamos de olho nela, que temos conversado muito sobre ela (no conselho de classe e com vc) e sugerir que ela use esses dois meses de férias para ir atrás de algum profissional que ajude.

Obrigado pelas opiniões e ajuda nesse tempo. No fim, vc realmente nos salvou rsrs.

Depois te aviso como foi.

Até! 😊

Sandrão

---

Dois dias depois, Elaine mandou:

Oi Sandro, tudo bem?

E aí? Com foi com a Kika?

Ansiosa. Bj!

Só na semana seguinte Sandro respondeu:

Oi Elaine! Aproveitando as férias já?

Eu não sei muito bem como a Kika reagiu. Acho que não muito bem. Ela ficou muda quase o tempo todo. Eu entendo. Qualquer pessoa se sentiria mal na situação dela.

Eu disse que o comportamento dela não é o esperado pela nossa escola e que eu acho que um psicólogo pode ajudar nisso, talvez fazendo exames para entender as fraquezas dela e começando um acompanhamento.

Ela me perguntou o que tinha chamado minha atenção pro comportamento dela e eu disse que tinham sido os palavrões, as reclamações dos colegas, dos professores e aquele episódio do espancamento.

Agora fique tranquila. Aproveite as férias, todos nós precisamos. Pode deixar que eu fico de olho na Kika e vejo se a nossa conversa surte efeito.

De novo, obrigado pela ajuda.

E Feliz 2012! 😊

Sandrão

Elaine não demorou nem quinze minutos para replicar:

Mas você contou o que viu naquela noite do espancamento??? Sobre a Pamela e os amigos não terem espancado ela tanto quanto todo o mundo imaginava???

Sandro:

> Contei. Ela não recebeu bem. Nada bem.
>
> Mas eu já disse, fique tranquila. O sangue dela está esfriando. Ela está mais confusa do que qualquer coisa.
>
> Meu papel como pedagogo é ajudar. Já me ofereci para fazer o que for preciso. Ela me mandou hoje uma mensagem agradecendo. Disse que a conversa abriu a mente dela e que já vai atrás de alguém que possa ajudar.

— Meu Deus. Eles contaram pra Kika. Deixaram que ela soubesse que eles suspeitavam.

— Não tô acreditando que ele fez essa idiotice — disse Lauro.

— Ele achava que tava fazendo a coisa certa, doutor. Era o papel dele como diretor. Ele falou primeiro com a mãe e depois com a menina. Não o culpo. Até porque é difícil imaginar que uma menina reagiria como a Kika reagiu.

— Planejando a morte do diretor.

— Exato.

— E por que o Sandro não contou essa história pra gente quando a Kika sumiu? Ou quando a Elaine morreu?

— Porque a Kika *também* era uma vítima, entendeu? Era a sequestrada. Imagino que o Sandro não contou sobre o transtorno porque não queria sujar o nome de uma menina que estava desaparecida e talvez até morta.

Lauro leu novamente o e-mail. Tinha roído as unhas até a carne.

— Novembro do ano passado.

— O mês em que a Kika começou a planejar os assassinatos, sem dúvida.

A pista da roupa da freira foi determinante para Conrado Bardelli se certificar de que seguia o caminho correto.

Ele já partia do pressuposto de que Kika havia planejado o próprio desaparecimento para poder silenciar Sandro e Elaine sem levantar suspeitas. O desafio era entender como Kika arquitetara a fuga do sítio Moinho do Café.

— A gente tinha uma certeza: que após o desaparecimento, a Kika dormiu no depósito da chácara do Geraldo Torquato, pois se tivesse saído ainda naquela sexta-feira teria sido encontrada pelas equipes de busca da polícia — me explica o doutor Bardelli, remontando às investigações. — Então, ela provavelmente saiu do depósito no sábado. Carregava a mochila da escola e tinha a comida da merenda pra passar a noite. Mas a grande dúvida era: como ninguém repararia numa menina andando por aí justamente no dia seguinte ao desaparecimento?

Com essa dúvida, Bardelli releu os depoimentos dos moradores da região que tinham sido entrevistados pela polícia no fim de semana seguinte ao sumiço. A fala de um morador lhe pareceu importante:

— O dia todo não vi ninguém passando. Só gente religiosa, freira, mas elas são daqui, aqui do lado fica o Mosteiro da Encarnação, conhece? Então.

Essa fala foi retirada do depoimento do senhor Paulo Hiroshi Katsuya. O problema era que Katsuya, descendente de japoneses que vivia da colheita de verduras, não foi criado no catolicismo e, portanto, não sabia a diferença de uma freira e uma monja. Conrado Bardelli foi conversar com ele no sábado, dia 26 de maio. Descobriu que Katsuya tinha visto uma mulher andando nas ruas vestindo o hábito preto de uma freira. Só que as monjas do Monastério da Encarnação, localizado na vizinhança, usam vestimenta branca. Além disso, vivem em clausura, ou seja, dificilmente sairiam caminhando pelas ruas.

De onde surgira aquela freira, então?

No fim do sábado, Conrado Bardelli pediu para ver o modelo da mochila que Kika havia levado para a excursão. Era de um formato quadrado, grande, com três compartimentos. O dono conseguiria facilmente guardar uma muda de roupa, comida e até um par de botas — as botas de Rodolfo, usadas para plantar pistas falsas na terra do sítio.

Mas onde Kika arranjaria um hábito de freira? Conrado sentiu a necessidade de falar com Maria João e perguntar se a filha tinha demonstrado interesse pela Igreja Católica. Mais especificamente, por freiras. Independente da resposta, ele estava convencido de que tinha fortes argumentos para fundamentar sua tese.

— Já é hora de falar com a mãe — Bardelli disse para o doutor Lauro. — Vou insistir.

Foi tomar chá na casa de Maria João no dia 28 de maio. Dali, saiu com uma cicatriz e uma mistura de sensações. Medo, tristeza, justiça feita.

Até hoje, Eduardo Ramoña não conseguiu explicar por que admitiu ter matado Sandro Meireles, algo que ele comprovadamente não fez. Intimado pela polícia, disse em novo depoimento que "provavelmente" se confundiu naquela noite de sábado, 19 de maio de 2012, por causa da mistura de bebidas alcoólicas e remédios contra depressão. Usou um parecer médico para embasar seu argumento.

— Nos dias de sofrimento, quando a Kika tava desaparecida, eu ficava à base de bebida e remédio. Eu costumava ter, tipo, uns *blackouts*. Esquecia tudo. No domingo de manhã, acordei com sangue nas mãos. Bizarro, bizarro. Achei que tinha matado o Sandrão, o que faz sentido, porque eu realmente vinha suspeitando dele. Tava pra avisar a polícia.

Mas, como ele não matou Sandro, perguntei qual era a origem do sangue nas mãos.

— Ah, um corte no pulso, por causa da tontura, da confusão.

Mesmo após o esclarecimento dos crimes, Eduardo se negou a tirar de suas redes sociais as fotos de Kika com os dizeres "Cadê Kika? Cadê justiça?". À época, afirmou numa postagem que era sua maneira de homenagear a garota que ele amaria "para sempre, não importa o que digam sobre ela".

Antigo colega de classe nos tempos do Álvares, Eduardo Ramoña conversou comigo para este livro num clima mais íntimo. Ainda assim, se mostrou reticente quando o assunto foi Kika. Perguntei o que achava das teorias que rodavam a internet sobre ele. Vários artigos especulam que o Edu foi à polícia e tomou a culpa do assassinato para si, três dias após o resgate, porque a própria Kika se encontrou com ele e o convenceu a fazer isso. O prêmio seria uma devoção eterna da menina.

Por mais improvável que soe a teoria, ela me convence. Conheci o Edu, sei que ele seria capaz disso, mergulhado na obsessão que ele sempre nutriu pela Kika. Ele nega.

— Absurdo. Já disse, foi só uma confusão por causa das bebidas e dos remédios. Eu não encontrei a Kika nenhuma vez depois do resgate, isso é falso. Ninguém tem prova pra contradizer.

Kika foi considerada uma jovem infratora e seguiu para análise psiquiátrica mais aprofundada.

A polícia se viu obrigada a dar uma resposta urgente para a sociedade e os meios de comunicação. As pessoas queriam entender como aquela reviravolta tão impressionante havia acontecido. O Cecap parou. Ninguém falava de mais nada no fim daquela segunda-feira, 28 de maio. O doutor Lauro, sem perder tempo, organizou uma força tarefa para refazer os passos da criminosa, já que ela se negava — e ainda se nega — a admitir os crimes e explicar como os cometeu.

Primeiro, sobre seu sumiço, a hipótese mais convincente é de que Kika se vestiu de freira para não chamar atenção e andou a pé por uma parte do caminho até chegar perto do entroncamento das rodovias Mogi-Dutra e Ayrton Senna. São cerca de três quilômetros. Para os trinta quilômetros restantes até o Parque Cecap, Kika poderia ter arranjado uma bicicleta, ou ao menos foi o que a polícia cogitou inicialmente. Bastou bater na porta das empresas que ficam às margens das rodovias para aparecer Gregório Ometo Júnior. Auxiliar administrativo numa empresa de produtos de higiene pessoal, ele declarou ter dado carona a uma freira até Guarulhos, semanas antes, pela rodovia Presidente Dutra.

— Deixei ela no bairro ao lado do aeroporto — Gregório afirmou para o delegado. — Foi à tarde, no fim do meu expediente de sábado, umas duas, três da tarde.

Ou seja, Kika desceu quase dentro do Cecap. E isso fixava os horários, mostrando que a garota tinha ficado escondida a manhã toda e só tinha conseguido carona para fugir à tarde.

Mas, uma vez perto de casa, como passar mais de dois meses sem chamar atenção? Desta vez, quem ajudou fui eu.

\* \* \*

Enquanto procurava pelo paradeiro de Kika, a polícia revirou obras públicas abandonadas para saber se a garota era mantida presa em alguma delas. Foram cinco obras vistoriadas. E só. A investida não avançou porque o delegado, na época, julgou a ideia ruim. Achava que seria muito difícil manter uma menina numa obra abandonada sem que os vizinhos ouvissem os gritos dela.

Mas tudo tinha mudado. Agora, sabiam que a Kika *não* tinha gritado. Qualquer espaço esquecido com teto e mínimo de estrutura seria candidato a esconderijo.

Eu acompanhava o caso de perto, especialmente após a reviravolta final. Eu estava na Seccional, olhos doendo de tanto chorar, quando ouvi um investigador comentando com outro sobre algum "esconderijo". Entendi qual era o assunto e, num estalo, a ideia surgiu na minha cabeça.

O galpão do Parque Industrial.

Somente após aquele dia os jornalistas ficariam sabendo que o galpão abandonado da rua Estrela do Oeste tinha sido usado por Kika e Pamela como esconderijo para os encontros amorosos das duas. Mas nós do Álvares de Azevedo conhecíamos o local como "o ringue da briga entre Pamela e Kika". Naquele dia em que a Pamela surgiu na porta do Álvares chamando a Kika para brigar, em 2010, ela usou estas palavras mesmo: disse que fariam do galpão abandonado um ringue. Rua Estrela do Oeste. O endereço ficou nas nossas memórias, por mais mórbido que soe, pois ninguém queria perder a briga.

Contei isso aos investigadores e eles repassaram ao doutor Lauro. Ele ficou indeciso. Precisariam de um mandado para investigar a área, uma vez que se tratava de uma propriedade particular. Mas o doutor Lauro olhou para mim, eu vi dó no rosto dele, e acabou mandando os investigadores irem mesmo assim. Ele se sentia em débito comigo.

Minha mãe e eu fomos também no nosso carro. Os policiais pediram que a gente não interferisse. O galpão era uma caixa de sapatos caindo aos pedaços, com um portão verde trancado por cadeado e muro de blocos sem pintura. No canto, os policiais acharam um buraco de uns sessenta centímetros atrás de arbustos malcuidados da calçada. Enfiaram a cabeça e viram que havia roupas jogadas no chão do pátio lá dentro.

— Só com mandado mesmo — disse Elise, para minha decepção. Mas tentou outra saída. Gritou pelo buraco: — Alguém aí? Alô?

Uma senhora visivelmente alterada apareceu de dentro do galpão gritando xingamentos. Mandava que saíssem do espaço dela ou alguém ia se machucar. Usava roupas sujas, andava descalça, cabelo desgrenhado. Tive pena, apesar das ofensas. Ela usou uma vassoura para ameaçar Elise pelo buraco no muro.

— É noia — disse um dos policiais.

Qualquer tentativa de conversa seria perda de tempo. A moradora provisória daquele local abandonado estava decidida a não deixar ninguém entrar.

— Chama a assistência social — instruiu Elise.

Mas aquilo ia demorar. Os policiais decidiram voltar outro dia.

Foi então que eu agi. Agi sem pensar e sem avisar. Me separei da minha mãe, passei pelos policiais, me pus de quatro, engatinhei pelo buraco até o outro lado do muro, sob as repreensões de Elise Rojas, e me vi de frente com aquela senhora — depois, descobriram que seu nome era Jucilene Brandão, moradora de rua desde que chegou a Guarulhos, em 2001. Ela não acreditou na minha ousadia. Me encarou com desaforo e um fundo de admiração. Eu respondi com um olhar resoluto. Ela achou que eu fosse agredi-la. Deu dois passos para trás. Eu enfiei a mão no bolso, tirei de lá a carteira, saquei uma, duas, três notas de cinquenta reais e estiquei para ela.

— Aqui, pega, pode ficar com quanto quiser. Eu só peço que a senhora ajude a prender a assassina que acabou com a minha família.

Jucilene Brandão virou uma mulher bem mais mansa ao ver minhas três notas e aceitou ser acudida por assistentes sociais. Foi levada a um albergue onde passou a noite. No dia seguinte, deu seu depoimento oficial ao doutor Lauro. Contou que tinha ficado "vários dias" cuidando de uma menina que morou com ela naquele galpão e protegeu-a em troca de cinquenta reais por semana.

— Teve uma ou duas semanas que ela não me pagou, mas eu deixei, eu deixei.

O galpão passou por perícia e os objetos de lá foram todos examinados. Havia cinco colchões sujos, galões de água usados, churrasqueira, toalhas, algumas peças de roupa empilhadas, carrinhos de supermercado e objetos de higiene pessoal, como papel higiênico, escova de cabelo, desodorante, entre outros. O laudo final comprovou que fios de cabelo localizados nos colchões e na escova de cabelo e excremento despejado nos fundos do terreno eram de Kika. Num canto do espaçoso galpão, havia garrafas vazias de cerveja, cabos de vassoura e embalagens de detergente. Ao lado, pacotes de preservativo. DNA de Kika foi encontrado nesses objetos.

— Ela ficava enfiando essas coisas nela mesma. Passava a noite fazendo isso. Tinha vez que gritava de dor — contou Jucilene.

Francisca Silveira do Carmo foi internada na Fundação Casa no dia 1º de junho de 2012, uma sexta-feira. Segundo a legislação, deveria viver lá com outras adolescentes infratoras por, no máximo, três anos. Depois, passaria outros três anos de transição em um regime de semiliberdade. Esse período poderia ser mais curto se decidissem que Kika estava pronta para ser reinserida na sociedade.

Porém, nada disso se concretizou. Aliás, Kika mal ficou na Fundação Casa. O laudo psiquiátrico encomendado pela Justiça diagnosticou Kika com transtorno de personalidade antissocial. Em outras palavras, confirmou aquilo que Sandro Meireles e Elaine Campos tinham suspeitado: Kika era uma psicopata. Isso significava que ela não poderia voltar a viver em sociedade porque, se o fizesse, poderia colocar os outros em perigo.

Com base nesse laudo, o Ministério Público pediu a internação de Kika na Unidade Experimental de Saúde (UES) — um hospital psiquiátrico com ares de presídio, a começar pelo esquema de segurança. O local é conhecido também como "Guantánamo psiquiátrica". É lá que está, por exemplo, o já adulto Roberto Aparecido Alves Cardoso, o Champinha, que em 2003, aos dezesseis anos, torturou e matou os namorados Felipe Caffé e Liana Friedenbach.

Kika completa agora vinte e três anos. Já se foram quase sete desde seus crimes. Outros setenta anos podem se passar sem que ela saia da UES, pois apenas um novo laudo psiquiátrico poderá colocá-la em liberdade — o que é improvável, segundo especialistas em transtorno de personalidade antissocial.

— Psicopatas não têm cura — diz a doutora Leandra Jorge, que estuda o transtorno no Instituto de Psiquiatria do Hospital das Clínicas da USP (IPq). — As pessoas até hoje não querem que a Kika saia da UES por revanchismo, e não por saberem do que se trata o transtorno de personalidade antissocial. Isso reflete os nossos próprios sistemas judiciário e prisional, que não são preparados para lidar com psicopatas. Por isso, vemos alguns deles voltando à sociedade e em seguida cometendo novas atrocidades, e outros, como a Kika, enjaulados de forma improvisada. É ineficaz e custa caro.

Maria João Silveira do Carmo entrou com uma ação para tirar a filha da UES, mas perdeu o processo em 2016. Entrou com um recurso e espera na justiça.

Por mais de dois anos, durante todo o tempo em que pesquisava e escrevia este livro, fiz mais de uma dúzia de pedidos à Secretaria de Segurança Pública do Estado de São Paulo para conversar com Francisca Silveira do Carmo. Todos os pedidos foram negados, sem justificativa. Pedi então para apenas conhecer as instalações da UES, solicitação que também foi recusada.

O Colégio Álvares de Azevedo fechou as portas no ano seguinte, 2013. O prédio foi mantido por mais um ano. Especulava-se que uma fundação de escolas particulares compraria o terreno e instalaria ali uma nova unidade. Mas 2014 chegou, nada aconteceu e o local foi abandonado de vez.

Dizem os cecapianos que o prédio virou mal-assombrado. Alguns falam que veem as silhuetas de Elaine e Sandro passeando do outro lado das grades enferrujadas. É possível que sejam apenas moradores de rua que aproveitam o espaço para morar. Pode ser também o mato alto que toma conta de boa parte do terreno e balança conforme o vento, ou mesmo pedaços do teto que desabaram com a deterioração e durante a noite criam formas estranhas.

Fato é que a fama incrustada nas paredes do antigo Álvares não permitiria que nada mais prosperasse ali. O aspecto inocente de escola sumiu. Só o que restou daqueles tempos foi a pichação no muro da frente, hoje desgastada:

Admito que fiquei feliz e aliviada ao ver que picharam uma outra frase, bem maior, em cima dessa. Diz:

Sandro Meireles foi um pai presente, responsável e brincalhão. Continuou sendo tudo isso mesmo depois do divórcio, em 2010. Com a separação, meu irmão e eu ficamos morando com a minha mãe no condomínio Sergipe e ele se mudou para a casa na rua Fonte Boa. Foi uma grande tristeza para ele sair do coração do Cecap, mas ele se dizia "feliz e esperançoso" porque escolheu um novo lar amplo e bem iluminado. Pensava nos dias que passaria com os filhos lá.

Eu o amava tanto quanto você ama seu pai ou sua mãe ou quem quer que tenha cuidado de você a vida toda. Ele daria a vida por mim. E eu daria a minha para revê-lo hoje. Eu idolatrava meu pai. Arrisco dizer que muitos alunos também o idolatravam pela pessoa incrivelmente altruísta e positiva que ele era.

Perdê-lo daquele jeito foi pior que tortura.

Você não imagina o que é receber a notícia de que seu pai foi esfaqueado até a morte e, na mesma leva, ser esmagada por uma enxurrada de opiniões chamando aquele homem que você ama de estuprador, assassino, escória e tantos outros nomes que machucam a alma. A minha família chegou a ser hostilizada, como se tivéssemos culpa de carregar o material genético do meu pai. Jogaram ovos no nosso carro, expulsaram meu irmão das aulas de judô e natação, fui discriminada no prédio e ameaçaram minha mãe. Diziam que era impossível que ela não soubesse que o ex-marido era o diabo. E mais: falavam que os dias dela também estariam contados se ela continuasse discordando dos depoimentos das meninas de rosto borrado que apareciam na TV para sugerir (sem provar) sérios abusos e acusar meu pai de coisas que eu duvidava que ele tivesse feito.

Nunca achei que passaria por um sofrimento tão intenso, tão difícil de superar.

Este livro serve para eternizar a história, guardar a memória do meu pai e exorcizar os demônios que me seguem desde aqueles dias. Sinto que cumpri as três tarefas. É triste pensar que a homenagem ao brilhante Sandrão seja justamente um livro sobre sua morte. Prefiro pensar que é uma peça de justiça, para que todos possam saber quem ele era e pelo que passou.

Você mudou o Cecap. Estará sempre no muro do Álvares e dentro de todos os que você ajudou. São muitos, muitos. Te amamos, Sandrão.

Te amo, pai.

Sarah Meireles<br>
02 de fevereiro de 2019

## TAMBÉM DE VICTOR BONINI

Eric Schatz, carioca que se mudou para São Paulo por conta do curso universitário, começa a perceber indícios de que há mais alguém frequentando o seu apartamento. Primeiro, um par de chinelos. Então, uma outra escova de dentes. Um micro-ondas que é ligado sozinho durante a noite, barulhos estranhos a qualquer hora e luzes que se apagam de modo misterioso. Até que, em determinada noite, Eric enxerga o vulto do colega de quarto entrar em seu apartamento pela porta da frente. Desesperado, o rapaz vai atrás de um detetive particular, mas parece ser tarde demais. Em menos de 24 horas, tudo acontece de modo acelerado e depois de uma ligação desesperada, cortada abruptamente, Eric despenca da janela do seu apartamento. Em seu livro de estreia, o autor nos apresenta uma história urbana de tirar o fôlego. Um mistério que passa por uma relação familiar complicada, suspeitas por todos os lados, e camadas e camadas de culpados. Há alguém inocente?

Meses atrás, os amigos diriam que o namoro de Plínio e Diana tinha prazo de validade. Eles se conheceram de um jeito bizarro, pensam diferente e as famílias não aprovam o relacionamento. Mas eles resistiram. E agora vão se casar. Na festa, o mais íntegro dos convidados esconde um segredo devastador. Mas alguém sabe e o está chantageando. É então que o detetive Conrado Bardelli se hospeda no hotel-fazenda onde ocorrerá o casamento. Ele precisa descobrir o lobo entre as ovelhas. E rápido. Pois, a cada nova ameaça, o chantagista eleva o tom. O casal está pronto para o sim. Mas a noiva é impedida de caminhar pelo tapete vermelho. É que enquanto a plateia espera ansiosa em frente ao altar, algo brutal acontece na antessala. Quando veem as paredes lavadas com sangue, os convidados se rendem ao desespero... Agora, Bardelli é o único capaz de encontrar respostas. O problema é que as mortes não param de acontecer...

**ASSINE NOSSA NEWSLETTER E RECEBA INFORMAÇÕES DE TODOS OS LANÇAMENTOS**

**www.faroeditorial.com.br**

ESTA OBRA FOI IMPRESSA
EM AGOSTO DE 2025